À CŒUR ouvert

ANDREW GREY

À CŒUR *ouvert*

ANDREW GREY

Publié par
DREAMSPINNER PRESS

5032 Capital Circle SW, Suite 2, PMB# 279, Tallahassee, FL 32305-7886 USA
www.dreamspinnerpress.com

À cœur ouvert
Copyright de l'édition française © 2016 Dreamspinner Press.
Titre original : An Unsettled Range
© 2012 Andrew Grey.
Première édition : janvier 2012
Traduit de l'anglais par Éric Jansen et Julie Bénazet.

Illustration de la couverture :
© 2012 Reese Dante.
http://www.reesedante.com
Conception graphique :
© 2012 Mara McKennen.
Les éléments de la couverture ne sont utilisés qu'à des fins d'illustration et toute personne qui y est représentée est un modèle

Édition e-book en français : 978-1-63477-827-5
Édition imprimée en français : 978-1-63477-826-8
Première édition française : juillet 2016
v 1.0

Édité aux Etats-Unis d'Amérique.

À mon frère, David.

PROLOGUE

— Tu es encore là ?

Troy Gardener releva les yeux de son bureau. Cameron Jarvis se tenait dans l'embrasure de la porte, vêtu d'un jean et d'un tee-shirt de marque qui avait dû coûter une fortune. Il tourna la tête vers l'horloge.

— La véritable question est : qu'est-ce que *tu* fais ici à une heure pareille ? Tu ne travailles jamais aussi tard d'habitude, rétorqua Troy en plissant les yeux d'un air soupçonneux.

Troy et Cameron étaient en compétition pour le poste de Directeur du Département de l'Intérieur, et si Troy était un habitué des heures supplémentaires, Cameron pour sa part ne s'était mis à travailler tard qu'à partir du jour où il avait appris qu'il était en lice pour le poste.

— Je voulais récupérer quelques dossiers pour bosser dessus ce weekend, alors je suis repassé au bureau en rentrant du restaurant avec Gail et les enfants, expliqua simplement Cameron en arborant un sourire tranquille.

Cameron Jarvis. Cameron et son sourire facile, Cameron et ses vêtements de grand couturier ; Troy ne l'aurait jamais admis à voix haute, mais Cameron lui tapait sur le système. Il était trop bien dans sa peau pour être honnête. Il avait fallu du temps à Troy pour s'intégrer et pour qu'on reconnaisse son travail, mais Cameron ? Il lui suffisait d'entrer dans une pièce et tout le monde se pâmait à ses pieds.

— Passe un bon week-end, et dis à Jeanie que je lui passe le bonjour. Oh, et dis-lui aussi que Gail aimerait la revoir bientôt.

Cameron leva le dossier qu'il avait dans la main en guise d'adieu. Troy fronça les sourcils. Si même sa femme se mettait à comploter avec l'ennemi... Il regretta aussitôt cette réaction puérile. Peu importe qui obtiendrait cette promotion, Cameron et lui devraient apprendre à travailler en bonne intelligence.

Troy espérait simplement que ce serait lui le patron.

Il rassembla ses esprits et se remit au travail. Il termina consciencieusement ce qu'il avait commencé avant que Cameron l'interrompt, puis il éteignit son ordinateur portable, le débrancha et le

1

glissa dans sa sacoche. Il quitta la tour de bureaux du gouvernement fédéral et grimpa dans sa voiture pour rentrer chez lui.

Dehors, la nuit tombait déjà malgré les longues journées d'été. Il quitta le parking et s'engagea dans l'allée bordée d'arbres parfaitement taillés qui donnait sur la route. Arrivé au portail, l'agent de sécurité le reconnut et lui ouvrit. Troy le remercia d'un geste de la main et quitta les locaux. Il était vingt et une heure passées, un vendredi soir, mais Troy ne s'accordait pas de répit sous prétexte que le weekend arrivait.

— Je veux cette promotion, avait-il expliqué à Jeanie le matin même lorsqu'elle lui avait demandé de rentrer de bonne heure. Ça ne durera pas éternellement, je te le promets.

Mais la vérité, c'était qu'il n'en avait aucune idée. Personne ne savait quand le chef d'Agence prendrait sa décision.

Troy fit crisser le cuir du volant en serrant les phalanges à la simple pensée que Cameron puisse obtenir cette promotion. C'était tellement plus important pour lui que pour Cameron. Il tenta de laisser le travail et les soucis derrière lui au fil des kilomètres, pour se concentrer sur ce qu'il espérait être un week-end tranquille.

Jeanie avait appelé quelques heures auparavant pour lui rappeler que leur fille Sofia était à une soirée pyjama, et que sa sœur et elle emmenaient leur mère fêter son anniversaire. Troy s'attendait donc à une soirée calme en solitaire. Il fouilla dans sa poche à la recherche de son portable, avant de se souvenir qu'il l'avait oublié à la maison. Il avait passé la journée à le chercher dans sa poche, comme un tic agaçant ; il se sentait étrangement nu sans son téléphone.

En tournant dans sa rue, il s'attendait à trouver la maison vide. Au lieu de cela, il y avait de la lumière, et lorsqu'il voulut se garer, une voiture inconnue était déjà à sa place dans l'allée.

— Et merde, jura-t-il entre ses dents en reconnaissant la voiture de son frère.

Il avait oublié que Kevin devait passer. Il se gara derrière le véhicule de son frère, saisit son sac sur le siège passager et verrouilla la voiture avant de gravir les marches qui menaient à la véranda.

Arrivé à la porte, Troy ne put s'empêcher de prendre un moment pour regarder autour de lui. Jeanie et lui avaient rêvé de cette maison pendant des années. Une authentique maison victorienne de caractère, avec une tourelle et des grandes fenêtres. Lorsqu'elle était arrivée sur le marché, deux ans auparavant, ils avaient tout de suite fait une offre. Et dès que l'achat avait été conclu, Jeanie avait consacré tout son temps à l'aménagement et aux travaux. Sa femme était incroyable, rien ne l'arrêtait, et Troy l'avait vu transformer petit à petit une vieille bâtisse historique à l'abandon en véritable nid douillet. Il l'avait un peu aidée, parce qu'il ne travaillait pas autant à l'époque, mais depuis que les travaux étaient terminés, c'était presque comme si ses heures supplémentaires avait augmentées de façon proportionnelle.

— Salut Troy.

La voix de son frère le sortit de ses pensées. Kevin quitta le siège dans lequel il était assis sur la véranda et s'approcha de lui.

— Jeanie m'a dit de te dire qu'elle t'a laissé de la salade de poulet dans le frigo.

— Merci, répondit Troy avant d'entrer à l'intérieur.

Il posa sa sacoche à côté de la console dans le couloir, puis monta dans sa chambre. Il troqua son costume contre un jean confortable et un tee-shirt avant de redescendre. Arrivé en bas de l'escalier, il entendit son téléphone vibrer. Il le retrouva rapidement, posé sur la table du salon, et le glissa dans sa poche. Il lirait ses messages quand il serait seul.

Kevin le rejoignit dans la cuisine. Troy ouvrit la porte du réfrigérateur et prit l'assiette que Jeanie avait préparée pour lui. Il attrapa également deux bières et en tendit une à Kevin sans un mot. Il ressortit sur le perron et se laissa tomber dans l'un des fauteuils.

— À quelle heure est ton vol demain matin ? demanda Troy en commençant à manger.

Il dévora le contenu de son assiette avec appétit, Jeanie était une excellente cuisinière.

— Huit heures. C'est un long vol.

Kevin s'installa dans le fauteuil à côté de son frère. Il avait l'air préoccupé.

— Où tu vas cette fois ? demanda Troy, plus par politesse que par curiosité.

— Australie, pendant deux semaines. Peter voulait venir avec moi, mais il n'a pas pu obtenir de congés.

Peter était le conjoint de Kevin, ils étaient ensemble depuis plus de dix ans. Ils s'étaient pacsés deux mois avant que Jeanie et lui se marient.

— C'est dommage, remarqua Troy sans quitter son assiette des yeux.

Il entendit Kevin poser sa bière sur la rambarde du porche.

Le silence retomba et Troy pouvait sentir le regard pesant de son frère posé sur lui. Il s'apprêtait à lui demander quel était son problème, mais se retint au dernier moment. Après avoir passé leur adolescence à se détester, Kevin et lui avait maladroitement renoué des liens une fois adultes. Troy savait que cette trêve tardive était en grande partie sa faute. Il avait très mal supporté de grandir avec un frère ouvertement gay, et Kevin n'avait jamais été du genre à se cacher. Il était gay et fier de l'être depuis l'âge de quinze ans.

— Tout va bien au travail ? demanda Troy pour essayer de relancer la conversation.

— Ça va. J'ai beaucoup de déplacements mais a priori ça devrait se calmer après l'Australie. Je pars faire une croisière dans les Caraïbes avec Peter cet hiver, on voulait faire un voyage rien que tous les deux, répondit Kevin avant de prendre une autre gorgée de bière, et le silence retomba une fois de plus.

Troy nota distraitement que son frère avait l'air agité, il l'entendait se dandiner sur sa chaise juste à côté. Kevin avait toujours été du genre nerveux, Troy avait souvent usé de cette faiblesse lorsqu'ils étaient gamins, mais à présent, c'était à peine s'il prêtait attention aux changements d'humeur de son frère. Il termina son assiette et la posa sur la petite table près de sa chaise.

— Troy, craqua enfin Kevin en regardant nerveusement autour de lui comme pour s'assurer que personne ne pouvait les entendre. Et si on arrêtait de tourner autour du pot ? Tu as laissé ton téléphone à la maison et il n'a pas arrêté de sonner. J'ai fini par le mettre sur vibreur et j'ai vu tes textos.

Troy bondit de sa chaise en toisant son frère de toute sa hauteur.

— Qui t'a autorisé à regarder mon téléphone ?

Troy savait qu'il avait toujours intimidé son frère, mais cette fois Kevin se contenta de le fixer calmement du regard.

— Arrête ta comédie, Troy. Je viens de te dire que *j'ai lu tes textos*. Qui est ce Harry ?

Il parlait tout bas, comme s'il s'agissait d'un crime, ce qui ne fit qu'énerver Troy davantage.

— À quoi joues-tu Troy ? insista son frère.

Troy prit son assiette et quitta le porche sans dire un mot. Il se rendit dans la cuisine et posa sa vaisselle dans l'évier.

— Tu n'avais pas le droit.

Kevin effleura son épaule de sa main.

4

— Est-ce que Jeanie est au courant ?

Les yeux obstinément rivés sur l'évier, Troy était comme tétanisé. Il s'attendait à se réveiller de ce cauchemar à tout moment. Il cligna lentement des yeux, mais il était toujours dans la cuisine, aculé par la vérité. Il secoua la tête et haussa brusquement l'épaule pour déloger la main de son frère. Il se dirigea vers le salon sans avoir besoin de regarder derrière lui pour savoir que son frère le suivait. Il alluma la télévision et lança à Kevin un regard mauvais dans l'espoir de le faire taire. Mais ses bonnes vieilles techniques d'intimidation ne semblaient plus avoir le moindre effet ce soir.

— Parle-moi, Troy. Je te connais mieux que personne et je sais ce que tu ressens.

Il savait que Kevin était sincère, mais il n'était absolument pas prêt à parler de ça. Tout ce qu'il voulait, c'était qu'on lui fiche la paix et qu'on le laisse retourner à sa vie telle qu'elle était.

— C'est pour ça que tu passes autant de temps au travail ? Tu crois peut-être que je n'ai pas remarqué ? Tu n'es jamais à la maison, Jeanie et toi ne prenez plus vos vacances ensemble, et les rares fois où vous le faites, c'est toujours pour des voyages organisés en groupe. Vous ne sortez plus en amoureux depuis des lustres.

— Je n'ai pas envie d'en parler, répondit Troy entre ses dents.

— Je m'en fous complètement, rétorqua Kevin. Tu n'as pas le droit de faire l'autruche Troy, tu as une femme et un enfant et tu reçois des textos d'un gars que tu as rencontré dans un bar gay.

Troy s'apprêtait à lui servir la première excuse, le premier mensonge qui lui passait par la tête, mais Kevin le devança.

— Nous n'avons plus quinze ans, il ne s'agit pas d'avoir fait le mur, ou d'avoir pris une cuite et de faire croire aux parents que tu as une gastroentérite, c'est de ta vie qu'on parle Troy !

— Exactement, de *ma* vie, alors ne t'en mêle pas s'il te plaît !

— Il est hors de question que je ferme les yeux, tu n'es pas tout seul. Tu as pensé à Jeanie et Sofia ? Tu ne peux pas continuer à faire ça dans leur dos, ce n'est pas la solution. Laisse-moi t'aider.

— Je n'ai pas besoin de ton aide, répliqua-t-il d'une voix tremblante.

Il avait refoulé cette partie de lui pendant si longtemps, pris soin d'éviter toute tentation pour protéger la vie qu'il s'était construite pendant tellement d'années.

Après l'adolescence, Troy avait ouvertement soutenu son frère. Jeanie et lui avaient assisté à sa cérémonie de pacs, ils l'avaient même aidé à tout organiser. Troy était fier de son frère, même si au fond de lui il était rongé par la jalousie.

Il attrapa la télécommande et monta le volume. Il savait que même si Kevin le dénonçait, il lui suffirait de tout nier en bloc et de raconter un mensonge à Jeanie, elle le croirait sans poser de question. Il essaya de se concentrer sur la télévision pour calmer ses nerfs, lorsque soudain elle s'éteignit. Il tourna la tête et trouva le regard de son frère qui le fixait en fronçant les sourcils comme un parent déçu. Troy lui rendit son regard en attendant patiemment la leçon de morale qui allait suivre, mais Kevin ne dit rien. Au lieu de cela, il se leva, s'assit juste à côté de lui, et fit quelque chose de totalement inattendu : il prit Troy dans ses bras et le serra fort contre lui. Troy tenta d'abord de résister, mais Kevin n'avait pas l'intention de lâcher prise.

— Je sais ce qu'il y a dans ton cœur, petit frère. Je connais la honte que tu ressens, ce sentiment de devoir cacher à tout prix qui tu es réellement. Mais je veux que tu saches que quoi qu'il arrive, je t'aime et tu n'es pas seul.

Troy tenta d'ignorer l'émotion perceptible dans la voix de son frère. Il ne pouvait pas se permettre de s'attendrir. Il ne pouvait pas se permettre de céder, de s'ouvrir à lui, de se confier. *Il ne pouvait pas.*

— Kevin, prévint-il d'une voix tendue, mais son frère ne desserra pas son étreinte.

— Je sais que tu es gay Troy, et je sais que quelque part au fond de toi, tu m'en as toujours voulu parce que je suis sorti du placard quand on était encore gamin alors que toi tu ne comprenais pas ce qui t'arrivais. Je sais que ça te ronge depuis des années. Il est temps de lâcher prise petit frère, il est temps d'être celui que tu es vraiment, celui que tu as toujours été.

Troy se dégagea enfin de ses bras et s'éloigna de lui.

— Celui que je suis vraiment ? répéta-t-il. Je suis le mari de Jeanie, je suis le père de Sofia, voilà qui je suis. Je ne peux pas être gay.

Kevin se contenta de le regarder patiemment. Rares étaient les fois où il était parvenu à déstabiliser son frère, la dynamique fonctionnait habituellement dans l'autre sens, mais à cet instant Troy semblait plus que déstabilisé.

— Tu es gay Troy. Plus tôt tu l'accepteras, plus facile ce sera. Tu as passé ta vie dans le déni, regarde-toi, encore maintenant tu fais l'autruche. Mais je ne t'ai pas entendu me contredire fermement, tout ce que j'entends ce sont de faibles excuses pour détourner la question. C'est fini ce petit jeu. Tu peux continuer à te cacher si c'est-ce que tu veux, mais je te connais, tôt ou tard le véritable toi se révèlera, que tu le veuilles ou non. Les mensonges et la peur vont te dévorer, et chaque fois que tes pensées te trahiront, chaque fois que tu penseras à un homme, la culpabilité de trahir Jeanie te poignardera.

— Qu'est-ce que tu veux que je fasse? explosa Troy, la voix brisée.

Son armure était fendue et il pouvait sentir sa résolution de fer, sa volonté inébranlable qui l'avait protégé toutes ces années s'écrouler autour de lui comme un château de sable.

— Dis-moi Kevin, puisque tu sembles avoir toutes les réponses. Qu'est-ce que je dois faire pour ne blesser personne?

Kevin se leva et posa une main sur l'épaule de Troy, la chaleur réconfortante de sa paume se diffusant à travers le coton de son tee-shirt.

— Je n'ai pas toutes les réponses Troy, personne ne les a. Il n'existe pas de moyen de ne blesser personne. Ça fait trop longtemps que tu gardes ce secret, quoi que tu fasses à présent, les répercussions blesseront forcément quelqu'un. Tu vas blesser des gens que tu aimes, c'est inévitable, mais personne ne te demande de tout changer dans l'instant. Prends ton temps, réfléchis bien à ce que tu vas faire. Avant d'être honnête avec tes proches, il faut que tu apprennes à être honnête avec toi-même.

Kevin déglutit péniblement, comme si l'émotion lui enserrait la gorge.

— Et quoi que tu décides de faire, sache que ça m'est égal. Je t'aimerais toujours, rien d'autre n'a d'importance.

Kevin le serra à nouveau dans ses bras, et cette fois Troy lui rendit son étreinte. Les murs qu'il avait passé sa vie à construire autour de lui commençaient à s'effriter. Il se cramponna à son frère de toutes ses forces en tentant vainement de gérer la vague d'émotions qui menaçait de l'engloutir. Kevin le garda serré contre lui et Troy s'essuya furieusement les yeux, comme s'il pouvait forcer les larmes à retourner d'où elles venaient.

Le claquement d'une portière de voiture devant la maison le ramena à la réalité et il s'éloigna de son frère en ravalant la boule qu'il avait dans la gorge. Il se dirigea vers la salle de bain, fit couler de l'eau froide et s'éclaboussa le visage avant de se regarder dans le miroir. Troy avait toujours pensé qu'il savait qui il était, mais maintenant qu'il scrutait son reflet, il ne voyait qu'un étranger. Sa vie toute entière n'était que mensonges, et il n'était pas sûr de savoir combien de temps encore il pourrait maintenir cette mascarade. Il prit une profonde inspiration. Il entendit Jeanie entrer et saluer Kevin.

Il serra les paupières pour faire disparaitre ce reflet qui le dévisageait dans le miroir, et tenta désespérément de retrouver un semblant de contrôle sur ses émotions. Il se sentait vulnérable, comme s'il venait d'ouvrir la boîte de Pandore et qu'il était trop tard pour revenir en arrière. Les jointures du carrelage de la salle de bain se brouillèrent derrière les larmes qui lui montaient aux yeux. Qu'était-il sensé faire à présent ? Sa plus grande crainte était de blesser sa femme et sa fille. Jeanie et Sofia étaient toute sa vie.

Troy avait déjà été marié auparavant. Sa première femme, Mary, était ambitieuse et très carriériste, elle avait toujours était très claire sur le sujet ; elle ne voulait pas d'enfant. Mais Troy si, et c'était pour cette raison (une parmi tant d'autres) que leur mariage n'avait pas tenu. Il pouvait toujours mettre la fin de leur mariage sur le compte de leurs différends, mais maintenant qu'il y pensait, maintenant que Kevin l'avait forcé à admettre la vérité, il se demandait si Mary n'avait pas toujours su, inconsciemment. D'ailleurs elle s'était remariée depuis, et Troy avait appris qu'elle avait donné naissance à des jumeaux.

La réalité de sa vie, de ses choix, le heurtèrent de plein fouet et ses genoux se mirent à trembler. Il s'effondra comme une masse sur le tapis jaune pâle de la salle de bain. Il cacha son visage dans ses mains pour étouffer le bruit de ses sanglots incontrôlables et laissa les larmes couler. Il ne savait pas ce qui allait se passer maintenant, mais il était au moins certain d'une chose, ces larmes n'étaient pas les dernières.

Il se hissa péniblement sur ses pieds et fit de nouveau face au miroir. Quelqu'un frappa à la porte.

— Est-ce que tout vas bien ? demanda Kevin depuis le couloir.

— Oui, répondit-il simplement, de peur que sa voix ne le trahisse s'il en disait davantage.

Il ouvrit le robinet et se passa un gant d'eau froide sur le visage. Puis il tira la chasse d'eau, et ouvrit enfin la porte.

Il rejoignit Jeanie et Kevin qui profitaient de la douceur de la soirée sur le porche, torturé par la pensée qu'il s'apprêtait à déverser volontairement un torrent de douleur et de chagrin sur sa propre famille.

Il s'assit silencieusement en regardant les lucioles qui éclairaient les arbres autour de la propriété. Il fallait qu'il trouve une solution, et vite.

I

MON DIEU que ses pieds lui faisaient mal. Son corps tout entier n'était plus qu'une courbature géante. Il entendit une voiture approcher et leva désespérément le pouce dans l'espoir que la personne s'arrête. Il était si fatigué, il aurait accepté qu'on le dépose n'importe où. Mais le véhicule continua sa route, soulevant un nuage de poussière qui se colla à sa peau déjà couverte de crasse et de transpiration. Il était dans un tel été de saleté qu'il ne pouvait pas faire un mouvement sans être irrité par le sable et la poussière coincés à la pliure de ses articulations. Il avait la sensation de ne pas avoir pris de douche, de repas digne de ce nom ni d'avoir vraiment dormi depuis des semaines. Il devait lutter pour garder les yeux ouverts et ses jambes étaient lourdes comme du plomb, mais il n'avait pas d'autre choix que de continuer à avancer. Liam regarda autour de lui pour la énième fois, mais le paysage était le même : des champs et du bétail à perte de vue. Il savait que ces terres et ces bêtes devaient bien appartenir à quelqu'un, mais il n'avait pas croisé d'habitation depuis des kilomètres. Et la dernière maison à laquelle il avait osé frapper appartenait à un vieil homme qui lui avait ouvert le fusil à la main.

Le bruit sourd d'un autre moteur attira son attention et il se retourna en levant de nouveau le pouce. Le véhicule, une voiture de sport rouge, roulait à vive allure. Liam s'arma d'un sourire plein d'espoir et leva le pouce plus haut. La voiture se déporta sur le bas-côté et fonça droit sur lui, le forçant à reculer précipitamment. Il tomba à la renverse dans le fossé qui heureusement était peu profond, et la voiture continua son chemin à toute vitesse, sans le moindre signe de ralentissement. Liam ferma brièvement les yeux et se concentra sur son corps pour évaluer les dégâts, mais il n'était pas blessé. Courbaturé, ça oui, toujours, mais rien de cassé. Il aurait sans doute dû s'estimer chanceux, mais c'était compliqué de rester positif renversé dans un fossé les quatre fers en l'air, ses maigres possessions matérielles dispersées en vrac par terre autour de lui. Il se redressa lentement, ses mouvements entravés par ses muscles endoloris, et ramassa ses affaires pour les remettre dans son sac. En attrapant la dernière bouteille d'eau qui lui restait, il constata qu'elle s'était percée sous le choc et que toute l'eau était en train de se vider. Il ravala un cri de rage et de frustration, peut-être aussi quelques larmes, et leva les yeux vers le ciel. La nuit tombait et la température était déjà drastiquement redescendue. Il savait qu'il devait faire vite, mais il était si fatigué et affamé que son cerveau refusait de fonctionner correctement. Sans savoir par quel miracle, il parvint finalement à se relever et reprit sa route, mettant machinalement un pied devant l'autre dans la lumière déclinante du jour. Il observa frénétiquement les alentours, à l'affut de la moindre source de lumière qui pourrait indiquer la présence d'une maison, mais il ne vit rien.

Il avait tellement soif qu'il ne pouvait même plus déglutir, sa gorge était comme tapissée de papier de verre. L'obscurité totale tomba très rapidement, ne laissant plus que la faible lueur des étoiles pour éclairer sa route. Aucune voiture n'était passée depuis des heures et Liam pouvait sentir que son corps l'abandonnait. Trébuchant sur un rien, il dégringola sur le côté de la route et cette fois-ci, ne se releva pas. Il n'avait plus la force de continuer. Il songea que ce n'était pas très grave, après tout, personne ne voulait de lui, ce serait tellement plus simple s'il restait allongé là à attendre la mort. C'était sans doute la meilleure idée qu'il avait jamais eue. Il retira péniblement son sac-à-dos et posa la tête dessus en laissant le froid, la faim, la douleur et la fatigue s'installer dans tous ses os.

Des voix lointaines percèrent le voile de son inconscience et il lui fallut quelques instants pour comprendre qu'il ne rêvait pas. Les voix semblaient alarmées, urgentes, loin de l'état de douceur dans lequel il flottait. Plus de douleur, plus de faim, plus de froid…

— Fais attention, gronda quelqu'un à voix basse.

— Tu crois qu'il est mort ?

Une main chaude et douce se posa sur son cou.

— Non, il respire encore.

Liam tenta instinctivement de se blottir contre la chaleur rassurante de cette main, mais il ne pouvait plus bouger, alors il laissa le rêve continuer. Dans son rêve, il flottait sur un nuage. Le nuage se souleva et se mit à remuer. Petit à petit, Liam retrouva ses esprit et comprit qu'il n'était pas sur un nuage ; on était en train de le soulever. Il ouvrit péniblement les yeux et comprit qu'il était dans un véhicule. Il tenta vainement de se débattre, mais son corps ne lui répondait plus.

— Tout va bien, vous êtes en sécurité maintenant, personne ne vous fera de mal.

Liam obtempéra malgré lui, il ne lui restait pas vraiment d'autre choix. La porte du véhicule la plus proche de lui s'ouvrit, Liam sentit brièvement l'air frais de la nuit sur son visage, puis la porte se referma.

— Mario, il est réveillé.

À bout de force, Liam lâcha enfin prise. Peu importait ce qui allait lui arriver, il n'en avait plus rien à faire.

— Buvez ça doucement, l'encouragea une voix en portant une bouteille à ses lèvres.

Liam obéit et sentit l'eau fraîche glisser dans sa gorge. Les premières gorgées étaient douloureuses, mais très vite son corps déshydraté réagit et il chercha à se cramponner à la bouteille.

— Doucement, doucement.

Liam sentit le liquide traverser son corps pour tomber dans son estomac vide. Il continua de siroter jusqu'à ce que l'on éloigne à nouveau la bouteille de ses lèvres.

— Je vais vous en redonner, mais pas tout à la fois.

Il sentit son corps être installé contre quelque chose de doux et il se réchauffa progressivement. Il avait perdu toute notion du temps.

— Tenez, buvez ça.

Liam s'exécuta et cette fois, l'eau avait un autre goût. Il but tant qu'il pouvait.

— Qu'est-ce que c'est ? demanda une autre voix.

— De la Gatorade mélangée avec de l'eau. Il n'a probablement rien mangé depuis des jours, il ne faut pas brusquer son estomac.

Lorsque Liam rouvrit les yeux, il était allongé sur un canapé dans une pièce faiblement éclairée. Il y avait deux autres personnes dans la pièce, elles le regardaient avec inquiétude, debout au pied du canapé.

— Vous vous sentez mieux ?

Il hocha la tête et prit le verre qu'on lui tendait. Il le vida d'un trait, comme s'il avait peur qu'on le lui prenne. Il manqua de s'étrangler sur une gorgée et l'homme reprit le verre.

— Il faut y aller doucement, personne ne va vous empêcher de boire, nous voulons seulement ménager votre estomac.

— Qui êtes-vous ? demanda-t-il d'une voix rauque, la gorge en feu.

— Je m'appelle Wally, et voici Mario, répondit l'homme au verre d'eau. Nous vous avons trouvé sur le bas-côté de la route.

Liam essaya de s'asseoir, mais Wally le repoussa doucement.

— Allez-y doucement. Vous êtes déshydraté. À quand remonte la dernière fois où vous avez mangé ?

Liam haussa les épaules. Il aurait aimé s'en souvenir.

— Plusieurs jours, je pense. Je m'appelle Liam, Liam Southard, ajouta-t-il à la hâte, se souvenant de ses bonnes manières.

Wally tendit le verre à l'autre homme.

— Remplis-le moitié eau, moitié Gatorade s'il te plaît.

Mario hocha la tête et quitta la pièce.

— Que faisiez-vous au bord de la route au beau milieu de la nuit ? Nous avons bien failli ne pas vous voir.

— Je marchais. Ça fait des semaines que je cherche du travail dans la région. J'ai commencé dans un ranch au sud d'ici, mais ils m'ont viré à la fin de mon premier jour et je suis parti. Je n'ai pas mangé grand-chose depuis.

Le regard inquiet de Wally était presque insupportable, Liam savait qu'il ne méritait pas ce regard. Mario revint avec le verre et Liam lui arracha pratiquement des mains pour le boire à toute vitesse.

— Hé, on a dit doucement. Personne ne va vous voler votre verre, lui dit doucement Wally.

Liam lui rendit le verre vide.

— Merci beaucoup, dit-il penaud.

Le plus grand des deux hommes, Mario, récupéra le verre et sortit. Il revint peu de temps après avec un autre verre rempli qu'il posa sur la table basse. Liam se détendit une seconde, jusqu'à ce qu'il se souvienne de son sac. Il le chercha frénétiquement du regard.

— Votre sac est juste là, par terre à côté du canapé. Reposez-vous un peu et ne buvez pas trop à la fois, lui recommanda Wally, puis les deux hommes quittèrent la pièce.

En observant un peu autour de lui, Liam remarqua des photos accrochées aux murs. Il entendit du bruit dans la cuisine et son estomac se mit à rugir, lui rappelant qu'il n'avait rien mangé depuis des jours. Il tendit la main pour attraper le verre. Il avait encore soif, mais ça n'était rien comparé à la sécheresse de sa gorge lorsque les deux hommes l'avaient trouvé. Il avala une gorgée prudente et, ne sachant pas trop quoi faire d'autre, attendit. Wally revint dans la pièce avec une assiette qu'il lui tendit. Il y avait deux tranches de pains grillés posées dessus. Liam attrapa la première, prit une bouchée hésitante, comme pour tester son estomac, puis il engloutit le reste de l'assiette en un temps record.

— Nous allons vous laisser un peu de temps, puis j'irai chercher quelque chose d'autre.

Liam hocha la tête et rendit l'assiette. Il pouvait déjà sentir la fatigue s'emparer de lui.

— Merci, murmura-t-il.

— Détendez-vous, vous êtes en sécurité.

Il sentit une main chaude toucher son front.

Il sombra dans un état de somnolence léger, vaguement conscient d'entendre des gens se déplacer autour de lui, mais sans rouvrir les yeux.

Il n'aurait pas su dire combien de temps s'était écoulé lorsqu'un claquement de porte le fit brusquement sursauter et tomber du canapé. Il commençait sérieusement à se lasser de cette nouvelle manie de tomber sur les fesses. Il leva les yeux vers la gigantesque silhouette masculine qui le surplombait. Il n'eut pas le temps de dire quoi que ce soit qu'il entendit quelqu'un d'autre dans la maison se précipiter vers eux en courant.

— Kota ! s'écria Wally en se jetant dans les bras du nouvel arrivant.

Liam les vit se serrer l'un contre l'autre, puis à sa grande surprise, les deux hommes s'embrassèrent. Il cligna plusieurs fois des yeux, avant de remonter sur le canapé en détournant le regard. Il se rallongea et réajusta la couverture sur lui en les écoutant parler. Il se demanda s'il était mort dans son sommeil et si c'était le paradis.

Il avait les yeux rivés sur le plafond lorsque l'imposante silhouette de « Kota » se pencha dans son champ de vision.

— Wally dit que vous étiez sacrément déshydraté quand il vous a trouvé. Est-ce que vous êtes blessé ailleurs ?

Kota s'agenouilla près du canapé et souleva la couverture. Liam essaya obstinément de la maintenir en place.

— Tout va bien, je suis médecin, le rassura Kota. Je veux seulement m'assurer que vous n'avez rien.

— Je vais bien, déclara nerveusement Liam. Et je devrais sans doute m'en aller maintenant.

— Vous pouvez y aller si c'est-ce que vous voulez. Personne ne va vous en empêcher, mais Wally m'a dit que vous n'aviez pas mangé grand-chose ces derniers jours, vous devez avoir faim. Vous n'avez rien à craindre, ajouta-t-il gentiment.

Liam chercha instinctivement Wally du regard, comme pour chercher son approbation, et Wally lui offrit un sourire encourageant.

— Vous pensez pouvoir marcher ? demanda le jeune docteur.

13

Liam hocha la tête et se redressa lentement. Il se sentait aussi faible qu'un bébé faon, mais il réussit à se mettre debout et suivit les deux hommes dans la cuisine. Il tira une chaise sur laquelle il s'assit rapidement, et Kota s'installa à côté de lui.

— Comment vous êtes-vous retrouvé évanoui dans un fossé sur le bord de la route ?

— Je recherchais un emploi, répondit Liam honnêtement. Je viens du Texas, mais j'ai voyagé jusqu'à Pinedale parce que j'y avais trouvé un travail. Quand je suis arrivé, le contremaître m'a embauché comme il l'avait promis, mais après seulement une journée, le patron est venu me voir et m'a dit qu'il ne voulait pas de pédé sur son ranch.

Liam s'arrêta pour avaler sa salive et reprendre son souffle.

— Le contremaître m'a payé ma journée et je me suis retrouvé sans emploi. J'étais arrivé en bus, mais il ne me restait pas assez d'argent pour un autre billet. J'ai essayé de retrouver un autre emploi dans l'un des ranchs voisins, mais le patron avait fait passer le mot et personne n'a voulu m'embaucher.

Liam sentit les larmes monter, et lorsque Wally déposa une assiette avec des œufs brouillés et du pain grillé devant lui, il ravala courageusement toute la douleur et la peur qu'il avait ressenties au cours de ces dernières semaines. Il s'était fait à l'idée d'être rejeté pour ce qu'il était partout il irait, rien ne servait de pleurer. Il commença à manger lentement.

— Pinedale est à plus d'une centaine de kilomètres d'ici. Vous avez fait tout ce chemin à pieds ? demanda Kota.

Liam se contenta de hocher la tête, trop affamé pour prendre le temps de vider sa bouche et de répondre. Ce Wally était un sacré cuisinier.

— J'ai entendu dire que je trouverais peut-être du travail par ici, mais personne ne s'est arrêté pour me prendre en stop. J'ai tenté ma chance dans quelques-uns des ranches sur ma route, mais ils n'embauchaient pas, alors j'ai continué mon chemin.

Il dévora jusqu'à la plus petite miette dans son assiette. Une fois vide, Wally la lui prit et le resservit. Liam commençait à se sentir rassasié, une sensation qu'il pensait ne plus jamais ressentir.

Lorsqu'il eut terminé, Wally prit son assiette et la déposa dans l'évier.

— Kota, Liam est mort de fatigue et il a besoin de dormir, tu lui poseras toutes tes questions demain matin.

Wally posa ses deux mains sur les larges épaules de Kota, et le grand homme se pencha instinctivement en arrière, à la recherche de son contact.

— Je vais vous montrer la chambre où vous allez dormir.

Liam hocha la tête et se leva, récupérant son sac près du canapé avant de suivre Wally dans le couloir. Il ne put réprimer un soupir de soulagement à la vue du gigantesque lit moelleux et de son couvre-lit cousu main.

— Est-ce que je pourrais me débarbouiller quelque part ?

— La salle de bain est à droite dans le couloir. Je vais vous préparer des serviettes de bain. Vous avez des vêtements de rechange dans votre sac ?

Liam secoua négativement la tête, gêné.

— Je vais vous trouver quelque chose à mettre et je poserais ça sur le lit, d'accord ? Ne soyez pas gêné, ajouta Wally comme s'il pouvait lire dans ses pensées. Les vêtements de Dakota seront peut-être un peu grands, mais ça devrait suffire juste pour cette nuit. Les produits de douches sont dans la salle de bain, prenez tout ce dont vous avez besoin.

Wally sortit et Liam fixa le lit accueillant avant de se regarder dans le miroir au-dessus de la commode. Il sursauta en apercevant son reflet. Avec sa barbe éparse qui poussait dans tous les sens, les gigantesques cernes noirs sous ses yeux, et ses lèvres blanches et craquelées, il avait l'air d'un vagabond aux portes de la mort. Son front était strié par la saleté et ses mains semblaient bronzées, mais ce n'était dû qu'aux couches de poussière et de saleté incrustées sur sa peau. Wally revint et déposa une pile de vêtements sur le bord du lit avant de repartir.

Liam posa son sac près du lit et se dirigea vers la salle de bain. Une brosse à dents neuve, un tube de dentifrice, ainsi qu'un rasoir et de la crème à raser l'attendaient, alignés sur le meuble du lavabo. Un tiroir avait été laissé ouvert pour lui indiquer où se trouvait le linge de bain. Il referma lentement la porte et s'appuya au meuble, ses deux bras tendus de part et d'autre du lavabo. Enfin seul, il laissa libre court à ses larmes. Il n'était rien d'autre qu'un parfait inconnu pour ces gens, et pourtant ils s'étaient déjà montrés plus prévenants avec lui que ne l'avaient jamais été ses propres parents. Il peinait à comprendre la raison de leur bonté, mais il décida de saisir sa chance et leur demander dès le lendemain s'ils avaient du travail à lui proposer. Il espérait du fond de son cœur que leur ranch avait besoin d'un autre ouvrier. Au moins, ils ne risquaient visiblement pas de le virer sous prétexte qu'il préférait les étalons aux pouliches.

Si le reste des gens qui vivaient ici étaient aussi gentils que Wally, Dakota et Mario, Liam n'était peut-être pas mort sur le bord de la route, mais il était quand même arrivé au paradis.

Tachant de ne pas se faire d'espoirs inutiles, il se concentra sur un problème plus facile et plus rapide à régler : retrouver figure humaine. Il retira ses vêtements rigides de crasse et grimpa dans la baignoire pour se glisser sous le jet du pommeau douche. Il ferma les yeux en laissant l'eau chaude couler le long de son corps. Il avait l'impression de n'avoir jamais rien ressenti de pareil. Lorsqu'il rouvrit les yeux, il sursauta en voyant l'eau presque noire qui s'écoulait dans le siphon. Il attrapa le savon et entreprit de frotter vigoureusement chaque centimètre carré de sa peau.

Après s'être lavé au moins deux fois, il éteignit l'eau et sortit de la baignoire. Le visage qui lui faisait face dans le miroir était déjà un peu plus ressemblant, mais ce n'était pas encore tout à fait le vrai Liam. Il se rasa puis se brossa les dents, et alors seulement il estima être redevenu lui-même. Il enroula une serviette autour de sa taille, entrouvrit timidement la porte et trottina de la salle de bain jusqu'à sa chambre. Il prit les vêtements que Wally avait laissés pour lui et retourna dans la salle de bain. Wally était déjà dans la pièce, en train de ramasser ses vêtements sales.

— Je voulais les laver, mais ils sont dans un tel état, j'ai peur qu'ils ne survivent pas à la machine. Je vais voir ce que je peux faire, si vous avez autre chose à laver tant que j'y suis, n'hésitez pas.

— Vous n'êtes vraiment pas obligé de faire ça, déclara doucement Liam, mais la simple idée de porter des vêtements propres parvint à lui arracher un sourire.

— Ce n'est pas un problème, répondit Wally en faisant un geste de la main pour l'inviter à lui donner les autres vêtements sales dans son sac. Et s'ils ne survivent pas au lavage, on vous aidera à trouver des vêtements, ne vous inquiétez pas.

Liam hocha la tête en l'observant attentivement.

— Pourquoi vous faites tout ça ? Pourquoi m'aider ? Vous ne me connaissez même pas.

Wally écarquilla les yeux.

— Personne ne vous a jamais aidé avant ?

Liam secoua tristement la tête et Wally fronça les sourcils.

— On vous aide parce que c'est la bonne chose à faire, tout simplement. Et si vous alliez dormir un peu ? Personne ne vous réveillera demain matin, retrouvez moi dans la cuisine quand vous serez levé, je vous préparerai un petit déjeuner.

Wally lui sourit et quitta la salle de bain. Liam ne put s'empêcher de remarquer que Wally n'avait pas parlé de travail, mais il décida de ne

16

pas perdre espoir. Et si Wally et Dakota lui demandaient de s'en aller le lendemain, alors il partirait, mais au moins pour ce soir, il dormirait dans un vrai lit, comme un être humain, et pas sur le bord de la route comme une chose immonde dont personne ne veut. Il se glissa sous les couvertures, éteignit la lumière et ferma les yeux. Enfin propre, au chaud et rassasié, il s'endormit instantanément.

RÉVEILLÉ PAR la lumière du jour à travers sa fenêtre, Liam ouvrit doucement les yeux et s'étira. Il lui fallut quelques instants afin de se souvenir où il était et pourquoi il ne dormait pas par terre, dehors. Lorsque tous les évènements de la veille lui revinrent en mémoire, il s'enfonça paresseusement dans les oreillers, réfractaire à l'idée de quitter ce nid douillet. Mais sa vessie et son estomac se firent un plaisir de lui rappeler qu'il n'avait pas le choix. Liam s'extirpa donc du lit à contrecœur, et traversa le couloir pour faire un petit détour par la salle de bain, avant de suivre l'odeur divine de nourriture qui le guida jusqu'à la cuisine.

— Bonjour, le salua un homme inconnu.

Liam regarda autour de lui, à la recherche de Wally ou de Dakota.

— Ne vous inquiétez pas, Wally et Dakota sont partis faire une promenade à cheval. Ils ne seront probablement pas de retour avant la fin de la journée. Je suis Phillip, le meilleur ami de Wally. Asseyez-vous, je vous ai préparé à déjeuner.

— Déjeuner ? répéta Liam en cherchant une horloge du regard.

— Il est une heure de l'après-midi, répondit malicieusement Philip en posant une assiette devant lui. Vous deviez être très fatigué.

Il se retourna vers l'évier pour faire la vaisselle et Liam le détailla du regard.

— Vous travaillez ici ? demanda-t-il entre deux énormes bouchées.

— Mon conjoint, Haven, est propriétaire du ranch avec Dakota et Wally, expliqua Phillip.

Liam manqua lâcher sa fourchette.

— Et avant que vous posiez la question, non, tous les gens de ce ranch ne sont pas gays. Seulement la plupart, ajouta-t-il après une courte pause en ricanant.

— Et ça ne pose de problème à personne ? Je veux dire, en ville ?

Phillip haussa les épaules.

17

— Il y a bien quelques crétins que ça dérange, mais nous faisons bien notre travail, et nous sommes toujours là pour donner un coup de main quand il y a besoin. La majorité des gens du coin a fini par comprendre que nous étions exactement comme eux. Et puis, comme le dit Wally, c'est difficile de haïr quelqu'une une fois qu'on le connait.

Liam secoua la tête, incrédule. Il ne remettait pas la parole de Philip en doute, mais il avait tellement de mal à croire ce qu'il entendait.

— Finissez de manger. Wally et Dakota ont dit que si vous restiez dans les parages, ils aimeraient vous parler lorsqu'ils rentreront.

Phillip termina la vaisselle et s'essuya les mains.

— Je reviens tout de suite.

Il quitta la pièce et Liam se retrouva plongé dans ses pensées. Son cœur sautait de joie à l'idée de se voir offrir un emploi, mais sa raison tirait les rennes et lui rappelait de ne pas non plus nourrir d'espoir inutile.

La porte grillagée de l'entrée claqua, le ramenant à la réalité.

— Où est Phillip ? demanda un homme inconnu d'un ton pressé.

Avant que Liam puisse répondre, Phillip réapparut en poussant un vieil homme dans un fauteuil roulant.

— Haven ? Quelque chose ne va pas ?

— Je viens de recevoir un appel du shérif. Du bétail s'est éparpillé sur la route près de la prairie, à l'ouest. Quelque chose a dû les effrayer et les bêtes ont piétiné la clôture.

Son assiette oubliée, Liam les écoutait attentivement.

— Elles sont allées loin?

— Je ne sais pas, répondit Haven, je m'apprêtais à y aller.

— Je peux vous aider, proposa brusquement Liam.

Haven jeta à Philip un regard déconcerté.

— Très bien, dit-il finalement. Phillip, appelle Wally et Dakota et demande-leur de nous rejoindre. Dakota connait bien l'endroit, il saura où nous trouver.

Haven se retourna vers Liam.

— Allons-y.

Liam le suivit jusqu'à un grand hangar face à la grange sous lequel une dizaine de quads étaient garés. Haven lui en indiqua un en lui tendant un casque. Liam l'enfila et se dirigea vers le véhicule. D'autres hommes arrivèrent, et bientôt un véritable concert de moteurs résonna dans la cour. Ils se mirent en route et Liam les suivit sans hésiter. Il n'avait aucune idée de qui étaient tous ces gens. Il avait cru voir Mario sauter dans l'un des quads, mais dans le fond, qu'il connaisse ou non ces hommes n'avait pas d'importance à cet instant.

Son cœur battait à tout rompre. Après plusieurs kilomètres de route, ils arrivèrent à l'endroit où la clôture gisait écrabouillée sur le sol, les traces de pas paniqués du bétail clairement visibles dans la terre. Ils suivirent le large sillon de traces de sabots en se séparant en deux files de quads, de chaque côté, jusqu'à ce qu'ils tombent sur un large groupe de bovins éparpillés au milieu de la route. Ils ralentirent.

— Et merde ! jura Haven. Ça va nous prendre toute la journée pour les ramener au pré.

— Pas si nous nous déployons autour d'eux. Si nous les encerclons assez largement et que nous les forçons à se rabattre progressivement à un point donné, nous devrions pouvoir regrouper la plupart du troupeau. Il ne nous restera plus qu'à rattraper les éventuels retardataires, proposa Liam.

Les autres hommes le regardèrent, certains d'entre eux hochant la tête.

— Très bien, essayons ça, acquiesça Haven avant de donner ses instructions.

Ils se déployèrent lentement autour du troupeau et les bêtes commencèrent à reculer au fur et à mesure qu'ils resserraient leur cercle. En se rapprochant de la clôture, Liam aperçut deux hommes à cheval au loin. Ils se dirigèrent vers Haven et entamèrent tous les trois une discussion. Liam vit Haven pointer un doigt dans sa direction et il reconnut les deux cavaliers ; il s'agissait de Dakota et Wally. Détournant le regard, il se concentra sur sa tâche et aida le reste des hommes à guider le bétail.

Une fois toutes les bêtes ramenées dans leur pré, une poignée d'ouvrier fut chargée de partir à la recherche des quelques bovins isolés qui n'étaient pas rentrés avec le troupeau. Liam attendit, alerte et prêt à agir à la moindre nouvelle instruction.

— Vous pouvez réparer les clôtures ? cria Haven dans sa direction et Liam hocha la tête.

Il était à peu près capable de tout sur un ranch. Haven lui fit signe de le suivre et ils s'approchèrent ensemble de la clôture.

Ils coupèrent leurs moteurs pour observer l'étendue des dégâts. Plusieurs poteaux avaient été arrachés et piétinés.

— Ils ont dû se prendre dans les fils et arracher plusieurs poteaux en tirant, il va falloir remplacer ce pan de clôture tout entier, estima Liam.

— J'ai bien peur que vous n'ayez raison. Dakota et Wally vont retourner au ranch chercher le matériel nécessaire. Au fait, je me présente, je suis Haven.

Il retira ses gants et lui tendit la main.

— Dakota m'a dit que vous cherchiez du travail. On a besoin de quelqu'un ici si ça vous intéresse, mais je préfère vous prévenir tout de suite, ce n'est pas exactement un job habituel. Vous aiderez sur le ranch bien sûr, mais la plupart du temps vous travaillerez avec Wally. C'est le vétérinaire de la région, et la bonne marraine la fée de toutes les bêtes qui respirent sur ces terres.

Le visage de Liam se tordit dans une grimace confuse.

— Je connais bien les bêtes, j'ai grandi avec, dit-il hésitant, mais je ne suis pas vétérinaire.

Haven éclata de rire.

— Wally va vous montrer les ficelles, ne vous inquiétez pas pour ça.

Liam ne savait pas dans quoi il s'embarquait, mais il avait vraiment besoin d'un travail et cet endroit semblait trop parfait pour laisser passer l'occasion.

— Je ferai de mon mieux.

— Je n'en doute pas, répondit Haven avec un sourire mystérieux.

Devant l'expression confuse de Liam, il s'expliqua.

— Je crois que je sais ce que vous ressentez. Il n'y a pas si longtemps je me suis retrouvé dans une situation assez similaire.

— Vous *croyez* savoir ce que je ressens ? répéta Liam en plissant les yeux avec défiance. J'ai toute une vie de galères derrière moi, et vous qui ne me connaissez que depuis quelques heures, vous prétendez savoir ce que je ressens ?

L'estomac de Liam se contracta et il serra la mâchoire. Haven venait de lui offrir un emploi dans son ranch, un endroit parfait où on pouvait être ouvertement gay sans être jugé, et lui, il lui aboyait dessus.

— Crois-moi Liam, je suis passé par là. Mon père haïssait les homosexuels avec une violence incroyable. Il haïssait Dakota, et il m'aurait sans doute haï avec autant de force s'il avait su que j'étais gay. Mais il est mort avant que j'ai pu le lui dire. Je sais ce que c'est que d'être mis plus bas que terre, de ne plus avoir la force de se relever et de préférer mourir que de continuer à vivre comme ça. Presque tout le monde sur ce ranch a vécu ça.

Liam sentit la vague d'émotions qui avait failli l'engloutir la veille refaire surface, et il se détourna afin que Haven ne puisse pas lire la vulnérabilité sur son visage. Son père lui avait appris très tôt à ne pas montrer le moindre signe de faiblesse. Haven posa une main sur son épaule.

— Je ne vais pas te forcer à me raconter ce qui t'est arrivé, mais si jamais un jour tu as besoin de parler, sache que beaucoup de gens ici sont prêts à t'écouter, moi compris.

Haven serra brièvement l'épaule de Liam avant de la relâcher.

— Merci, répondit le jeune homme d'une voix à peine audible.

Il n'arrivait pas à croire que vingt-quatre heures plus tôt, on l'avait laissé pour mort dans un fossé et qu'aujourd'hui, il avait un emploi dans un ranch où tout le monde l'acceptait tel qu'il était. Liam avait passé toute sa vie à se cacher. Les rares fois où il avait tenté d'être lui-même au grand jour, il n'avait reçu que des coups et des injures en retour.

— Viens, allons déblayer les morceaux de clôture, comme ça quand Wally et Dakota reviendront avec les outils, il ne nous restera plus qu'à planter les nouveaux poteaux.

Quelques instants plus tard, un pick-up s'engagea sur le chemin qui longeait le pré et s'arrêta près d'eux. C'était Wally et Dakota. Haven et Liam déchargèrent le pick-up et Liam récupéra une pince coupante pour couper les fils de fer cassés. Il les enroula proprement sur eux-mêmes et les posa à l'arrière du pick-up. Il arracha ceux qui n'étaient pas récupérables et les jeta sur la pile de débris qu'ils avaient rassemblée au bord du chemin. Lorsqu'il en eut fini avec les fils, les nouveaux poteaux avaient déjà été répartis aux endroits où il fallait les planter, et Dakota et Haven avaient déjà commencé à creuser des trous. À eux quatre, ils remirent la clôture sur pieds en un rien de temps. Ils étaient en train de tasser la terre autour des nouveaux poteaux lorsque les ouvriers revinrent avec les dernières bêtes égarées.

— Vous les avez tous retrouvés ? demanda Dakota.

Mario coupa le moteur de son quad pour répondre ; il était couvert de poussière.

— Il n'en reste plus que deux ou trois, les gars sont partis les chercher. Ils les mettront dans le pré le plus proche de l'endroit où ils les retrouveront, vous pouvez fermer la clôture.

Il remit son moteur en route et remonta le chemin à vive allure. Ils finirent d'attacher les derniers fils de fer pour fermer la clôture, et Wally se recula pour admirer leur travail. Il se tourna vers Liam.

— Vous avez eu une première journée palpitante, déclara-t-il amusé. Est-ce que Haven vous a parlé du job ?

Liam hocha la tête en souriant, même s'il ne savait toujours pas exactement en quoi consistait ledit job.

— Très bien, alors rentrons, je vais vous expliquer ce que vous aurez à faire.

Le téléphone de Wally se mit à sonner. Il le sortit de sa poche et s'éloigna pour répondre. L'appel ne dura que quelques secondes, et lorsqu'il revint il expliqua :

— Nous allons devoir remettre ça à plus tard. Dakota, je dois rentrer au ranch.

Ils rangèrent tout le matériel dans le pick-up et Wally et Dakota repartirent rapidement.

— Wally est coutumier des urgences vétérinaires, expliqua Haven en jetant un dernier coup d'œil sur leur travail. Tu vas t'y habituer, tu verras.

— Dakota est médecin lui, c'est ça ?

— Il finit son internat, il n'est pas souvent au ranch. Il n'est rentré que pour le week-end, il repart pour un mois dès lundi.

Ils remontèrent sur leurs quads et regagnèrent le ranch ensemble. Après les avoir garés sous le hangar, Haven le libéra pour le reste de la journée.

— Rentre te reposer, Wally va me passer un savon si je t'achève dès le premier jour.

Haven s'éloigna en direction de la grange, et Liam resta debout immobile pendant quelques secondes, encore tout étourdi par la chance qu'il avait.

La maison était incroyablement silencieuse lorsqu'il entra. L'homme qu'il avait vu plus tôt dans sa chaise roulante était endormi dans le salon.

— Bonjour jeune homme.

Pas si endormi que ça visiblement.

— Vous êtes Liam je suppose ?

Sa voix était un peu pâteuse, mais pas incompréhensible.

— Oui, monsieur, répondit-il.

— Je suis Jefferson, le père de Dakota. Il m'a parlé de vous avant de partir ce matin.

Une femme en uniforme d'infirmière entra dans le salon.

— J'ai changé les draps de votre lit. Vous voulez rester ici ou vous préférez retourner vous coucher ?

Jefferson pencha légèrement la tête sur le côté.

— Pourquoi diable voulez-vous que je retourne me coucher ? J'aurais bien le temps de dormir quand je serai mort.

Liam étouffa un rire et l'infirmière leva les yeux au ciel.

— Très bien, vieux fou, dit-elle affectueusement. Je vais finir ce que j'ai à faire, si vous êtes fatigué, envoyez ce jeune homme me chercher.

Elle quitta la pièce et Liam s'assit sur le canapé à côté de Jefferson, quelque peu intimidé.

— C'est l'enfer de vieillir, gamin, déclara Jefferson avec un soupir.

— Je peux faire quelque chose pour vous ?

— M'apporter une bière, répondit Jefferson et Liam était sur le point de se lever lorsque Wally entra dans la maison.

— Vous savez que vous ne devez pas boire d'alcool avec vos médicaments, le gronda gentiment Wally et Liam sentit aussitôt qu'il devait avoir beaucoup d'affection pour Jefferson. Vous avez fait la connaissance de Liam ? Il vous a dit qu'il va travailler au ranch avec nous ?

— Oui, oui, marmonna Jefferson en luttant visiblement pour ne pas s'endormir.

Pour ne pas le fatiguer davantage, Liam suivit Wally qui lui fit signe de le rejoindre vers la porte qui donnait sur l'arrière cours.

— Qu'est-ce que c'est ? demanda curieusement Liam en montrant l'intrication de cages et de clôtures à l'arrière de la propriété.

— C'est là que se trouve votre nouveau job, répondit malicieusement Wally. Vous êtes prêt à les rencontrer ? Nous tenons un refuge pour animaux, expliqua-t-il. J'ai besoin de quelqu'un pour s'occuper d'eux quand je suis en consultation.

Ils se rapprochèrent des cages et Liam ouvrit de grands yeux.

— Attendez, est-ce que c'est... Un lion ?

Wally éclata de rire.

— Nous avons actuellement trois lions et quatre tigres. J'essaie de leur trouver des foyers permanents dans des zoos ou des parcs animaliers, mais certains d'entre eux sont si vieux que personne n'en veut.

Wally s'approcha de l'une des cages et un grand lion avec une crinière impressionnante s'avança vers lui en bâillant.

— Ça, c'est Manny. Il n'est plus tout jeune, mais ne vous y trompez pas, ce n'est pas un animal de compagnie, ça reste un animal sauvage et imprévisible. Le premier lion que j'ai eu s'appelait Schian, il adorait que je lui gratte le ventre. C'est le seul en qui j'avais assez confiance pour entrer dans sa cage, et même avec lui, je restais sur mes gardes. Il est décédé il y a un peu plus d'un an.

Liam perçut le chagrin dans la voix de Wally et il ne put s'empêcher de se demander à quoi ressemblait un lion adulte qui se faisait gratouiller le ventre en ronronnant.

— Qu'est-ce que vous attendez de moi exactement ? demanda-t-il en reculant brusquement lorsque Manny rugit.

Son cri résonna à travers la plaine avec une force semblable à un coup de tonnerre.

— Cette histoire est complètement dingue, marmonna Liam en se rapprochant de nouveau.

Wally se remit à rire. Il ne se lasserait jamais de l'effet « on a un lion dans le jardin ».

— Il suffit d'être prudent et attentif, inutile d'avoir peur. Manny aime bien rappeler que c'est lui le patron, c'est tout.

Il se dirigea vers une autre cage.

— Il y a quatre enclos grillagés, qui communiquent avec une aire de jeux commune. Tout ce que vous devez faire, c'est gérer l'ouverture des portes communicantes pour qu'ils puissent avoir accès à l'aire de jeux s'ils en ont envie. J'essaie de faire en sorte que chacun d'entre eux puisse y aller au moins une fois par jour.

Wally s'arrêta ensuite devant une autre cage dans laquelle se trouvait le plus beau tigre que Liam ait vu de toute sa vie.

— Waouh, souffla-t-il émerveillé.

— Impressionnant, hein ? C'est Shahrazad, une tigresse du Bengale. C'est aussi la pire des pestes qu'on n'ait jamais gardées. Faites bien attention de ne jamais vous approcher trop près, le prévint-il.

Liam n'en avait absolument pas l'intention.

— Comment vous faites pour la nourrir si vous ne pouvez pas l'approcher ? demanda-t-il d'une voix hésitante.

Wally indiqua une trappe à l'arrière de la cage.

— La nourriture passe par ici, et l'eau par-là, ajouta-t-il en lui montrant l'arrivée d'eau. Il faut nettoyer complètement les enclos environ tous les deux jours.

Il s'interrompit et posa les yeux sur Liam.

— Vous pensez être à la hauteur ? C'est un travail qui exige patience et vigilance.

Liam hocha lentement la tête.

— Jamais je n'aurais imaginé qu'un jour je m'occuperais d'animaux sauvages, souffla-t-il émerveillé.

— Je vais vous présenter les autres, dit Wally en l'entrainant vers le reste des cages.

Lorsque Wally eut fini de lui donner les informations et les consignes les plus importantes, la tête de Liam était déjà sur le point d'exploser.

— Je sais que ça fait beaucoup d'un coup, nous allons travailler en binôme les premiers temps. Je ne m'attends pas à ce que vous soyez opérationnel demain, ce que je veux c'est pouvoir partir pour une urgence en sachant que les animaux du refuge sont entre de bonnes mains.

— Je peux le faire, répondit Liam avec plus de confiance qu'il en ressentait.

C'était un bien faible prix à payer pour avoir un toit au-dessus de la tête et de la nourriture dans son assiette.

Manny rugit à nouveau, et tous les autres félins se mirent à grogner et à tourner dans leurs cages.

— Que se passe-t-il ?

— Je ne sais pas. On dirait qu'ils sentent quelque chose. Regardez comment leurs oreilles sont allongées et leurs poils sur leurs cous sont hérissés.

Wally et lui scrutèrent l'horizon, silencieux. L'atmosphère était tendue, chargée du stress et de l'agitation communicative des félins.

— Il y a de la fumée là-bas, indiqua finalement Liam en montrant du doigt les collines derrière le ranch. Le vent a sûrement porté l'odeur jusqu'à nous, mais je n'ai pas l'impression que ce soit un feu de forêt.

— Sans doute pas, répondit Wally, mais ça fait quand même beaucoup de fumée pour un simple feu domestique, et avec la sècheresse de la terre ces dernières semaines, si le feu se propage, il ravagera toute la vallée en quelques heures à peine.

Wally se précipitait déjà vers la maison.

— Qu'allez-vous faire ? demanda Liam en le suivant.

Wally s'arrêta net, comme s'il n'avait même pas réfléchi à cette question.

— Wally, je suis certain qu'il n'y a rien de grave, la fumée ne monte pas très haut et elle n'a pas l'air de se propager. Si vous me dites par où passer, je peux aller jeter un coup d'œil, offrit-il.

Il n'allait certainement pas rester là les bras croisés.

— Je ne comprends pas d'où peut provenir ce feu, il n'y a rien du tout là-haut, répondit Wally inquiet en fronçant les sourcils. Dakota m'a déjà parlé de l'entrée d'un vieux sentier sur le bord ouest du ranch, mais je n'y suis jamais allé.

Wally se tourna de nouveau vers la colonne de fumée qui se dressait dans le ciel.

— Laissez-moi emprunter un des quads, je peux rouler jusque là-haut et voir ce qui s'y passe. Ça ne devrait pas prendre très longtemps, insista Liam.

Wally hocha distraitement la tête. Liam avait raison, ce n'était sans doute qu'un campeur qui faisait un feu, mais il ne pouvait pas s'empêcher d'être alarmé par la quantité inhabituelle de fumée.

— Allez-y, mais soyez prudent, lui recommanda Wally l'air toujours aussi inquiet.

Liam se précipita vers les véhicules entreposés dans le hangar et reprit le quad qu'il avait déjà utilisé plus tôt dans la journée, trop heureux de pouvoir faire quelque chose qui n'impliquait pas de gros chats sauvages capables de le déchiqueter d'un simple coup de patte. Il s'engagea sur la route qui passait devant le ranch, à la recherche du chemin de terre qui remontait vers les collines. Il accéléra et sentit l'air chaud et sec lui ébouriffer les cheveux. Arrivé au bout de la route, il trouva un chemin qui s'engouffrait dans une partie boisée, à peine assez large pour permettre au quad de passer. Il s'y engagea prudemment et commença l'ascension vers le haut des collines. Il pouvait parfois entrevoir la fumée qui se rapprochait entre les arbres.

En s'enfonçant dans le bois, il dut ralentir et faire attention aux branchages denses et aux irrégularités du sol. À plusieurs reprises il dut descendre de son véhicule pour déplacer des branches trop grosses qui lui barraient le chemin. Puis la piste se rétrécit et Liam se demanda s'il n'allait pas être obligé de poursuivre à pied. Mais au moment où il s'apprêtait à abandonner, il arriva à un croisement et le sentier s'élargit de nouveau, comme par magie. En y regardant de plus près, la terre battue et les branchages écrasés indiquait que quelqu'un avait dû emprunter le chemin récemment. Liam reprit sa route et quelques mètres plus loin, une odeur terrible de brûlé lui sauta aux narines. Il fronça le nez en continuant d'avancer, l'odeur devenant de plus en plus forte et ses yeux le piquant atrocement. Qu'est-ce qui pouvait bien dégager une telle odeur ?

Enfin, Liam sortit des bois et entra dans une clairière au milieu de laquelle brûlait un énorme feu. Il baissa la tête dans l'espoir vain de cacher son nez dans son col. L'odeur était insupportable et son estomac menaçait de se rebeller. Mais lorsqu'il releva la tête, il oublia instantanément l'odeur et sa nausée. Un homme s'approchait de lui, un fusil entre les mains. Tétanisé, Liam le regarda s'avancer sans savoir quoi faire, ni quoi dire.

— Qu'est-ce que vous faites là ? demanda l'homme d'une voix basse et menaçante.

— Je… Nous avons aperçu la fumée, et avec cette sècheresse, je suis juste venu vérifier que tout allait bien, répondit nerveusement Liam.

L'homme baissa lentement son arme, comme s'il hésitait à le garder en joue.

— Vous avez vérifié, vous pouvez déguerpir.

Soulagé de ne plus être au bout d'un canon de fusil, Liam prit le temps d'examiner l'inconnu et sentit sa mâchoire tomber. Il retira son casque, fébrile, et l'observa plus en détail. Vêtu de vêtements froissés et délavés par le soleil, et pourvu d'un regard froid et intense, se tenait devant Liam le plus bel homme qu'il ait vu de toute sa vie.

II

TROY AVAIT abaissé son arme, mais il resta sur ses gardes en surveillant le magnifique jeune homme qui venait de surgir des bois. Il se força à détourner le regard. Ce n'était définitivement pas le moment de céder aux pulsions qui l'avaient mis dans le pétrin dans lequel il se retrouvait maintenant.

— Vous devriez vraiment vous en aller, répéta-t-il en priant de toutes ses forces pour qu'il disparaisse.

— Qu'est-ce que vous êtes en train de brûler ? Ça sent la mort.

Troy le regarda pincer son nez et dut se faire violence pour ne pas sourire. C'était un réflexe tellement mignon, mais ce n'était pas non plus le moment de remarquer ce genre de détail.

— L'eau est entrée dans la cabane par une fenêtre ouverte et tout ce qui était dedans a pourri, expliqua Troy en désignant le petit chalet derrière lui. Je n'ai pas d'autre choix que de tout brûler. Et maintenant que votre curiosité est satisfaite, vous pouvez partir.

Il entra dans la cabane et ressortit avec une chaise qu'il jeta sur le bûcher.

— Vous devriez faire plus attention avec ce feu. Tout est très sec ici, vous pourriez causer un incendie.

Troy fit volte-face, fixa intensément le jeune homme sans lui donner de réponse, et retourna à sa tâche. Il se dit que s'il l'ignorait, il finirait forcément par s'en aller. Il retourna dans la cabane désormais vide et examina son travail d'un air satisfait. Il en avait enfin fini avec tout le bric-à-brac moisi, et maintenant qu'il avait réparé les murs, il ne lui restait plus qu'à tout laisser sécher avant d'emménager avec ses maigres possessions. Il laissa la porte ouverte et retourna surveiller le feu qui finissait de consumer les meubles et les objets que l'eau avait condamné. Le jeune homme n'avait pas exagéré, ça puait vraiment la mort, mais c'était presque terminé. En relevant la tête, il constata que le jeune homme en question était toujours là, gardant un œil méfiant sur le feu.

— Vous pouvez y aller maintenant, insista fermement Troy.

Sans un mot, Liam enfourcha son quad et disparut derrière les collines, le bruit de son moteur s'évanouissant dans l'air chaud de l'été à mesure qu'il s'éloignait.

Troy se retrouva seul, le seul bruit audible dans la clairière étant le craquement du feu qui était en train de mourir.

Troy se dirigea vers son vieux pick-up et en sortit une petite tente qu'il planta à quelques mètres de la cabane. Il avait prévu que la cabane de chasse de son oncle ne serait pas habitable tout de suite, alors il était venu y jeter un coup d'œil d'abord. Il déroula le tapis de mousse et son sac de couchage avant de retourner vers le pick-up pour récupérer le reste de ses affaires. Après avoir dressé son campement spartiate, il se prépara à manger et s'assit en regardant le feu qui s'éteignait dans la nuit tombante. Il poussa un large bâillement, puis se redressa pour racler les cendres autour du foyer et les ramener au centre afin d'étouffer les dernières flammes. Il s'allongea dans son sac de couchage et écouta les bruits de la nuit pendant un long moment. Puis finalement, éreinté, il s'endormit.

RÉVEILLÉ PAR le soleil qui chauffait sa toile de tente, Troy s'étira avant de sortir. Il se dirigea immédiatement vers la cabane pour voir dans quel état elle était. L'odeur de moisi s'était dissipée, mais Troy n'avait pas apporté de produits de nettoyage avec lui, et s'il avait réellement l'intention d'habiter ici pendant quelque temps, il allait falloir tout décrasser.

Il ressortit et se dirigea vers le trou qu'il avait creusé pour le feu afin de vérifier qu'il était bien éteint. Il faudrait qu'il le recouvre de terre plus tard dans la journée. Enfin, il se dirigea vers son pick-up, grimpa sur le siège conducteur et s'engagea sur le sentier qui descendait vers la vallée, sans s'être changé, sans avoir déjeuné.

Il eut quelques difficultés à retrouver le centre-ville, il n'était pas venu dans la région depuis des années et beaucoup de choses avaient changé depuis son enfance. Il avait retrouvé la cabane de son oncle sur un coup de chance, deux jours auparavant. Il était arrivé en pleine nuit, et la cabane était dans un tel état qu'il avait dû trouver un hôtel pour passer la nuit. Il avait passé la journée suivante à nettoyer et déblayer les dégâts causés par l'inondation. Avec tout ça, Troy n'avait pas eu beaucoup de temps pour réfléchir, mais à présent qu'il était seul dans le pick-up, la route s'étirant devant lui, il était presque impossible de fuir ses pensées. Ça faisait des mois qu'il fuyait. Il avait ruiné sa vie et celle des deux personnes qu'il aimait le plus au monde, sa femme et sa fille. Il sentit les larmes monter en se souvenant de leurs visages brisés par le chagrin. Il revoyait leurs regards chaque nuit avant de s'endormir, chaque fois qu'il fermait les yeux. Il se reconcentra sur le présent en reconnaissant les abords de la ville. Il s'essuya maladroitement les yeux et dépassa le panneau de bienvenue.

Il se gara devant un petit magasin de bricolage auquel il s'était arrêté la veille pour acheter de quoi remettre la cabane en état. Dehors, l'air était tellement pur, tellement différent de l'atmosphère étouffante de la ville, que Troy se sentit presque bien, presque… Il aperçut son reflet dans la vitrine et se souvint que plus jamais il ne pourrait se sentir vraiment bien après ce qu'il avait fait. Il détourna les yeux, incapable de soutenir son propre regard. Il ne pouvait plus se faire face depuis la discussion qu'il avait eue avec son frère et qu'il l'avait forcé à faire éclater la vérité au grand jour. Troy entra dans le magasin et une clochette tinta lorsque la porte se referma automatiquement derrière lui.

À peine entré, il se retrouva nez à nez avec un homme qui portait un énorme sac qui lui bloquait la vue et qui essayait de sortir. Troy manqua lui rentrer dedans et l'homme pencha la tête pour voir ce qui se passait. Le pouls de Troy s'accéléra, il connaissait ces yeux bleus, c'était le jeune homme de la veille. Ils restèrent immobiles pendant plusieurs secondes, aucun d'eux ne semblant capable de faire un mouvement.

— Dé… Désolé, bégaya finalement le jeune homme en contournant Troy.

Par un coup du sort particulièrement cruel, il trébucha et bouscula Troy qui se rattrapa de justesse au comptoir.

— Mon dieu je suis désolé, répéta le jeune homme horriblement gêné.

— C'était ma faute, répondit automatiquement Troy avant de se mettre sur le côté pour le laisser passer.

Leurs regards se croisèrent, mais Troy détourna presque aussitôt les yeux vers le sol. Son attirance pour les hommes ne lui avait jamais causé que des ennuis. Il se demanda pour la énième fois pourquoi il était comme ça. Pourquoi n'était-il pas comme tout le monde ? C'était tout ce qu'il demandait : être normal. La clochette retentit lorsque la porte s'ouvrit à nouveau, et un autre homme entra pour rejoindre le jeune homme. Troy s'écarta poliment.

— Wally, c'est l'homme dont je vous ai parlé, l'entendit-il murmurer.

Le nouvel arrivant, un petit homme au regard vif, se retourna et le fixa. Pendant une seconde, Troy crut qu'il allait l'approcher et prit de panique, il s'engouffra dans l'une des allées.

— C'est l'homme qui vous a menacé d'une arme ?

Il avait l'air en colère, et pour être honnête, Troy ne pouvait pas vraiment lui en vouloir. Rien ne pouvait excuser son comportement, même si le fusil n'était pas chargé. Il les entendit vaguement continuer de discuter près du comptoir, et s'affaira à rassembler ce dont il avait besoin en essayant de les ignorer. Il trouva un panier au bout de l'allée et commença à le remplir avec du détergeant, des éponges, une brosse et un seau. Il prit également un balai et se dirigea vers la caisse. Il était en train d'attendre pour payer lorsque les deux hommes se mirent juste derrière lui dans la file d'attente. Troy pouvait presque sentir leurs regards lui brûler la nuque. Il savait qu'il méritait bien pire que d'être dévisagé ainsi, il avait eu une réaction violente et excessive la veille avec le fusil.

Quand vint son tour, Troy paya ses achats et se précipita hors de la boutique, vers son pick-up. Il déposa ses courses sur le siège passager et quitta le parking à la vitesse de l'éclair. Sur le trajet pour sortir de la ville, il repéra une petite épicerie. Il se gara devant pour acheter quelques provisions. Au moins, la cabane avait l'électricité, et le vieux frigo semblait toujours fonctionner, il espérait simplement qu'il allait pouvoir le désinfecter.

Sachant qu'il reviendrait bientôt en ville, Troy n'acheta que le strict minimum, histoire de tenir un jour ou deux. À son grand désespoir, en s'approchant du rayon boucherie il aperçut de nouveau le jeune homme et son compagnon qui s'étaient visiblement eux aussi arrêtés à l'épicerie. Il était sur le point de s'éloigner lorsque le petit homme mécontent le repéra et se dirigea vers lui d'un pas décidé.

— Vous savez, ce n'était pas très gentil de pointer votre arme sur Liam. Il essayait seulement de s'assurer que le feu était sous contrôle. Qu'est-ce qui vous est passé par la tête de le menacer comme ça ?

— Désolé, murmura Troy. Il n'était pas chargé, ajouta-t-il en guise d'explication, mais il savait que ce n'était pas une excuse valable. Je ne sais pas ce qui m'a pris.

Maintenant qu'il s'était excusé, Troy n'avait qu'une envie, disparaitre aussi vite que possible, mais visiblement, le petit nerveux n'en avait pas fini.

— Wally, c'est bon, protesta le beau jeune homme aux yeux bleus, manifestement mal à l'aise.

31

— Non, ce n'est pas bon du tout, Liam. Nous ne sommes pas au Far West et on ne pointe pas son arme comme ça sur les gens. Vérifier que le feu ne menaçait pas toute la vallée était une noble raison d'entrer sur sa propriété, et ça ne lui donnait certainement pas le droit de sortir une arme pour vous menacer, qu'elle soit chargée ou non.

— Wally il ne m'a fait aucun mal, alors s'il vous plaît, laissez tomber, supplia Liam.

Wally se tourna vers le jeune homme et Troy comprit immédiatement qu'il était extrêmement protecteur de son jeune compagnon.

Troy crut d'abord que ce Wally n'allait pas s'arrêter là, mais à sa grande surprise, il n'insista pas davantage et s'éloigna, regardant Troy une dernière fois par-dessus son épaule. Derrière son étal de viande, le boucher tendit à Wally un énorme paquet enveloppé de papier blanc.

— Voilà qui devrait permettre à vos chatons de tenir quelques jours, Doc. Si jamais ça ne suffit pas, appelez-moi, je vous en mettrais d'autre de côté, ajouta-t-il avec un sourire jovial.

En regardant la taille du paquet, Troy ne put s'empêcher de se demander combien de chats il était censé nourrir. Et le boucher continua de leur faire passer d'autres paquets que Liam empila dans son panier. Il y avait sans doute assez de viande pour nourrir une armée.

— Merci, Carl. Au fait, je te présente Liam, mon nouvel assistant. La prochaine fois, c'est sans doute lui qui passera chercher la viande.

Liam et Wally s'éloignèrent en discutant et Troy passa à son tour commande au boucher. Il récupéra sa viande, puis se dirigea vers la caisse. C'était un petit magasin et il n'y avait qu'une seule caisse d'ouverte. Troy se mit dans la file d'attente et, à sa grande exaspération, se retrouva bien entendu de nouveau derrière Liam et Wally. Le jeune homme aux étranges yeux bleus se retourna brièvement et Troy fut de nouveau frappé par sa beauté saisissante, pétrifié par son regard marine qui semblait lire en lui comme dans un livre ouvert. Il piétina nerveusement, horrifié par l'idée que qui que ce soit puisse lire toute la honte et la peur qui bouillonnaient en permanence au fond de lui.

— Je suis sincèrement désolé pour hier, murmura-t-il finalement.

Liam lui fit un clin d'œil avant de retourner à son panier pour décharger son contenu sur le tapis roulant.

Troy ne put s'empêcher de remarquer que le jeune homme faisait souvent ça, lui lancer des regards furtifs, et il se demanda ce que cela pouvait signifier. Il crut d'abord que c'était parce qu'il rendait Liam nerveux, mais ses regards n'avaient rien de timide ou d'hésitant. Au même instant, il se tourna de nouveau, le regard brillant de malice et Troy se surprit à lui sourire. Il tenta aussitôt de réprimer le papillonnement familier dans son estomac. Il ne pouvait pas se permettre de tels sentiments, ces mêmes sentiments qui l'avaient conduit à sa perte. Il concentra son attention sur le contenu de son panier, mais à peine quelques secondes plus tard, presque inconsciemment, il observa Liam par dessous ses cils. Il avait déjà remarqué les incroyables yeux bleus du jeune homme, mais avec sa longue chevelure de feu et ses pommettes saillantes, il ressemblait à une star de cinéma. Troy avait toutes les peines du monde à détacher son regard de lui.

Tout le long de leur passage en caisse, et jusqu'à ce qu'ils quittent le magasin, Liam se retourna à plusieurs reprises. Un peu décontenancé, Troy déchargea le contenu de son panier sur le tapis en autopilote. Il attendit que la caissière les scanne, puis il les rangea dans des sacs avant de rejoindre son pick-up.

Une fois de retour à la cabane, il engloutit rapidement un bol de céréales en guise de petit-déjeuner et se remit au travail, il y avait beaucoup à faire. La cabane n'était composée que d'une grande pièce ouverte avec cuisine et salon, et d'un coin chambre avec une petite salle de bain. Troy décida de commencer par la salle de bain. Une heure plus tard, il avait tout rangé, tout nettoyé, et la vague odeur de moisie avait cédé la place au parfum citronné du désinfectant. Il s'attela ensuite à la chambre. Il lessiva sol et plafond, avant de s'attaquer enfin à la cuisine et au salon.

— Bonjour ! Il y a a quelqu'un ? appela une voix depuis l'extérieur.

Le premier réflexe de Troy fut d'attraper son fusil pour accueillir l'intrus, puis il se souvint du fiasco de la dernière fois, et décida de laisser son arme où elle était. Il sortit de la cabane pour aller à la rencontre du nouvel arrivant, et se retrouva face à un homme d'une stature colossale. Il se tenait debout devant le tas de cendre de la veille. En entendant Troy approcher, il se retourna s'avança vers lui.

— Qu'est-ce que vous voulez? demanda sèchement Troy en soutenant son regard.

— Vous avez flanqué la trouille de sa vie à l'un de mes employés hier, j'aimerais bien savoir pourquoi, répondit l'homme sur le même ton. J'aimerais aussi savoir qui vous êtes et ce que vous faites ici.

— Je suis le propriétaire de cet endroit. Quant à votre employé, il me semble m'être déjà excusé.

Sur ses mots, il regagna la cabane sans un regard en arrière. En venant ici, il avait espéré trouver le calme et la solitude qui lui manquait sur la Côte Est, et au lieu de ça, il avait probablement fait plus de connaissances ici en deux jours, qu'en deux mois chez lui.

— Cet endroit appartient à Max Hunter, insista l'homme.

Troy soupira et décida de changer de tactique. Peut-être que s'il répondait aux questions du type, celui-ci s'en irait et le laisserait tranquille.

— C'était mon oncle et il est mort, déclara Troy d'un ton neutre. Et vous, qui êtes-vous ?

— Dakota Holden. Mon ranch se trouve aux pieds de la colline.

À ces mots, le visage de Troy s'éclaira et tous les souvenirs des étés passés dans la cabane lui revinrent.

— Dakota ! dit-il avec un large sourire. Vous ne vous souvenez sans doute pas de moi, je suis Troy. On s'est rencontré il y a une vingtaine d'années, je passais les vacances chez mon oncle Max. Vous étiez un peu plus jeune que moi, ça ne vous dis probablement rien.

Troy lui-même se souvenait à peine de Dakota, mais cet été-là, il était monté à cheval pour la première fois, et ce genre de souvenir avait tendance à marquer.

L'expression de Dakota s'adoucit considérablement, mais il secoua la tête.

— J'aurais aimé vous dire que je m'en souviens, mais j'ai bien peur que ça remonte trop loin. Que faites-vous ici ? demanda-t-il plus gentiment en se rapprochant.

— Je vis ici. Du moins pour l'instant.

Troy ne tenait pas vraiment à donner davantage d'explications.

— Je suis vraiment désolé d'avoir effrayé votre employé, ce n'était pas mon attention, il avait l'air gentil.

— Vous envisagez de vivre dans la cabane de chasse de votre oncle ? Vous réalisez que l'hiver arrive ? Une fois les collines enneigées, vous serez coincé ici pendant des mois, vous ne pourrez plus descendre en ville. Vous avez vu l'état du chemin pour venir jusqu'ici, alors imaginez sous plus d'un mètre de neige.

Troy soupira en se frottant le front. Il aurait dû penser à tout ça, mais après tant d'années à jouer les citadins sur la Côte Est, il avait complètement oublié les hivers rigoureux du Wyoming. Il regarda la clairière autour de lui, puis la cabane. Il lui restait encore quelques mois pour trouver une solution.

— Tout ce que je voudrais pour l'instant, c'est du calme et du silence…

Dakota hocha lentement la tête.

— Je comprends, c'est votre droit. Mais si vous voulez un peu de compagnie, ou si vous avez besoin de quelque chose, nous sommes juste en bas de la colline.

Dakota lui fit un bref signe de tête et disparut sur le chemin escarpé qui s'enfonçait dans les sous-bois. Troy le regarda s'éloigner en se demandant s'il était venu jusqu'ici à pieds, mais après quelques minutes, il entendit le grondement sourd d'un moteur qui s'évanouit progressivement dans le lointain. Il regagna la cabane et se remit à l'ouvrage.

Une fois le grand ménage terminé, Troy détacha la bâche qui recouvrait l'arrière du pick-up et sortit ses quelques achats. Ce n'était pas beaucoup, mais au moins, il y avait un lit et quelques éléments essentiels pour cuisiner. Lorsque le ciel commença à s'assombrir, il avait tout installé dans la cabane. Il saisit sa seule et unique chaise et l'installa dehors devant la porte pour regarder la nuit tomber. Tout était si calme et si paisible, les seuls bruits audibles étaient les murmures de la forêt. C'était ce qu'il était venu chercher, le silence et la solitude, mais même perdu au milieu de nulle part, Troy comprit très vite qu'il ne pouvait pas échapper à sa culpabilité. Il avait brisé le cœur de Jeanie, et il avait menti à tout le monde pendant toutes ces années, rien n'effacerait jamais ça. Durant les mois qui avaient suivi son coming-out, il s'était vite rendu compte qu'il était en train de sombrer et que rien ne s'améliorait. Alors lorsqu'oncle Max était décédé et que Kevin et lui avaient hérité de la cabane, il avait vu là un signe, et il avait décidé de venir trouver refuge dans les plaines infinies et l'horizon rocheux de l'Ouest. Il avait cru que le calme de la campagne l'aiderait à retrouver la paix intérieure. Mais rien ne se passait jamais comme il l'aurait voulu ces derniers temps.

Troy resta assis là pendant des heures, torturé par ses sombres pensées qui semblaient ne pas vouloir lui laisser un seul instant de répit. Tard dans la nuit, il rentra enfin, se lava et se déshabilla avant de grimper dans son lit. Peut-être que demain serait un jour meilleur.

Ce ne fut pas le cas. Troy se leva avec les premiers rayons du soleil, déjeuna rapidement, puis se mit au travail. Il devait couper du bois et il lui restait encore pas mal de travaux autour de la cabane. Après avoir coupé et empilé une bonne quantité de bûches, Troy alla recouvrir de terre le trou dans lequel il avait brûlé les meubles pourris. L'activité physique lui convenait très bien, mais chaque fois qu'il s'arrêtait, ne serait-ce qu'une seconde, le feu de la culpabilité le consumait.

— Deux putains de jours, grogna Troy à voix haute.

Il n'était ici que depuis deux jours et il était déjà fatigué d'être seul avec ses pensées. Il était en train de se rendre compte qu'il n'était finalement pas aussi solitaire qu'il l'avait cru. Il aurait dû se douter que cette solution ne fonctionnerait pas avec lui. Il avait toujours été sociable, et si la solitude lui pesait déjà, comment était-il censé survivre plusieurs mois sans parler à personne ? Qu'allait-il faire ? S'asseoir près de sa cabane, se laisser pousser la barbe et regarder les arbres pousser ? Il avait pris une décision hâtive et désespérée. Il avait pris cette décision parce qu'il pouvait à peine se regarder dans le miroir, et qu'il doutait pouvoir faire face à qui que ce soit d'autre dans ces conditions. Comment le pourrait-il après ce qu'il avait fait ? Il ne lui restait plus qu'à s'habituer à la solitude et surtout, à trouver de quoi s'occuper.

Il y réussit pendant presque une semaine. Il avait construit quelques meubles rudimentaires, et il était même descendu pêcher dans l'un des petits ruisseaux qui couraient se jeter dans la rivière. Mais après une semaine, il commençait à se lasser d'être seul tout le temps. Troy savait qu'il pouvait encore aller en ville, manger autre chose que du poisson ou du petit gibier de forêt, mais Dakota lui avait aussi proposé de descendre au ranch s'il avait besoin d'un peu de compagnie.

Troy craignait que Dakota n'ait dit ça que pour être poli, mais sa vie d'ermite commençait déjà à le rendre fou. Peut-être qu'il pourrait simplement leur rendre une petite visite, en bon voisin. Et puisqu'il avait encore un peu de poisson frais au frigo, il pourrait peut-être l'offrir en guise de rameau d'olivier. Il était encore terriblement gêné de la façon dont il avait traité Liam. Il ne savait pas du tout comment il allait être accueilli après avoir laissé à ses voisins une si *merveilleuse* impression. Il essaya de se rassurer en se disant qu'au moins il connaissait Dakota. Enfin, en quelque sorte.

Armé du peu de courage qui lui restait, il se rasa, récupéra le poisson dans le réfrigérateur et se dirigea vers son pick-up. C'était sans doute un peu culotté de se présenter chez eux comme ça, mais il ne connaissait personne d'autre ici. Avant de monter dans le pick-up, Troy regarda la clairière autour de lui pour la énième fois depuis qu'il était arrivé. Il en connaissait déjà chaque arbre et chaque brin d'herbe. Une semaine de plus à devenir cinglé tout seul là-haut, et il aurait commencé à leur donner des petits noms. Il était *vraiment* temps qu'il voit du monde. Au moins le temps d'une journée ; il pourrait toujours revenir au calme de sa cabane après. Il grimpa dans son pick-up et commença à descendre la colline en suivant prudemment les ornières tracées dans la terre, avant de finalement rejoindre la route principale.

Dakota ne lui avait pas vraiment indiqué où se situai exactement son ranch, et Troy était un peu perdu. Pour changer. C'était l'histoire de sa vie ces derniers temps. Foncer sans réfléchir était justement le comportement qui l'avait conduit à sa perte, il était grand temps qu'il apprenne de ses erreurs. Troy songea brièvement à faire demi-tour, puis finalement prit un virage à gauche en croisant les doigts pour que ce soit le bon chemin. Il entamerait ses bonnes résolutions demain.

Quelques minutes plus tard, il se gara devant la maison principale d'un ranch et coupa son moteur. Il espérait être au bon endroit. Il prit son poisson, quitta le véhicule et se dirigea lentement vers la porte d'entrée. Elle s'ouvrit en grand avant qu'il puisse frapper et sur le seuil se tenait l'homme qu'il avait vu à l'épicerie, Wally, qui le fusillait du regard.

— Je suis désolé, j'ai dû me trom…

Troy s'interrompit. Il savait qu'il ne s'était pas trompé. C'était bien le ranch de Dakota, et à en juger par l'expression sur le visage de Wally, il n'était pas du tout le bienvenu.

— Je suis bien au ranch des Holden ?

— Oui, répondit Wally en s'approchant. Vous avez de la chance que je ne vous aie pas ouvert un fusil à la main. Je suis une personne civilisée, alors je vais me contenter de vous dire de foutre le camp de ma terre et de nous laisser tranquille.

Troy baissa la tête. Il n'avait que ce qu'il méritait.

— Pourquoi êtes-vous venu ici ?

Troy ne répondit pas. Il remit simplement le paquet de poissons à Wally et remonta dans son pick-up. Il quitta le ranch dans un nuage de poussière et remonta jusqu'à sa cabane sans doute bien plus vite que de raison. Il se gara à la hâte, entra et referma la porte derrière lui. C'était de sa faute, il le savait. Sa vie toute entière n'était que désastre et c'était entièrement sa faute.

Il n'aurait pas su dire combien de temps il était resté prostré là, à mijoter dans son auto-apitoiement, lorsqu' il entendit frapper à la porte. Il se leva pour ouvrir, en se demandant qui était venu pour l'accabler cette fois, mais il ne trouva que deux yeux brillants et un sourire nerveux.

— Je dois encore m'excuser ? demanda Troy.

— Qu- Quoi ? bredouilla Liam en perdant son sourire. Oh non ! C'est à nous de nous excuser cette fois, expliqua-t-il d'une voix douce. Je vous ai pris par surprise le jour du fusil, je comprends votre réaction, Wally est pire qu'une maman poule. Dakota dit que c'est ce qui fait de lui un bon vétérinaire et un excellent ami. Je suis Liam, au fait.

— Je sais. J'ai entendu votre prénom hier au magasin, répondit Troy incapable de détourner son regard de ses étranges yeux bleus. Wally sait que vous êtes ici ?

— Oui, répondit Wally en apparaissant à son tour dans l'encadrement de la porte. Je crois que nous avons tous les deux besoin de revoir nos bonnes manières, dit-il l'air contrit. Je tenais à vous remercier pour les poissons. C'était très gentil de votre part.

Ses excuses étaient surprenantes et bienvenues, mais elles avaient l'air de lui écorcher un peu la bouche. Troy décida d'y mettre aussi du sien.

— Je sais que j'ai réagi de façon excessive l'autre jour et je m'en excuse. Je n'aurais jamais tiré sur lui. Je ne sais pas pourquoi j'ai fait ça, je savais qu'il ne représentait pas une véritable menace.

À présent que tout le monde s'était excusé, un silence inconfortable s'installa.

— Qu'est-ce que vous êtes venu faire au ranch ? demanda finalement Wally. Aviez-vous besoin de quelque chose ?

Troy haussa les épaules. Il n'osait pas leur dire qu'il avait simplement besoin d'un peu de compagnie, c'était trop douloureux. Wally n'attendit de toute façon pas sa réponse.

— Écoutez, et si nous repartions sur de bonnes bases et que vous veniez dîner au ranch ce soir ? Nous pourrions faire connaissance et essayer de mettre toute cette histoire derrière nous.

— Avec plaisir, répondit Troy avant de s'écarter de la porte. Vous voulez entrer un instant ? Je suis désolé, ce n'est pas très grand.

Il n'était même pas sûr d'avoir autre chose que de l'eau à leur offrir à boire.

— Non, merci, répondit Wally. Il faut que nous retournions travailler. Nous disons rendez-vous ce soir à dix-huit heures pour le dîner ?

Troy hocha la tête et Liam et Wally regagnèrent leur pick-up. Une fois seul, Troy referma sa porte et fut aussitôt assailli par la brûlure aigüe de la culpabilité. Il était attiré par Liam, inutile de le nier. Et quelque chose lui disait que c'était réciproque. Mais tout ça n'avait aucune importance, Troy ne pourrait jamais laisser s'épanouir l'étincelle qui avait jailli au moment même où il avait posé les yeux sur Liam. C'était à cause de ce genre de sentiments que sa vie était aujourd'hui en ruines.

Tachant d'ignorer la culpabilité qui était devenu sa compagne permanente, il se remit au travail. Il ne pouvait pas se permettre de refaire les mêmes erreurs, de se laisser égoïstement guider par ses envies sans réfléchir. Il nouerait des liens sincères avec ces gens, mais il ne cèderait pas à une pulsion irrationnelle. S'il voulait vivre sa vie honnêtement, il fallait qu'il commence par se reconstruire, même s'il n'était pas certain de mériter une seconde chance.

Il essaya de rester aussi occupé que possible durant le reste de l'après-midi. Il décida d'aller de nouveau à la pêche et réussit à attraper deux truites. Il les nettoya et les mis au réfrigérateur pour plus tard. Il ne travaillait plus, toutes les opportunités d'économiser étaient bonnes à prendre. Il se lava rapidement et se mit en quête d'une tenue à peu près présentable.

Lorsqu'il arriva au ranch cette fois, Troy fut accueilli par une petite armée joyeuse de chiens, tous plus excités les uns que les autres par l'arrivée d'un nouveau visage. Ils se grimpaient dessus sans merci pour se disputer son attention, et Troy laissa échapper un rire étouffé.

— Allez, ça suffit les gars, ordonna Liam en traversant la cour pour rejoindre Troy.

Les chiens changèrent immédiatement de cible et se ruèrent sur Liam. Deux secondes plus tard, il était pratiquement affalé sur le sol, enseveli sous une cascade de léchouilles enthousiastes. Troy ne pouvait raisonnablement pas détacher ses yeux d'un spectacle aussi adorable.

— Tout le monde au pied ! cria Wally depuis les marches du perron.

Aussitôt, la meute courut vers la maison et s'arrêta au pied de l'escalier, leurs regards obéissants levés vers Wally.

Troy se dirigea vers Liam qui était toujours assis par terre, et lui tendit la main pour l'aider à se relever. Dès que leurs peaux entrèrent en contact, un courant électrique le traversa et il faillit le lâcher sous l'effet de surprise. Il remit Liam sur pieds et lâcha sa main, un peu plus vite qu'il l'aurait voulu. Il lut immédiatement la déception sur le visage du jeune homme, mais il s'était promis de se comporter comme un adulte responsable. Ce simple contact avait emballé son rythme cardiaque, et il avait les mains moites. Il suivit Liam jusqu'à la maison et monta les marches derrière lui en faisant de son mieux pour détourner son regard du jean serré qui moulait parfaitement les fesses du jeune homme.

— Asseyez-vous, je vais chercher les boissons, invita Wally une fois qu'ils furent rentrés.

Il disparut et revint avec une bière pour tout le monde. Puis il s'engouffra dans un couloir et revint quelques minutes plus tard en poussant un fauteuil roulant.

— Jefferson, voici Troy. Il va rester dans la vieille cabane dans la montagne.

— La cabane de Max ? demanda Jefferson et Troy dût tendre l'oreille avec beaucoup d'attention pour le comprendre.

— Oui, Oncle Max est mort il y a quelques mois et nous a légué sa cabane à mon frère et à moi. Je vais rester là quelques temps, expliqua Troy.

Il se souvenait bien de Monsieur Holden. Il se souvenait encore de la force avec laquelle l'homme l'avait soulevé pour l'aider à s'asseoir sur un grand cheval lorsqu'il n'était encore qu'un petit garçon. Tellement de choses avaient changé depuis.

— Si ce n'est pas indiscret, pourquoi vous être installé là-bas ? demanda gentiment Liam, et Troy pouvait sentir ses yeux posés sur lui.

— J'avais besoin de calme, et de temps pour réfléchir, mais j'ai l'impression que ce n'est pas aussi efficace que je l'aurais espéré, reconnut-il.

— Comment ça ? demanda Wally en s'asseyant sur le canapé, à côté de Liam.

Troy fixa le goulot de sa bouteille de bière.

— Je me retrouve face à moi-même, je passe chaque minute de mon temps à ressasser des choses que je ne peux plus changer. J'essaie de m'occuper pour me vider la tête, mais dès que je m'arrête, c'est encore pire.

— Vous ne pouvez pas fuir vos problèmes, déclara Jefferson, et cette fois-ci Troy n'eut aucune difficulté à le comprendre.

Le vieil homme avait raison, mais chaque fois qu'il essayait de reprendre sa vie en mains, quelque chose partait de travers.

— Que cherchez-vous à fuir ? demanda Liam.

Au grand soulagement de Troy, à cet instant précis la porte s'ouvrit et deux hommes entrèrent.

— Troy, voici Haven et son partenaire Phillip. Haven gère le bétail, et Phillip la comptabilité.

Troy ne put s'empêcher de remarquer que Haven et Phillip étaient aussi ouvertement en couple que l'étaient son frère et Peter. Il n'était pas plus surpris que choqué, mais il devait reconnaitre que de voir un couple aussi ouvertement gay dans une région comme celle-ci l'interpellait.

— Quelque chose ne va pas ? demanda Wally et Troy baissa de nouveau le regard vers sa bouteille.

— Non, répondit-il doucement.

— Vous avez un problème avec les gays peut-être ? demanda Wally d'un air de défi.

— Non, mon frère est gay. Je crois que je suis simplement surpris de voir un couple le montrer si librement ici.

Puis il repensa à la question de Wally.

— Attendez, vous êtes tous gays ?

— Oui. Notre contremaître, Dakota, est aussi mon conjoint. Et Mario vit avec David, expliqua Wally en dévisageant Troy comme s'il s'attendait à un conflit.

Troy examina chacune des personnes présentes dans la pièce, avant d'arrêter son regard sur Liam. Les intenses yeux bleus du jeune homme l'attendaient déjà, comme s'il pouvait lire tout ce qu'il y avait dans son cœur. Troy avait déjà ressenti ça la première fois qu'ils s'étaient rencontrés, mais à présent la sensation était encore plus forte.

— Je suis gay aussi, déclara Troy d'une voix à peine audible.

Personne ne lui demanda de répéter. Il lui avait fallu tellement de force pour murmurer ces quelques mots, il aurait aussi bien pu les crier sur les toits. Tout le monde dans la pièce hocha simplement la tête en signe de compréhension. Et pour Troy ce fut comme une révélation.

Il avait vu ce que son frère avait subi en grandissant, et c'était justement pour ça qu'il avait préféré se cacher pendant toutes ces années. Kevin avait été constamment harcelé au lycée, il avait eu très peu d'amis et il était resté avec les mêmes personnes tout au long de sa scolarité. Troy n'aurait jamais survécu à un tel ostracisme. Mais personne ne le harcelait ici, personne ne le rejetait, ils étaient tous prêts à l'accepter sans poser de question.

— Ne vous en faites pas, lui dit Liam d'une voix douce, personne ne vous jugera injustement ici.

Troy se tourna, et trouva le regard de Liam. Dans ses yeux il décela une blessure qu'il ne connaissait que trop bien. Quelqu'un ou quelque chose avait profondément blessé ce jeune homme à un moment de sa vie.

— Vous avez toujours été ouvertement gay ? demanda Troy pour qui c'était tout simplement impensable.

Il avait caché qui il était pendant si longtemps qu'il peinait encore à imaginer sa vie autrement. Même après l'avoir dit à son épouse, même après avoir fait face à sa colère, il continuait de se cacher instinctivement.

— En quelque sorte, je suppose, répondit nerveusement Liam.

Il était évident que le jeune homme n'avait pas envie de parler de son passé.

— Mais ici, je n'ai même pas à me poser la question. Depuis que je suis arrivé, j'ai vu tous ces hommes s'étreindre et s'aimer librement. Ici, il n'y a pas de honte ni de jugement, c'est comme être à l'abri du reste du monde.

Liam se tourna alors vers Wally avec un regard plein d'admiration. Le petit vétérinaire était comme un super héros pour lui. Troy sentit son estomac se serrer désagréablement, et au début, il ne comprit pas ce qui se qui lui arrivait, puis il comprit qu'il était tout simplement jaloux. Juste une fois dans sa vie, Troy aurait aimé que quelqu'un le regarde de cette manière. Il avait toujours espéré qu'un jour sa petite Sofia le regarde ainsi, mais il était sans doute bien trop tard pour ça.

— Wally, est-ce que je peux vous aider avec le repas ? demanda Liam avant de se lever.

— Non, non, je me débrouille très bien tout seul. Allez donc voir les animaux derrière la maison, leur suggéra Wally.

Le premier réflexe de Troy fut de trouver une excuse pour ne pas se retrouver seul avec Liam, mais il se voyait mal expliquer au jeune homme qu'il représentait une trop grande tentation, et il ne voulait pas non plus être impoli. Tout le monde s'était montré si courtois jusqu'ici, Troy ne tenait pas à leur rappeler sa première mauvaise impression.

— Bonne idée, répondit-il le plus naturellement possible.

Il se leva en essayant de dissimuler son trouble et Liam le conduisit jusqu'au terrain derrière la maison.

— Wally dirige un refuge pour animaux et je l'aide à s'occuper des félins.

Liam avait l'air tellement fier de lui, Troy se demandait ce qu'il y avait de si excitant à soigner deux ou trois chats. Puis, il aperçut enfin les enclos et il comprit. Pas des chats, des *félins*. Des prédateurs, gigantesques et majestueux, qui le fixaient de leurs regards inquiétants.

— Ne vous approchez pas trop près. Certains d'entre eux ont l'air de gros matous affectueux, mais ça reste des animaux sauvages.

— D'où viennent-ils ? demanda Troy en observant un énorme lion qui arpentait son enclos.

Il était magnifique. Troy n'arrivait pas à croire qu'il voyait un véritable lion d'aussi près. Puis son regard se porta sur les tigres dans une autre partie de l'enceinte.

— Mon Dieu !

— C'est à peu près la réaction que j'ai eu quand Wally m'a dit que mon travail allait consister à prendre soin d'eux, sourit Liam. La tigresse juste là, c'est Shahrazad, une vraie dure à cuire. Je ne m'approche jamais d'elle. Le lion à côté, c'est Manny, il est comique, il croit que c'est lui le shérif ici. Ils sont nerveux, ils tournent en rond comme ça parce qu'ils ne connaissent pas votre odeur. Wally dit qu'ils sont très intelligents et qu'ils sentent venir le moindre changement. La plupart d'entre eux était dans des cirques, ou chez des gens qui croyaient pouvoir en faire des animaux de compagnie. Wally a déjà réussi à en placer quelques-uns dans des zoos, il espère trouver une maison à Shahrazad. C'est une tigresse du Bengale, une espèce rare et précieuse.

En mentionnant Wally et tout ce qu'il avait accompli avec ces animaux, les yeux du jeune homme s'étaient remis à briller d'admiration. Il ne faisait aucun doute que Wally avait fait une très forte impression sur Liam.

— Depuis combien de temps travaillez-vous ici ? demanda Troy alors qu'il regardait Manny s'allonger dans l'herbe.

— Un peu plus d'une semaine. Le jour où je suis monté vous voir pour le feu, c'était mon premier jour, précisa Liam sans le regarder et Troy se sentit d'autant plus mortifié à l'idée d'avoir gâché sa première journée. Vous ne pouviez pas savoir, ajouta-t-il gentiment, comme s'il avait lu dans les pensées de Troy.

— Rien de tel que de menacer un nouveau voisin avec une arme pour lui souhaiter la bienvenue...

Troy avait délibérément choisi d'en plaisanter pour couvrir sa culpabilité.

— N'y pensez plus. C'était un accident.

Liam laissa son regard vagabonder sur les enclos, puis il demanda :

— Avez-vous déjà eu un petit ami ?

Troy ne savait pas comment répondre à cette question, mais lorsque Liam se tourna vers lui pour le regarder dans les yeux, il sut qu'il n'avait pas d'autre choix que d'être parfaitement honnête. Il avait passé tellement de temps à mentir, que la vérité sortit naturellement, comme une délivrance.

— Non. Pas vraiment. Et vous ?

Liam secoua la tête.

— Non. J'ai rencontré quelqu'un, il y a longtemps, mais mon père nous a surpris en train de nous embrasser et il s'est assuré que je ne recommence jamais. Je me suis toujours demandé comment c'était d'avoir un vrai petit ami, quelqu'un qui m'aimerait comme je suis.

La tristesse dans sa voix déchira le cœur de Troy. Il avait semé tant de tristesse autour de lui ces dernières semaines que c'en était insupportable, tout ce qu'il voulait en cet instant, c'était faire disparaitre celle de Liam. Sa main était à mi-chemin de celle du jeune homme lorsqu'il se rendit compte ce qu'il s'apprêtait à faire, et il la laissa retomber brusquement.

Liam leva les yeux vers lui et Troy put lire le désir et la tristesse qui se disputaient sur son visage. Il en fut à la fois surpris et désolé ; il savait qu'il venait de lui faire du mal, mais jamais de sa vie il n'avait rencontré quelqu'un dont il parvenait à déchiffrer les émotions si facilement. Et en contemplant l'expression torturée de Liam, Troy se demanda si c'était la même douleur qu'avait ressentie son ex-femme lorsqu'elle était partie vivre avec sa sœur après sa grande révélation. Il ferma les yeux un instant, et lorsqu'il les rouvrit, la douleur avait disparu de ses étranges yeux bleus, mais le désir y brûlait toujours intensément.

— Vous rencontrerez la bonne personne un jour, dit-il finalement. Tout le monde mérite d'être aimé sans condition.

Troy n'était pas sûr de croire en ses propres mots, il n'était pas sûr de le mériter, mais c'était ce que Liam avait besoin d'entendre.

— Nous devrions peut-être rentrer, je ne sais pas à quelle heure Wally a prévu le dîner.

— Vous avez sans doute raison, répondit Liam d'une petite voix.

Mais il ne bougea pas et après un court silence, il demanda :

— Vous avez déjà eu l'impression que vous étiez la seule personne au monde à être comme ça ?

— Oui et non, dit Troy. Je savais que je n'étais pas seul, j'ai vu mon frère faire son coming-out quand nous étions encore tout jeunes, mais j'ai refusé de vivre l'enfer qu'il avait vécu et j'ai tout fait pour être « normal ». C'est difficile à expliquer, peut-être que si je me comprenais mieux moi-même, je n'aurais pas autant de mal à trouver les mots.

— Je sais ce que vous ressentez. C'est difficile de trouver les mots quand on a passé sa vie à les fuir. Pendant des années, j'ai cru qu'il n'y avait personne d'autre dans le monde comme moi, j'ai cru que j'étais un monstre, une erreur de la nature. Et puis un jour, à l'office du dimanche, le pasteur s'est mis à parler de l'Apocalypse, et de Sodome et Gomorrhe et j'ai compris que je n'étais peut-être pas seul, mais que j'incarnais le mal.

Son étrange regard bleu perdu dans le lointain, Liam continua :

— Mais je ne suis pas le mal incarné, je suis quelqu'un de bien. C'est Wally qui m'a aidé à le comprendre ; Wally et tous les gens ici.

— Bien sûr que non vous n'êtes pas le mal incarné, insista Troy horrifié. Le plus important, c'est d'être honnête avec soi-même et de ne blesser personne, expliqua-t-il en songeant à ses propres erreurs.

Il était fatigué et il n'avait pas envie de ressasser ses échecs, de penser à son passé, mais Liam avait besoin de cette conversation.

— Kevin m'a dit un jour que nous étions nés gays, et je crois sincèrement qu'il a raison. Personne ne choisirait délibérément d'être différent, d'être rejeté. Quelques années après son coming-out, il m'a dit que l'homosexualité faisait partie de lui, comme la couleur de ses yeux ou la taille de ses pieds. Quand il me l'a expliqué avec ces mots-là, j'ai failli lui dire que j'étais gay aussi. C'est sans doute le moment où j'ai été le plus proche de dire toute la vérité. Enfin, jusqu'à ce que je fasse mon propre coming-out il y a six mois.

Troy soupira en fronçant les sourcils pour regarder le soleil couchant.

— Avec le recul, je regrette vraiment de ne pas lui avoir tout dit à ce moment-là. Peut-être que ma vie aurait été différente.

Peut-être que s'il avait eu le courage de l'admettre, il aurait pu apprendre à s'accepter.

— Votre frère a l'air d'être quelqu'un d'intelligent, commenta Liam.

— Il l'est. C'est probablement la personne la plus intelligente que je connaisse.

Avant, Troy n'aurait jamais admis une chose pareille à voix haute. Depuis tout petit, il avait toujours fallu qu'il prenne le contrepied de tout ce que faisais Kevin, même si ça lui créait des ennuis. Pendant plus d'une dizaine d'années, il avait tenu son frère à distance, simplement parce qu'il était gay. Cela ne lui avait rien apporté ; à ce jour, Kevin était toujours le plus intelligent et, il fallait bien le reconnaitre, le plus heureux aussi.

— J'aurais simplement préféré comprendre tout ça beaucoup plus tôt. S'il avait été moins borné, tout aurait été beaucoup plus facile.

— Et il est courageux aussi. Il était prêt à vivre sa vie ouvertement, peu importe ce que les autres pensaient. Il a eu une force que j'aurais aimé avoir.

Liam commença à se diriger vers la maison et Troy le suivit.

— Vous êtes fort vous aussi, protesta Liam, vous avez simplement besoin de vous en rendre compte, comme moi.

Au regard de l'état dans lequel se trouvait sa vie actuellement, Troy doutait fortement de sa soi-disant force cachée, mais il ne voulait pas contredire et démoraliser Liam.

Ils rentrèrent dans la maison au beau milieu d'une discussion très animée.

— Tu n'en sais rien Haven, protesta Wally le visage sérieux.

— Ne sois pas naïf Wally, quand quelqu'un donne 80 000 $ à un centre communautaire dans une ville comme la nôtre, c'est forcément qu'ils veulent quelque chose. J'ai posé des questions en ville aujourd'hui et personne ne sait de qui vient cet argent à l'exception du Conseil d'Administration, mais la rumeur dit qu'il s'agit d'une grande entreprise, expliqua Haven avec agitation. Et pourquoi à ton avis ? Ils veulent quelque chose en retour, purement et simplement. Tu verras, je te parie que dès que notre mystérieux donateur aura décidé ce qu'il veut en retour, subitement il sortira de l'ombre sans aucun scrupule.

— Tu es trop méfiant, répliqua Wally. Tu l'as dit toi-même, ce n'est qu'une rumeur. Ça pourrait très bien être quelqu'un de la ville.

Haven poussa un long soupir et Troy s'installa sur le canapé à côté de Liam en écoutant la discussion.

— Non, je ne pense pas. Ça fait des années que la ville essaie de construire un centre communautaire. Nous avons organisé des collectes chaque été sans jamais parvenir à rassembler les fonds nécessaires, et tout à coup, quelqu'un arrive avec, par le plus grand des hasards, la somme *exacte* pour réaliser le projet ? Je n'y crois pas une seconde. Personne en ville ne dispose d'une telle somme, à part nous peut-être, et encore, une somme de cette envergure creuserait un sacré trou dans notre budget. Aucun autre éleveur de la région n'égale notre chiffre d'affaire, et aux dernières nouvelles, je ne connais pas d'héritiers richissimes en ville.

— Nous ne pouvons rien faire d'autre qu'attendre de toute façon, conclut Wally calmement avant de se lever. Je vais préparer le dîner. Il sera prêt dans une quinzaine de minutes.

Il quitta la pièce et Haven s'adressa à Troy.

— Qu'est-ce que tu en penses ?

— De quoi ? Cette histoire de don pour la construction d'un centre communautaire ? Je n'en avais même pas entendu parler. Ça ne fait jamais qu'une semaine que je suis ici, et la dernière fois que je suis venu, je n'avais que huit ans, alors…

Troy se surprit à réfléchir à voix haute.

— Qu'est-ce qui pourrait intéresser une grande entreprise à part acheter du terrain dans cette région ? Mais si c'est de ça qu'il s'agit, pourquoi ne pas avoir simplement enquêté auprès des propriétaires ?

Haven sourit et son visage s'éclaira comme celui d'un enfant. Troy songea qu'il comprenait un peu mieux Phillip.

— Exactement ! La seule autre hypothèse logique, ce sont les droits de captation d'eau. Beaucoup de terrains du coin ne valent qu'une bouchée de pain parce qu'ils n'ont pas d'eau. Si quelqu'un achetait tous ces terrains et réussissait à convaincre un propriétaire terrien de leur louer, ou pire, de leur vendre ses droits de captation d'eau, l'acheteur pourrait rendre ces terrains qui ne valaient rien beaucoup plus rentables. Ce que je ne comprends pas, c'est qu'aucun agriculteur sain d'esprit ne cèderait ses droits de captation comme ça, c'est notre principal moyen de subsistance !

Troy et Liam l'écoutaient attentivement, happés par son raisonnement.

— Alors, où est le problème ? demanda Troy

— La ville détient les droits sur l'eau de la rivière. Si le Conseil d'Administration commence à accorder des permis de captation à tout va, ça signifie moins d'eau pour notre ranch. Et à l'arrivée de l'été, quand le niveau de la rivière descend déjà parfois dangereusement, ça pourrait devenir très, très compliqué pour nous.

— Vous croyez que votre mystérieux donateur est en train de graisser la patte du Conseil ?

Troy fronça les sourcils, cela lui semblait un peu alarmiste et tiré par les cheveux.

— Je ne comprends toujours pas, commença Liam. Quel serait l'intérêt de faire tout ça si au final il y a trop de monde et pas assez d'eau ?

Haven haussa les épaules, visiblement frustré.

— C'est-ce que je disais, répéta Wally depuis la cuisine. On ne peut rien faire d'autre qu'attendre de voir ce qui va se passer. Ce qui bien entendu ne nous empêche pas de garder un œil ouvert et de poser quelques questions.

Il revint dans la pièce.

— Le plus simple serait sans doute de demander à Radio Edith.

— Radio Edith ? répéta Troy intrigué.

— Edith La Commère pour les intimes. Elle travaille à la banque, elle sait toujours tout ce qui se passe en ville. Si quelqu'un sait quelque chose, c'est elle. Tu sais ce qui te reste à faire si tu veux des réponses Haven, commença Wally d'un ton taquin. Enfile ton jean le plus moulant et va donc voir Edith.

Il retourna dans la cuisine avec un rire démoniaque.

— Hé ! protesta Phillip en se rapprochant.

Haven leva les yeux au ciel et l'attira contre lui pour lui murmurer quelque chose à l'oreille. Phillip rougit.

En les observant si à l'aise dans leurs démonstrations d'affection, Troy ne put réprimer une pointe de jalousie. Jeanie et lui n'avaient jamais eu ça. Même après s'être mariés, il y avait toujours eu une certaine réserve entre eux deux. Troy savait pourquoi maintenant, mais il se demandait ce que ça ferait d'être aussi complice et affectueux avec quelqu'un. Il se tourna instinctivement vers Liam. Sur le visage du jeune homme se lisait la même mélancolie. Comme s'il avait senti le regard de Troy, il leva sur lui ses grands yeux bleus. Troy en eut le souffle coupé. Jamais de sa vie, il n'avait lu un désir d'une telle intensité dans les yeux de quelqu'un d'autre. De savoir que ce désir lui était destiné était à la fois entêtant et terrifiant. Liam se rapprocha, et Troy sut instantanément qu'il n'aurait pas la force de le repousser.

Un bruit fracassant de vaisselle brisée, suivi d'une litanie de jurons rompit le charme, et Liam se leva pour se précipiter vers la cuisine.

— Besoin d'aide ? demanda Phillip.

Wally poussa un nouveau juron, suivi d'un « non » retentissant.

Troy resta assis où il était en écoutant le défilement de jurons tous plus inventifs les uns que les autres, et les claquements de placards énervés.

— Le dîner prendra quelques minutes de plus, déclara Wally sans entrer dans la pièce.

Troy profita de ces quelques minutes pour observer son entourage. Haven était confortablement installé dans un immense fauteuil. Il était en train de parler sport avec Phillip qui était assis sur l'accoudoir du fauteuil. Ils avaient l'air tellement heureux d'être simplement ensemble. Lorsque Wally les appela enfin pour manger, Liam fit rouler le fauteuil de Jefferson jusqu'à la cuisine afin qu'il se joigne à eux. Il avait passé une grande partie de leur discussion endormi dans son fauteuil, mais Troy imaginait sans grande difficulté que c'était plus agréable pour lui d'être avec tout le monde, même s'il ne suivait pas toujours tout ce qui passait. Deux autres hommes les rejoignirent et s'installèrent à table avec eux. Wally les présenta à Troy. Mario et David. La conversation autour de la table était centrée principalement sur les activités du ranch et l'emploi du temps des semaines à venir.

— Quand Dakota doit-il rentrer ? demanda David entre deux bouchées du délicieux gratin dauphinois de Wally.

— Pas avant deux semaines. Et encore, je n'y compterais pas trop. Il était censé rentrer ce week-end, mais ils ont changé son emploi du temps au dernier moment.

Wally était assis près du père de Dakota pour l'aider à manger. Le résultat n'était pas des plus propres, mais personne ne semblait s'en formaliser. Jefferson avait l'air tellement heureux d'être à table avec eux, il était difficile de se soucier des bonnes manières.

Après le repas, Mario et David rentrèrent de leur côté, et Wally raccompagna Jefferson dans sa chambre.

— Je devrais rentrer aussi, déclara Troy. La nuit va tomber et le chemin pour remonter à la cabane sera impraticable.

— Je vous raccompagne, offrit Liam.

Lorsque Wally revint dans le salon, Troy en profita pour le remercier du repas et lui souhaiter bonne nuit, puis il suivit Liam dehors, jusqu'à son pick-up.

— Vous devez vous sentir seul là-haut, dit Liam alors que Troy ouvrait la portière de son véhicule.

— Un peu parfois, admit Troy.

Pour être honnête, il se sentait seul en permanence, mais jamais il ne l'aurait avoué. Il remarqua que Liam le regardait intensément, comme s'il s'attendait quelque chose.

— Je... Je devrais y aller, balbutia-t-il, déconcerté par l'expression de Liam. Merci de m'avoir raccompagné.

Liam recula pour le laisser monter dans son pick-up, et Troy démarra le moteur. En s'éloignant du ranch, il jeta un coup d'œil dans le rétroviseur et aperçut la petite bande de chiens affectueux se jeter dans les jambes de Liam. Le jeune homme se baissa pour prendre un chiot dans ses bras, et aussitôt le petit chien lui lécha le visage avec enthousiasme. Troy savait déjà que cette image resterait gravée longtemps dans sa mémoire.

III

— Tu l'aimes bien, pas vrai ? le taquina Phillip dès que Liam revint dans la maison.

Il n'avait pas fallu longtemps à Phillip pour tutoyer Liam, il avait suivi l'exemple d'Haven assez naturellement. Phillip était doté d'une personnalité charmante, il s'entendait bien avec tout le monde et il était difficile de se formaliser avec lui.

— Laisse-le tranquille, gronda gentiment Wally.

Puis il se tourna vers Liam.

— Tu veux bien aller voir si les félins sont prêts pour la nuit ? demanda-t-il en glissant inconsciemment lui aussi vers le tutoiement.

Liam sourit discrètement, jamais de sa vie il n'avait autant eu l'impression d'être à sa place.

— Je viens de recevoir un appel pour la naissance d'un poulain, expliqua Wally. Je ne sais pas du tout à quelle heure je vais rentrer.

Liam hocha la tête et Wally attrapa rapidement ses clefs et son téléphone avant de sauter dans son pick-up.

— Mais tu l'aimes bien, insista Phillip en jouant des sourcils.

Haven lui donna un coup de coude dans les côtes.

— Ce ne sont pas tes affaires, Monsieur l'entremetteur.

Haven lança un clin d'œil et un petit sourire rassurant à Liam.

— Ne fais pas attention à lui, file t'occuper des gros matous.

Haven et Phillip rentrèrent chez eux et Liam poussa un soupir de soulagement. Il ne savait pas ce qu'il ressentait pour Troy, mais il était certain d'une chose, pour l'instant il n'avait pas envie d'en parler. De toute façon, rien ne garantissait que Troy soit intéressé. Chaque fois que leurs regards se croisaient, le cœur de Liam s'emballait, mais il craignait de faire une fixation sur Troy simplement parce que, pour la première fois de sa vie, il n'avait pas de doute. Il savait que Troy était gay, *et* célibataire. Il n'avait pas assez de recul, pas assez d'expérience pour être certain de ce qu'il ressentait. Peut-être qu'il devrait demander conseil à Wally.

Liam attrapa une lampe de poche pour traverser le jardin dans les dernières lueurs du jour. Les félins arpentaient énergiquement leurs enclos, revigoré par la pénombre après avoir paressé au soleil pendant des heures. Liam vérifia que chacun d'entre eux avait de l'eau. Il s'approcha de l'enclos de Manny et le vieux lion s'étira avant de le rejoindre et de s'asseoir à quelques mètres de lui en le regardant. Il pencha la tête sur le côté, presque comme s'il attendait que Liam entame la conversation.

— Qu'est-ce que tu as pensé de Troy ? J'imagine que si tu ne t'es pas jeté contre ta cage en rugissant, c'est qu'au moins tu ne le détestes pas.

Manny continua de le regarder et après un autre étirement, il se coucha sur le flanc dans l'herbe, le fixant de ses intenses yeux dorés. Chaque fois qu'il faisait ça, Liam ne pouvait pas s'empêcher de se demander si le vieux lion envisageait de faire de lui son quatre-heures.

Shahrazad poussa un grognement mécontent, histoire de rappeler qu'elle existait aussi, et Manny répondit par un rugissement sonore. Liam sursauta, il ne s'y habituerait jamais. Manny se redressa sur ses quatre pattes, dépliant toute sa royale envergure, et Shahrazad s'éloigna. Liam aurait pu jurer lire de la satisfaction dans les yeux de Manny.

— Est-ce que tout va bien ? demanda Wally en le rejoignant. Je venais de rentrer quand j'ai entendu Manny.

— Rien de grave, Shahrazad a voulu faire la maline et il l'a remise à sa place, répondit Liam. Vous êtes revenu vite, remarqua-t-il.

— Quand je suis arrivé, le poulain gambadait déjà. Les nouveaux propriétaires de chevaux ont tendance à oublier que les chevaux ont donné naissance pendant des millénaires sans intervention humaine, ils insistent toujours pour appeler un vétérinaire. J'ai simplement vérifié que le poulain se portait bien, j'ai donné ma facture au propriétaire et je suis parti. Tout va bien ici ?

— Ça a l'air. Je voulais juste avoir une petite conversation avec Manny, avoua Liam.

Liam avait toujours aimé les animaux. Les animaux ne vous jugeaient pas.

— Un petit tête à tête d'homme à roi des animaux ? le taquina Wally. Est-ce que par hasard vous discutiez du mystérieux inconnu qui vit seul dans sa cabane en haut des collines ? Ne fais pas cette tête-là, j'ai bien vu la façon dont tu le regardais. Tout va bien Liam, je veux seulement que tu sois prudent, c'est tout. Ne précipite rien. Troy n'a pas un passé facile.

Liam fronça les sourcils, même si Wally ne pouvait probablement pas le voir dans l'obscurité.

— Comment le savez-vous ?

— Il a le même regard que toi quand on lui pose des questions sur ce qu'il faisait avant d'arriver ici, un regard triste et résolu. C'est bien de laisser parler son cœur Liam, mais pense à le protéger aussi. Je ne pense pas que Troy soit quelqu'un de mauvais, mais il a beaucoup de problèmes à régler. Je doute qu'il soit venu s'isoler dans la vieille cabane de son oncle simplement pour « trouver un peu de calme ».

Wally laissa échapper un bâillement à s'en décrocher la mâchoire.

— Allez viens, il est temps de rentrer. Le soleil se lève tôt et sa Majesté Manny n'aime pas qu'on lui serve son petit-déjeuner en retard. Et pour l'amour du ciel Liam, tu peux me tutoyer.

— D'accord, acquiesça Liam silencieusement.

Les derniers rayons du soleil disparaissaient lentement derrière l'horizon. Le cœur lourd, Liam suivit Wally à l'intérieur.

LE MATIN suivant, Liam se leva et se prépara machinalement. Sans attendre le petit déjeuner, il alla droit au réfrigérateur où Wally gardait la viande pour les félins et leur apporta leur ration du matin. Ils l'attendaient tous en se léchant les babines, les yeux rivés sur lui. Liam fit comme Wally lui avait montré et, avec précaution, distribua chaque portion de viande à travers les goulottes protégées, s'assurant que chaque enclos avait encore de l'eau avant de rentrer dans la maison pour manger quelque chose lui aussi.

— Je vais acheter du matériel en ville, lui dit Haven entre deux bouchées de son gargantuesque petit déjeuner. Tu veux venir ? J'aurais bien besoin d'un peu d'aide et les autres ouvriers sont déjà occupés avec les troupeaux.

— Bien sûr, répondit Liam en grignotant un morceau de bacon. Tu penses qu'on en aura pour combien de temps ? J'ai besoin d'être de retour à temps pour nourrir les félins cet après-midi.

Wally lui avait également donné une liste de chose à faire et Liam n'avait certainement pas l'intention de lui faire faux bond.

— Nous serons de retour avant le déjeuner, ne t'en fais pas.

Liam chercha le regard de Wally qui était affairé aux fourneaux, et ce dernier hocha la tête en lui souriant.

Haven et lui échangèrent quelques banalités durant le trajet jusqu'au centre-ville, et ils s'arrêtèrent à la quincaillerie. Liam aida Haven à charger des piquets de clôture qu'il avait commandés.

— Je dois encore aller à la banque et nous pourrons rentrer.

Liam hocha la tête et remonta dans le pick-up. Haven se gara devant la banque et ils entrèrent ensemble. Haven scruta les différentes files d'attente et s'arrangea pour passer à un guichet en particulier où une femme d'une quarantaine d'années les accueillit.

— Bonjour Edith, la salua Haven avec un clin d'œil.

Elle lui retourna un sourire éblouissant, peut-être un peu trop enthousiaste.

— Je viens déposer un chèque, lui dit Haven en lui tendant le bordereau et en s'accoudant au comptoir. Comment vas-tu depuis la dernière fois qu'on s'est vu ?

Il était évident qu'il jouait la carte de la séduction.

— Je vais très bien mon chou, et toi ?

— Comme un charme, répondit Haven.

— Vous avez entendu la nouvelle ? leur demanda-t-elle gaiement en regardant autour d'elle comme si elle s'apprêtait à leur souffler un scoop. Le centre communautaire va enfin être construit.

Liam se dirigea vers l'une des chaises dans le hall. Il n'avait pas besoin de rester et d'écouter leur conversation. Il savait qu'Haven était venu à la pêche aux renseignements pour en apprendre davantage sur cette histoire de don mystérieux. Après une petite dizaine de minutes, il vit Haven adresser à Edith un autre clin d'œil et un grand sourire, avant de se diriger vers la porte. Liam le suivit et dès qu'ils eurent franchi le seuil de la banque, le sourire d'Haven s'effondra.

Le trajet de retour jusqu'au ranch se fit dans un silence glacial. Haven tenait le volant si serré que ses phalanges blanchissaient contre le cuir en le faisant crisser. À peine eut-il garé le pick-up devant le ranch qu'il bondit hors du véhicule et se dirigea à grandes enjambées vers la maison. Pensant que ça ne le regardait pas, Liam commença à décharger le matériel.

— Besoin d'un coup de main ? demanda David en s'approchant.

— Je veux bien, merci, répondit Liam avec soulagement.

Il n'était pas sûr de l'endroit où il devait entreposer la plupart des choses qu'ils avaient ramenées. David le lui montra et, ensemble, ils commencèrent à décharger le pick-up.

— Est-ce tout va bien ? Je l'ai vu Haven se précipiter vers la maison comme s'il avait le diable aux trousses, s'enquit David en déchargeant avec précaution un rouleau de fil barbelé.

— Ça va, je crois, répondit Liam.

— Sans doutes des mauvaises nouvelles...

Liam hocha la tête.

— Quand nous étions en ville, confirma-t-il. Il ne m'a rien dit et je n'ai pas osé lui demander, ça ne me regarde pas.

À dire vrai, Liam ne pouvait pas s'empêcher d'être curieux et il aurait aimé savoir ce qui se passait. Il vida le pick-up et Haven le rejoignit juste le temps pour le remercier rapidement, avant d'enfourcher l'un des quads et de disparaitre à toute vitesse. Une fois tout le matériel rangé, Liam remercia David pour son aide et se rendit dans le bureau de Wally pour s'atteler à la liste de choses à faire que le jeune vétérinaire lui avait laissée.

Il ne croisa pas Haven de la matinée, et à l'heure du déjeuner, Wally se montra étrangement taciturne. Liam hésita à lui demander ce qui n'allait pas, ou s'il pouvait faire quoi que ce soit pour l'aider. Au final il n'osa pas et ils partagèrent leur repas dans un silence presque total. Liam se remit au travail sans en savoir davantage.

Durant l'après-midi, il installa le tuyau d'arrosage le long des enclos et déplaça Shahrazad dans la zone d'exercices pour nettoyer le sien. À force de s'occuper de l'entretien des enclos, il avait découvert que Manny aimait jouer avec l'eau. Il l'arrosa pour le taquiner et le laissa jouer à « mordre l'eau » pendant quelques minutes. Manny était complètement trempé. Liam se tourna brièvement et le lion en profita pour se rapprocher de lui et s'ébrouer avec force. En quelques secondes à peine, ils se retrouvèrent dans le même état. Ce n'était que justice, songea Liam amusé en essorant son tee-shirt.

Lorsqu'il eut fini ses corvées et enroula enfin le tuyau pour le ranger, la chaleur du soleil avait déjà presque séché ses vêtements. Il alla trouver Wally pour lui demander s'il y avait autre chose à faire, et en rentrant dans la maison, il entendit le son de sa voix par la porte entrouverte de son bureau.

— Je sais bien Dakota, mais qu'est-ce que tu veux que je fasse ? Pour les gens du coin, je suis toujours un étranger, deux ans de bons et loyaux services en tant que vétérinaire n'y changeront rien. Personne ne m'écoutera.

Liam ouvrit le réfrigérateur et se servit un verre de thé glacé.

— Oui je sais. Haven aussi est complètement retourné par la nouvelle. Ça fait des heures qu'il est parti et personne ne sait où il est.

Liam s'assit à la table pour faire une pause et finir son verre. Quelques bribes de conversation lui parvinrent, puis il décida de ressortir. Il n'aimait pas écouter aux portes. Il traversa le ranch dans l'espoir de croiser quelqu'un qui aurait besoin d'un coup de main, mais ne trouva personne. Il erra sans but jusqu'à revenir au terrain derrière la maison, et finit par s'asseoir dans une chaise sous un arbre. Son regard se porta sur les collines, et il pensa à Troy tout seul là-haut dans sa cabane. Bien sûr, de là où il était, il ne pouvait pas la voir, mais s'il plissait suffisamment les yeux, il lui semblait apercevoir la grande clairière où elle se trouvait.

La voix de Phillip le fit sursauter.

— Qu'est-ce que tu regardes avec autant d'attention ?

Liam tourna la tête vers lui.

— Rien de précis.

— C'est terriblement romantique de penser à lui, le regard perdu dans le lointain, mais ce qui serait encore mieux, c'est d'aller lui *dire* que tu penses à lui, tu ne crois pas ? Ce n'est pas le lycée, personne ne va vous juger ou vous humilier. Tu sais qu'il est gay et, soyons honnête, nous l'avons tous remarqué, tu sais aussi qu'il est intéressé.

Liam haussa les épaules.

— Comment dois-je m'y prendre ? demanda-t-il, secrètement rassuré d'avoir entendu Phillip confirmer l'attention que lui portait Troy.

— C'est à lui qu'il faut poser la question, répondit malicieusement Phillip en souriant, un sourcil relevé.

Gêné, Liam tenta de changer le sujet de la conversation.

— Tu avais besoin de quelque chose en particulier ?

— Bien joué ! le taquina Phillip qui n'était pas dupe. Je me demandais si tu avais vu Haven. Ça fait un moment qu'il est parti, j'ai essayé de l'appeler, mais il ne répond pas.

— Il était très agité quand nous sommes rentrés. Nous nous sommes arrêtés à la banque, il a discuté avec votre fameuse Edith, et puis je ne sais pas ce qu'elle lui a dit, mais il a réagi au quart de tour. Nous sommes rentrés, il a pris un quad et il a disparu comme s'il avait le diable aux trousses.

Phillip acquiesça lentement, l'air inquiet, avant de s'éloigner, sans doute pour poursuivre ses recherches. Laissé seul avec ses pensées, Liam songea amèrement que tout le monde semblait avoir un avis au sujet de Troy et lui. Techniquement, il n'y avait pas de « Troy et Lui » pour l'instant, mais Liam se demandait s'ils avaient tous raison, et s'il suffisait qu'il ose faire le premier pas. Il savait que Troy était gay, ce qui réduisait déjà considérablement le risque de se prendre un coup de poing dans la figure.

Lorsqu'il rentra dans la maison, Wally était toujours au téléphone. Pour ne pas l'interrompre, il laissa un petit mot sur la table de la cuisine et se mit en chemin. La mystérieuse tension qui planait sur le ranch commençait à l'inquiéter, et il espérait sincèrement qu'il n'y avait rien de grave, mais comme il ne pouvait rien faire pour aider, il emprunta un quad et se dirigea vers les collines.

Il remonta le sentier désormais familier qui montait jusqu'à la clairière où se trouvait la cabane de Troy. Soucieux de ne pas surprendre ce dernier, il fit en sorte de faire beaucoup de bruit en garant son quad à la lisière du bois. En éteignant le moteur, Liam fut surpris par le silence et le calme absolu qui régnait là-haut. Il descendit du véhicule et retira son casque.

— Troy ! appela-t-il sans recevoir de réponse.

Lentement, il se dirigea vers la cabane. La porte était fermée, mais le pick-up de Troy était garé à côté, il ne devait pas être bien loin.

— Troy ? appela-t-il de nouveau, plus doucement cette fois.

Liam patienta quelques minutes. Les minutes s'allongèrent et se transformèrent très vite en un quart d'heure, Liam commençait à penser qu'il ferait mieux de partir. Il retourna au quad, l'enfourcha et lança le moteur. Il se retourna une dernière fois vers la cabane, sans pouvoir réprimer une pointe de déception. Il savait que c'était puéril, il ne pouvait pas attendre de Troy qu'il soit disponible juste parce qu'il avait décidé de lui rendre visite.

Il roula lentement jusqu'à l'entrée du sentier et s'engagea dans la descente. Quelques mètres plus loin, il remarqua que la végétation sur le bord du sentier était écrasée, la terre retournée. Ne suivant que son instinct, il s'arrêta et plongea son regard dans le sous-bois. Un chemin grossier se dessinait dans les fourrés en s'éloignant de la piste, comme si quelqu'un venait seulement de le créer en sortant du sentier avec un gros véhicule.

— Troy ! appela Liam incertain. Vous êtes là ?

Mais personne ne lui répondit et il faisait trop sombre dans les bois pour voir quoi que ce soit. Il était sur le point de reprendre sa route lorsqu'il perçut un bruissement dans les fourrés. Craignant qu'il s'agisse d'un animal, il s'apprêtait à regagner son quad, mais le bruit se répéta, provenant toujours du même endroit. La curiosité l'emporta et Liam entra dans le sous-bois. Il descendit lentement le terrain en pente qui s'enfonçait entre les arbres en s'accrochant à ce qu'il pouvait pour ne pas glisser.

— Troy ! appela-t-il de nouveau en avançant prudemment.

La végétation autour de lui était dense, presque étouffante. Liam tenta de garder son sang-froid, et s'arrêta tous les deux ou trois mètres pour appeler Troy et guetter une réponse. À force de tendre l'oreille, les bruits de la forêt lui semblaient inquiétants, assourdissants. Il s'attendait à trouver Troy gisant sur le sol à tout moment, blessé ou même pire. Il entendit de nouveau un bruissement juste derrière lui et se retourna brusquement. Il comprit très vite que ce n'était rien d'autre que le bruit du vent dans les feuilles.

Se sentant idiot, Liam décida de faire demi-tour pour retourner au quad. En s'agrippant à un jeune arbre pour remonter le versant de la colline jusqu'au sentier, il trébucha, l'arbuste se déracina dans et lui resta dans les mains, et Liam dégringola irrémédiablement vers le bas. Il tenta désespérément de se retenir à quelque chose, mais il tombait trop vite, la terre était trop glissante et le terrain trop incliné. Enfin, il percuta un gros rocher qui stoppa net sa chute.

Liam s'allongea, haletant, face contre le sol, en essayant de déterminer s'il avait quelque chose de casser. Une explosion de douleur jaillit dans sa jambe droite. Il l'examina aussitôt, mais à son grand soulagement, il n'y avait pas de sang. Il essaya de se remettre debout mais la douleur était trop forte. Sur du terrain plat, il aurait peut-être pu se trainer jusqu'au sentier, mais il ne pourrait jamais remonter cette satanée colline dans son état.

— Il y a quelqu'un ? appela-t-il sans trop y croire.

Bien entendu, personne ne répondit. Troy n'était définitivement pas là. Qu'est-ce qu'il lui avait pris de quitter le sentier ? Heureusement, il avait laissé un mot à Wally pout dire où il allait. Quelqu'un finirait forcément par trouver le quad abandonné et partirait à sa recherche. Sa jambe le faisait atrocement souffrir. Il s'assit et allongea ses jambes devant lui, parvenant à trouver une position dans laquelle la douleur était plus supportable, puis il attendit.

Très vite, il perdit toute notion du temps. Il n'avait pas d'autre choix que de rester indéfiniment là à attendre, avec pour seule compagnie le souffle inquiétant du vent dans les arbres. Au moins il était à l'ombre, et il ne pleuvait pas. Dès que cette pensée traversa son esprit, il leva les yeux pour tenter d'apercevoir le ciel entre les feuilles et s'assurer qu'un orage ne risquait de lui tombait sur la tête.

— Il y a quelqu'un ? appela la voix de Troy un peu plus haut.

— Je suis là ! répondit Liam soulagé.

— Liam, c'est vous ? Qu'est-ce que vous faites là ? demanda Troy incrédule en se rapprochant rapidement.

— C'est une longue histoire. Je me suis blessé à la jambe et je ne peux pas remonter.

Il se sentait tellement idiot maintenant. Il se déplaça suffisamment pour apercevoir le haut de la colline, mais un éclair de douleur lui traversa la jambe.

— Je reviens tout de suite, lui cria Troy.

Puis de nouveau, le silence.

Liam attendit, l'oreille tendue. Après un moment, il entendit quelqu'un descendre la colline, un vacarme de feuilles et de craquements de branches, et une litanie de jurons qui se rapprochaient progressivement.

— Je suis vraiment désolé Troy, s'excusa aussitôt Liam une fois qu'il fut arrivé à sa hauteur.

— Qu'est-ce qui vous a pris de descendre ici ? demanda Troy, attaché à la taille par une corde tendue qui remontait jusqu'au sentier.

Liam baissa les yeux vers sa jambe blessé sans trop savoir par où commencer. Il savait qu'il ne devait pas avoir l'air très malin.

— J'ai vu comme un passage dans le sous-bois, et puis en m'arrêtant j'ai entendu du bruit, alors je suis allé voir, pensant que c'était peut-être vous. Je suis descendu trop loin et j'ai dérapé en essayant de remonter. J'ai heurté ce rocher dans ma chute, et après ça, impossible de me relever.

Liam releva les yeux vers Troy et vit son expression étonnée.

— Vous êtes descendu pour moi ? demanda-t-il en s'agenouillant près du jeune homme.

— Quand j'ai entendu ce bruit, j'ai eu peur que vous soyez coincé ou blessé. Ce qui est terriblement embarrassant parce que maintenant, c'est moi qui suis coincé *et* blessé, et c'est vous qui venez à ma rescousse.

Liam était tellement en colère contre lui-même. Tout ce qu'il avait gagné, c'était de se rendre ridicule.

— C'est la chose la plus gentille qu'on ait faite pour moi, remarqua Troy avec un grand sourire. Est-ce que vous pouvez vous lever ? Je vais vous aider à remonter.

Liam se releva avec précaution, faisant de son mieux pour garder son équilibre. Il pouvait supporter un peu de poids sur sa jambe, mais en regardant vers le haut, il se demanda par quel miracle ils allaient réussir à remonter tout ce chemin. Troy passa un bras autour de sa taille, soutenant une grande partie de son poids.

— Prenez votre temps. Si nous nous décalons de quelques mètres, la pente est un peu moins raide en direction de la cabane. Nous allons remonter tout doucement par-là, d'accord ?

— Je vais essayer, répondit Liam, encouragé par la sensation du bras de Troy autour de lui.

Ils commencèrent lentement leur ascension, et même si chaque pas était douloureux pour sa jambe, Liam devait reconnaitre qu'avec l'aide de Troy, l'épreuve lui semblait bien moins impossible. Troy s'aida de la corde pour les hisser progressivement jusqu'à l'endroit où la pente s'adoucissait. Il leur fallut plus d'une demi-heure, mais ensemble ils parvinrent finalement à regagner le sentier. Il fallait encore récupérer le quad de Liam quelques centaines de mètres plus loin. Troy l'aida délicatement à s'asseoir par terre, et retourna chercher le véhicule. Lorsqu'il revint sur le quad en marche, il aida Liam à monter derrière lui.

— Faites attention à votre jambe. Je vous ramène à la cabane.

Liam s'installa en essayant de ne pas mettre de poids sur sa jambe, et ils regagnèrent rapidement la cabane. Une fois arrivés, Troy l'aida à entrer et l'installa sur son lit pour qu'il étende sa jambe.

— Faite-moi voir votre jambe, je vais jeter un coup d'œil, demanda Troy.

Liam hocha la tête et sentit les mains chaudes de Troy glisser le long de son mollet pour remonter son pantalon. Il frissonna, mais il n'aurait pas su dire si c'était à cause de la douleur ou de l'excitation.

— Je ne pense pas qu'elle soit cassée, mais vous avez un sacré bleu et votre jambe est déjà enflée. Je vais vous ramener au ranch, je pense qu'il vaut mieux que vous voyiez un médecin, juste pour être sûr qu'il n'y a rien de grave.

Troy n'avait toujours pas retiré ses mains, et toute l'attention de Liam était concentrée sur l'endroit où leurs peaux se touchaient.

— Pardon ? demanda Liam qui n'avait pas écouté un traitre mot de ce que venait de dire Troy.

— Il faut rentrer au ranch, répéta Troy avec un sourire indulgent. Je vais vous ramener avec mon pick-up, quelqu'un du ranch pourra revenir récupérer votre quad plus tard.

— Oui, sans doute, répondit vaguement Liam en regardant à regret la main de Troy s'éloigner de lui.

— Est-ce que vous aviez un message important ? C'est pour ça que vous étiez venu ? demanda Troy en glissant de nouveau un bras autour de sa taille pour l'aider à se relever.

Liam n'était plus sûr d'avoir le courage de dire quoi que ce soit après ce qui venait de se passer. Et d'un autre côté, c'était presque dommage de garder le silence alors qu'il venait de frôler la mort. Tous ces risques pour rien, c'était absurde. Et oui, peut-être qu'il exagérait un peu, peut-être qu'il gagnait du temps parce qu'il ne savait pas par où commencer. Frustré, indécis, il se pencha finalement vers Troy et l'embrassa. Un baiser bref, timide, puis il recula aussitôt. Le regard choqué et la bouche béante de Troy lui indiquèrent tout ce qu'il voulait savoir.

— Mon dieu je suis désolé, bafouilla Liam mortifié.

Qu'est-ce qu'il s'était imaginé ? Qu'il lui suffirait de l'embrasser et que Troy lui jurerait un amour éternel ?

— Non, non, ne sois pas désolé. Je ne m'y attendais pas c'est tout, déclara Troy confus.

Liam détourna le regard. Il n'était pas certain de vouloir entendre la suite.

— Je t'aime bien et je ne savais pas comment te le dire, alors j'ai pensé…

Il s'interrompit. Il ne savait pas ce qu'il avait pensé. Dépité, il se dégagea des bras de Troy et clopina vers la porte.

— Oublie ça, c'était stupide.

— Hé ! Ce n'était pas stupide, c'était tout le contraire de stupide, d'accord ?

— Alors pourquoi tu as l'air aussi réticent ? demanda douloureusement Liam.

Il s'appuya contre le chambranle de la porte pour maintenir son équilibre. Il aurait voulu s'enfuir, courir loin d'ici et retrouver la sécurité du ranch.

— Je te l'ai dit, je ne m'y attendais pas, répondit Troy en se rapprochant de lui. Arrête de gigoter dans tous les sens, tu vas aggraver l'état de ta jambe, laisse-moi te ramener au ranch.

À contrecœur, Liam laissa Troy l'aider à traverser la cour jusqu'au pick-up et à grimper dans le véhicule. Il le regarda faire le tour du pick-up avant de monter lui-même dans l'engin.

— Tu n'as pas répondu à ma question, remarqua obstinément Liam en croisant les bras.

— Liam… soupira Troy d'un ton condescendant.

— Je t'arrête tout de suite, tu n'arranges rien en me parlant comme à un gamin de douze ans.

Troy soupira de nouveau et mit le pick-up en route.

— Je me demande sincèrement ce que tu peux bien me trouver, c'est tout. Tu viens de le dire, je n'arrange rien. Je n'arrange jamais rien, je passe mon temps à blesser tous ceux qui m'entourent. Ce n'est pas une bonne idée de s'enticher d'un gars comme moi, Liam.

— Il suffisait de me dire que tu n'étais pas intéressé, rétorqua Liam.

Troy arrêta brusquement le pick-up au beau milieu du chemin.

— Je n'ai jamais dit que je n'étais pas intéressé, Liam. Au contraire, et c'est bien le problème. Ce n'est pas une bonne idée pour moi de commencer m'attacher à toi. Même si je t'apprécie beaucoup.

Troy prit une petite inspiration de surprise.

— Je ne mérite pas l'affection de qui que ce soit, crois-moi. Et si tu t'attaches à moi, tu finiras forcément par en souffrir, je me connais.

Une larme incontrôlée glissa le long de la joue de Troy, et il l'essuya rageusement.

— Je ne suis pas quelqu'un de bien, Liam.

— Pourquoi ne pas me laisser en juger par moi-même ? protesta Liam, mais Troy ne lui répondit pas.

Ils poursuivirent le chemin en silence, et Liam capitula.

— Très bien, si tu ne veux pas me parler, j'abandonne.

— C'est pour ton bien, répondit Troy sans grande conviction. Tu es un jeune homme adorable, et terriblement séduisant, pourquoi est-ce tu t'intéresses à un gars comme moi ? Je n'ai rien à offrir, rien que de la douleur et du chagrin, et tu ne mérites pas ça.

— Ça n'a aucun sens ! Tu ne peux pas prédire ce que tu apporteras à quelqu'un, pas plus que ce dont l'autre personne à besoin. On t'a blessé par le passé, très bien, je comprends, mais ce n'est pas une raison pour fermer définitivement la porte à tout le monde ! protesta Liam.

— Liam, personne ne m'a blessé, c'est moi qui leur ai fait du mal. J'avais une femme et une fille, et je les ai toutes les deux beaucoup blessées.

— Mais je croyais que tu étais gay… commença Liam en écarquillant les yeux lorsqu'il comprit ce que Troy lui disait. Tu étais marié ?

Troy hocha la tête en poursuivant sa route.

— Et elles ne savaient pas que tu étais gay ?

— Elles le savent maintenant, parce que je le leur ai avoué. Ma femme a crié pendant des jours. Depuis, ni elle ni ma fille ne veulent plus me parler. Je ne leur en veux pas, je leur ai menti pendant des années.

Troy s'engagea dans l'allée du ranch et se gara en face de la maison.

— Tu comprends maintenant ce que j'essaie de t'expliquer ? Je leur ai fait énormément de mal, je ne veux plus jamais faire subir ça à qui que ce soit. Tu es jeune Liam, trouve quelqu'un qui te mérite et qui ne te décevras pas.

Troy tendit la main et lui caressa doucement la joue.

— Tu es une personne merveilleuse. Quand je pense aux risques que tu as pris, simplement parce que tu craignais que je sois blessé. Pour être honnête Liam, si j'étais vraiment tombé de cette colline, il aurait mieux valu que personne ne me trouve.

Il retira sa main et Liam vit Wally ouvrir la porte de la maison.

Il sortit lentement du véhicule, et en voyant qu'il peinait, le jeune vétérinaire accourut vers lui pour l'aider à monter les marches du perron.

— Que s'est-il passé ? demanda Wally en regardant derrière lui dans la direction du pick-up de Troy.

— Je suis tombé dans la colline, répondit succinctement Liam, le cœur battant, les larmes au bord des yeux.

Il ne savait pas pourquoi il était dans cet état. Il venait seulement de rencontrer Troy, mais lorsqu'il vit le pick-up s'éloigner, il eut l'impression terrible que quelque chose d'unique et d'important s'éloignait de lui à tout jamais.

— Qu'est-ce que tu faisais là-haut ? demanda Wally. J'ai vu le mot que tu avais laissé et j'ai commencé à m'inquiéter en ne te voyant pas revenir.

— Je vais bien, Wally. Je suis juste blessé à la jambe. Et probablement dans ma fierté.

Plus que tout, c'était son cœur qui le faisait souffrir, mais il ne pouvait pas dire ça à Wally. Tout était de sa faute, il s'était laissé emporter par ses sentiments.

Wally l'aida à entrer et l'installa sur le canapé.

— Enlève ton pantalon, montre-moi ta jambe.

— Ça va Wally, insista Liam, mais tout ce qu'il obtint fut un regard sévère qui ne faiblit pas jusqu'à ce qu'il ait retiré son pantalon.

— Non mais regarde-moi la taille de cet hématome ! s'exclama Wally en fronçant les sourcils.

Liam sentit les mains de Wally sur sa peau, mais la sensation était tellement différente des mains de Troy. Wally était doux et attentionné, mais le cœur de Liam resta stable, presque indifférent.

— Je vais chercher de la glace pour aider ta jambe à désenfler, et je vais aussi te ramener quelque chose contre la douleur. Tu as beaucoup de chance de ne t'être rien cassé, tu sais.

— Oui, je sais, répondit Liam. Merci Wally.

— Comment t'es-tu débrouillé pour tomber ? demanda Wally en posant la compresse de glace sur sa jambe.

Liam laissa échapper un sifflement de surprise au contact glacial.

— Je ne suis pas tombé, j'ai glissé, corrigea-t-il entre ses dents en plissant les yeux sous la morsure du froid qui contractait les muscles de sa jambe. J'ai entendu du bruit dans le sous-bois et j'ai eu peur que ce soit Troy qui s'était blessé.

Liam ne donna pas de plus amples informations et heureusement, Wally n'insista pas. Il lui glissa malgré tout un regard suspicieux.

— Le dîner sera bientôt prêt, l'informa Wally après avoir fixé la poche de glace.

Il sortit et Liam l'entendit travailler dans la cuisine. Les bruits de vaisselle et les claquements de placard lui semblèrent particulièrement virulents. Quelque chose tracassait visiblement Wally, et Liam avait le sentiment que cela ne venait pas que de lui, du moins l'espérait-il.

— Wally, est-ce que tu es fâché après moi ? appela-t-il en se contorsionnant en direction de la porte de la cuisine.

Les claquements s'arrêtèrent brusquement.

— Non, pas du tout voyons, répondit Wally en passant sa tête dans l'encadrement de la porte, et en lui offrant un sourire peiné.

Il n'ajouta rien et, bien que Liam meure d'envie de savoir ce qui pouvait mettre Wally dans cet état, la douleur de sa jambe et le rejet de Troy étaient déjà suffisants pour garder son esprit occupé.

IV

— Qu'est-ce que tu veux ? demanda aussitôt Kevin en décrochant.

— Bonjour Kevin, moi aussi je suis content de t'entendre, répondit Troy.

S'il n'avait pas été aussi désespéré, il lui aurait sans doute raccroché au nez.

— Je te connais Troy, pas un mot depuis des mois et subitement tu m'appelles ? Tu veux quelque chose.

Il n'avait pas l'air vraiment en colère, et puis Troy devait bien l'admettre, il n'avait pas complètement tort.

— Tu es toujours à la cabane d'oncle Max ?

— Oui, répondit Troy.

— Combien veux-tu ? demanda Kevin d'un ton résigné.

— Pour l'amour du ciel Kevin, je ne t'appelle pas pour te demander de l'argent !

Finalement, il aurait peut-être dû lui raccrocher au nez.

— Tu veux me faire croire que tu appelles juste pour prendre des nouvelles ?

Le ton qu'employait Kevin ne lui plaisait vraiment pas.

— C'est bon, tu as fini ? rétorqua Troy.

Il commençait sincèrement à se demander s'il avait bien fait d'appeler son frère. Mais il n'avait personne d'autre vers qui d'autre se tourner.

— J'ai besoin de tes conseils, pas de ton argent.

— Tu as besoin de mes conseils ? répéta Kevin incrédule. À quel sujet ?

— Des trucs… gays. Moi je n'y connais rien, c'est toi l'expert.

Kevin éclata de rire.

— Des « trucs gays » ? Tu ne crois pas qu'il serait temps d'admettre que ces trucs gays, c'est ta vie maintenant ? Ce serait beaucoup plus simple, soupira Kevin. Enfin bref, qu'est-ce que je peux faire pour t'aider ?

— J'ai rencontré quelqu'un qui m'aime bien, et je ne sais pas quoi faire, admit Troy.

Kevin resta silencieux pendant ce qui sembla être un long moment.

— Est-ce que tu sais au moins ce que tu *veux* faire ?

— Bien sûr que non, c'est pour ça que je t'appelle, s'énerva Troy. Ça ne sert probablement à rien de toute façon, maugréa-t-il, je suis sûr que j'ai déjà tout gâché.

— Doucement, doucement monsieur le pessimiste. Explique-moi tout depuis le début.

Troy prit une profonde inspiration et lui expliqua comment il avait rencontré Liam et ce qui s'en était suivi.

— D'accord… commença Kevin, une fois que Troy eut fini. Donc, si je résume bien, tu as toi aussi des sentiments pour ce Liam.

— C'est ce que je viens dire, répondit Troy impatient.

— Et il est tombé d'une colline parce qu'il avait peur que tu sois en danger ?

Kevin ne lui laissa pas le temps de répondre cette fois-ci, il enchaîna directement :

— Il t'a aussi dit qu'il t'aimait bien et il t'a embrassé. Alors explique-moi pourquoi tu es en train de perdre ton temps au téléphone avec moi ? Tu ne devrais pas plutôt lui parler à lui ?

Troy déglutit et répondit d'une voix sourde :

— Et si je n'étais pas assez bien pour lui ?

Voilà, c'était sorti. Il avait tellement l'habitude de dissimuler ce qu'il ressentait, c'était presque physiquement douloureux d'admettre sa vulnérabilité à voix haute.

— Évidemment que tu es assez bien pour lui, ne sois pas ridicule. Écoute, je sais que vivre dans le mensonge pendant des années et ruiner ton mariage n'a pas dû aider l'image que tu as de toi-même, mais tu ne peux pas continuer à te détester comme ça Troy, c'est malsain et destructeur. Ce Liam, il connait toute l'histoire ? Tu as été parfaitement honnête avec lui ?

— Bien sûr.

— Alors, arrête de te prendre la tête. Tu es gay, pas un extraterrestre. Les choses fonctionnent toujours de la même façon et ça ne change pas qui tu es au fond de toi. Tu as fait des erreurs, nous en faisons tous, ça ne fait pas de toi une mauvaise personne.

— Mais qu'est-ce que je dois faire ?

— Tu tiens à lui ?

Toute l'impatience et la frustration avec lesquelles Kevin avait décroché s'étaient volatilisées. Tout ce que Troy entendait dans la voix de son frère à présent, c'était de l'amour et de la compassion.

— Oui, murmura-t-il en souriant et en se remémorant l'expression sur le visage de Liam le jour où il lui avait présenté « ses chatons ». C'est vraiment quelqu'un de bien.

— Je vais te donner mon avis, c'est pour ça que tu m'as appelé non ? Je pense que tu devrais présenter des excuses à Liam et prier pour qu'il te laisse une seconde chance.

— C'est tout ?

— Si tu tiens vraiment à lui, il va falloir ouvrir ton cœur, t'exposer. Je sais que c'est très difficile pour toi, mais s'engager avec quelqu'un, c'est être prêt à tout lui montrer.

— Et si je refais une erreur ?

Kevin se mit à rire.

— Subitement tu t'inquiètes de mal faire les choses ? Ça n'a pas eu l'air de trop te perturber toutes ces années pendant lesquelles tu as menti à ta femme.

— Ce n'est pas juste ! riposta Troy.

— Peut-être pas, mais c'est la vérité. Tu ne t'es jamais inquiété de blesser Jeanie. Tu l'as fait, et tu le regrettes, mais ça ne t'a pas arrêté. Alors excuse-moi si je suis surpris de t'entendre hésiter parce que tu as peur de faire du mal à ce Liam. Te voilà subitement transformé en humaniste romantique, pétri de bonnes intentions. Ce jeune homme doit vraiment être extraordinaire, dit-il d'un ton taquin.

— N'en rajoute pas non plus, grommela Troy, et son frère éclata de rire.

— Je suis sérieux Troy, tu as changé. Et excuse mon paternaliste, mais je crois que tu avais besoin de ça pour grandir. Tu mérites d'être heureux. Tu l'as toujours mérité, même s'il t'a fallu du temps pour t'en rendre compte. Maintenant, file présenter des excuses à ton Liam, et sois convaincant. Il a l'air trop bien pour que tu le laisses te glisser entre les doigts. Dis-moi au fait, tu le connais depuis combien de temps ?

— Un peu plus d'une semaine.

Troy expliqua comment ils s'étaient rencontrés au bout de son fusil et Kevin se remit à rire de plus belle.

— Je crois que ça répond à toutes tes questions. S'il t'a embrassé après que tu aies pointé une arme sur lui, c'est qu'il est vraiment spécial. Il mérite de savoir ce que tu ressens pour lui. Ceci étant dit, je préfère te prévenir, ne t'étonne pas non plus s'il t'envoie sur les roses, ce serait légitime.

— C'est bien ce qui me fait peur.

— Prends ton courage à deux mains, et reste toi-même. D'après ce que tu viens de me dire, c'est sans doute ta meilleure arme pour le conquérir. Dis-lui ce que tu ressens, concentre-toi sur lui, par sur tes doutes et ta peur de passer pour un crétin. Il n'y a pas de place pour les égos blessés dans ces cas-là.

— Merci Kevin.

Troy essaya de paraître désinvolte, mais cette dernière remarque l'avait particulièrement touché.

— Pas de quoi. Il ne te reste plus qu'à ramper à ses pieds.

Kevin se mit à rire doucement.

— Et tiens-moi au courant, ajouta-t-il avant de raccrocher.

Troy remit son téléphone dans sa poche. Kevin avait raison, il devait vraiment des excuses à Liam. Quittant immédiatement la cabane, il monta dans son pick-up et se dirigea vers le ranch, priant le ciel que Wally ne l'attende pas avec un fusil.

Il se gara près des autres pick-up devant la maison et se dirigea vers la porte. Les chiens étaient en plein repas, et pour une fois ils levèrent à peine la truffe sur son passage. Troy gravit les marches du perron et toqua.

— Vous devez vraiment avoir envie de vous faire casser la figure, l'accueillit Wally en ouvrant la porte. Juste au moment où je commençais à penser que vous n'étiez peut-être pas une ordure, vous vous comportez comme *la pire* des ordures.

— Je sais, acquiesça aussitôt Troy. Vous avez raison.

Pris au dépourvu, Wally écarquilla les yeux.

— Je n'ai aucune excuse, je suis un crétin fini. Est-ce que vous croyez que Liam accepterait de me parler ?

Wally fronça les sourcils.

— Je vais voir.

Il fit demi-tour et lui ferma la porte au nez. Troy attendit, et attendit. Il était sur le point de repartir lorsque la porte s'ouvrit de nouveau et que Wally fit un pas sur le côté pour le laisser entrer.

Liam était allongé sur le canapé, sa jambe surélevée, enveloppée d'une compresse froide. Il avait l'air triste et fatigué, et Troy savait pertinemment que ce n'était pas à cause de sa jambe.

— Tu veux que je reste ? demanda Wally à Liam tout en fusillant Troy du regard.

— Merci Wally, mais ça va aller, répondit Liam en se redressant sur le canapé. Je ne pense pas que Troy ait l'intention de pointer une arme sur moi deux fois dans la même semaine.

Troy crut d'abord que Liam plaisantait, mais il comprit très vite que ce n'était pas le cas. Liam tenait simplement à lui rappeler que depuis qu'ils s'étaient rencontrés, il ne s'était jamais vraiment bien comporté. Wally quitta la pièce, mais il était évident qu'il allait rester à proximité.

— Qu'est-ce que tu veux ? lui demanda platement Liam.

Troy se dandina d'un pied sur l'autre, sans trop savoir par où commencer.

— Je voulais m'assurer que tu allais bien. Je sais, j'aurais dû m'en inquiéter tout de suite. J'aurais dû te raccompagner au moins jusqu'à la porte de la maison.

Le regard de Liam se durcit.

— Ça y est, tu m'as vu. Ma jambe est enflée et je ne peux pas marcher. Maintenant que tu es à jour, tu peux y aller.

Troy ne savait pas quoi lui dire. Il était tenté de s'enfuir, mais il était venu jusqu'ici pour mettre les choses au clair, alors il tenta le tout pour le tout.

— Je suis désolé, Liam. Je n'aurais pas dû te repousser comme ça. Je n'arrive toujours pas à croire ce que tu as fait pour moi là-haut, tu es très courageux, et tu mérites d'être mieux traité que ça.

Troy ne savait pas si c'était ce qu'il fallait dire, mais c'était ce qu'il ressentait.

— La vérité, c'est que quand tu m'as embrassé, j'ai beaucoup aimé ça, et j'aurais voulu te garder dans mes bras.

— Alors pourquoi ? demanda Liam à bout de patience. Pourquoi ton premier instinct a été de me repousser ?

— Parce que j'avais peur, reconnut Troy.

— Peur de moi ? demanda Liam, sceptique. Est-ce que je dois te rappeler qui de nous deux a menacé l'autre avec un fusil ?

Troy grimaça. Il n'avait pas fini d'entendre ce reproche.

— Tu le feras graver sur ma tombe, pas vrai ? essaya-t-il de plaisanter, mais Liam n'était pas d'humeur à plaisanter.

— Tu ne crois pas que c'est tout ce que tu mérites ?

— Je suis venu ici pour m'excuser, et pour te dire que je m'étais trompé. Je ne t'ai pas servi des banalités pour me débarrasser de toi Liam, tout ce que je t'ai dit, je le pense vraiment. Je ne suis pas assez bien pour toi. La seule chose qui a changé, c'est que j'ai décidé que ça ne m'arrêterait pas.

— Pourquoi ce revirement soudain ?

Déjà, le ton de sa voix était moins sévère.

— J'ai parlé à mon frère. Il m'a dit que j'étais un imbécile. Je le savais déjà, mais je crois que j'avais besoin de l'entendre, et Kevin était trop heureux de me rendre ce service.

— On dirait bien que tu n'exagérais pas quand tu m'as dit que c'était lui le plus intelligent.

Il y avait visiblement l'ombre d'un sourire dans la voix de Liam, et Troy se surprit à espérer.

— Non, c'est définitivement lui qui a piqué tous les gènes de l'intelligence à la naissance, sourit Troy en s'agenouillant à côté du canapé. Je suis revenu, parce que je n'ai jamais rencontré quelqu'un comme toi, parce que tu t'es mis en danger pour moi alors que tu me connais à peine, et parce que je sais maintenant que je serais incapable de te faire du mal.

Troy prit la main de Liam dans la sienne.

— Je suis désolé d'avoir pris toutes les décisions pour toi. D'autant plus que je ne suis même pas fichu de prendre les miennes correctement.

Troy hésita, il n'avait jamais fait de déclaration comme ça à qui que ce soit auparavant. Une vie passée à cacher qui il était et à garder ses sentiments pour lui l'avait criblé de doutes et d'incertitudes. Puis, Liam lui sourit. C'était un sourire hésitant, mais Troy eut l'impression que le monde autour de lui venait de s'illuminer, comme s'il avait vécu dans l'obscurité toute sa vie et que le soleil venait de se lever avec ce sourire.

— Je t'aime beaucoup Liam, et je suis désolé de t'avoir blessé.

Liam tapota le canapé à côté de lui pour l'inviter à le rejoindre. Troy se releva et s'assit délicatement, en veillant bien de ne pas secouer la jambe de Liam.

— Tu m'as dit que tu étais marié.

Troy hocha lentement la tête. Il savait qu'il lui devait toute la vérité, c'était ce que Kevin avait essayé de lui faire comprendre en parlant d'ouvrir son cœur et de savoir se montrer vulnérable.

— Je me suis marié une première fois, avec Mary, mais ça n'a pas duré longtemps. Et puis un an après, j'ai rencontré Jeanie, et nous avons fini par nous marier. C'était il y a environ six ans, et quelques mois après le mariage, elle est tombée enceinte de ma petite Sofia.

— Et pendant tout ce temps, tu savais que tu étais gay ?

— Kevin est sorti du placard quand nous étions gamins, et au lycée, je me suis vite rendu compte que je regardais plus les garçons que les filles, alors je n'étais pas complètement ignorant. Mais j'espérais que ça passerait. J'aurais dû me remettre en question après l'échec de mon premier mariage, mais j'étais complètement dans le déni. Tout ce que je voulais, c'était une vie normale. Après la naissance de Sofia, ça a été encore plus facile de faire semblant. Je l'aimais plus que tout et j'ai concentré toute mon énergie sur elle.

— Tu avais une vie parfaite, c'était ce que tu voulais, remarqua Liam. Qu'est-ce qui s'est passé ?

— Ma vie n'était pas parfaite, je me racontais des mensonges. J'en racontais à tout le monde. Pendant de nombreuses années, j'ai réussi à me convaincre que j'étais heureux, et puis j'ai rencontré un homme au travail. Nous sommes devenus des amis, et petit à petit nous sommes devenus plus que ça. Ce n'était pas prémédité, je n'ai rien vu venir, mais quand les choses ont dérapé, je n'ai pas su les arrêter. Il a fini par être muté ailleurs, mais c'était trop tard, j'avais eu un avant-goût de ce qui me manquait.

C'était difficile pour Troy de repenser à tout ça. Les yeux rivés sur le sol, il était incapable de faire face à Liam.

— Il y a six mois, mon frère est venu chez nous et il est tombé sur des messages dans mon téléphone. Il m'a mis au pied du mur. Je n'étais plus heureux depuis bien longtemps et il m'a fait comprendre que je ne pouvais pas continuer à mentir à Jeanie. J'ai attendu quelques jours, jusqu'à ce que Sofia soit chez une amie, et je lui ai parlé.

Troy sentit sa gorge se nouer.

— Elle était dévastée, chuchota-t-il d'une voix tremblante, à peine capable de sortir les mots de sa bouche. Elle a pleuré pendant des heures, elle a passé plusieurs jours au lit sans voir ni parler à personne. Je l'aimais, je l'aimais vraiment à ma façon, mais je lui ai fait beaucoup de mal.

Il se leva et traversa la pièce pour se tenir devant la grande porte-fenêtre, sondant le crépuscule.

— Il m'a suffi de quelques minutes pour anéantir une des personnes auxquelles je tiens le plus sur cette terre. Je me devais de lui dire la vérité, mais c'était beaucoup trop tard, et mon refus de reconnaître qui j'étais et les mensonges auxquels j'avais eu recours pour me couvrir pendant toutes ces années n'ont fait qu'ajouter à sa peine.

Troy s'interrompit, le regard perdu dans le vague. Il pouvait encore voir l'expression sur le visage de Jeanie.

— Tu as fait ce que tu pensais être juste, dit doucement Liam.

— Vraiment ? demanda Troy en se retournant. Quelques fois, je me dis que j'aurais mieux fait de ne rien dire, que j'aurais mieux fait de demander le divorce en inventant une excuse qui ne lui donnerait pas l'impression que son mariage tout entier n'avait été qu'une farce. Je sais que c'est ce qu'elle a ressenti. Je l'ai toujours aimée, mais elle ne l'entend pas comme ça, pour elle c'est comme si je ne lui avais offert qu'une vie de mensonges.

— Elle aurait probablement fini par le découvrir, et sa douleur aurait été la même, observa Liam.

Troy haussa les épaules.

— Je lui mentais pour des raisons égoïstes. J'aurais au moins pu continuer à mentir pour épargner ses sentiments. J'ai toujours été égoïste. Je pensais que dire la vérité changerait quelque chose, mais j'avais tort.

Le souvenir des visages dévastés de sa famille était insupportable.

— Après lui avoir tout avoué, elle a insisté pour que je déménage. Je ne me suis pas battu pendant le divorce, je lui ai tout laissé. Elle le méritait, Sofia aussi. J'avais hérité d'une somme d'argent de mes parents, mais je la lui ai laissée également, pour qu'elle puisse élever Sofia sans avoir à s'inquiéter.

— Tu les as revues depuis ?

— Non. Jeanie a insisté pour que je reste loin d'elles. Je leur ai fait assez de mal comme ça. La dernière fois que j'ai vu Sofia, elle a refusé de me parler pendant un très long moment et finalement, lorsqu'elle l'a fait, elle m'a dit qu'elle me haïssait parce que je faisais pleurer sa mère tout le temps.

Troy sentit ses larmes couler sur ses joues.

— Jamais de ma vie des mots ne m'avaient autant blessé. J'ai songé au suicide, mais je n'en avais pas le courage. Ma vie s'était totalement effondrée. Peu de temps après le divorce, j'ai également perdu mon emploi, mais je ne peux même pas me résoudre à leur en vouloir, c'était sans doute ce que je méritais.

Troy essaya de ne pas céder au chagrin, mais revivre ces quelques mois de sa vie lui demandait plus de courage qu'il en avait. Pressé d'en finir, il révéla à Liam la fin de l'histoire.

— Dans la foulée, mon oncle est mort, et Kevin et moi avons hérité de sa cabane. Nous venions à peine de signer les papiers chez le notaire que je suis venu ici. J'avais fait tellement de mal autour de moi, j'ai pensé que la meilleure chose que je pouvais faire était de m'exiler. On ne peut pas dire que c'est un franc succès, puisqu'il ne m'a pas fallu longtemps pour te blesser toi aussi.

— Tu as vraiment été marié deux fois ? demanda Liam, et tu as une fille ?

Troy sourit et sortit son téléphone portable de sa poche.

— Tiens, regarde.

Il montra une photo à Liam.

— Elle a presque cinq ans. Elle est drôle et intelligente, elle ne tient pas du tout de son père.

La voix de Troy se brisa sur les derniers mots. Il n'avait pas revu sa petite fille depuis tellement longtemps, elle lui manquait terriblement.

— Jeanie m'a interdit de la revoir, et sur le coup je n'ai pas discuté. Je pensais que ce serait mieux pour Sofia, mais de toutes les erreurs que j'ai faites, c'est celle que je regrette le plus. J'ai appelé plusieurs fois et Jeanie lui a passé le téléphone, mais Sofia n'a jamais dit grand-chose et je sais qu'elle se demande ce qui se passe. Je ne sais pas ce que Jeanie lui a raconté, elle refuse de me parler.

— Où est Sofia maintenant ? Je veux dire, où vit-elle ?

La pitié dans le regard de Liam était insupportable. Troy tourna la tête vers la fenêtre. Il ne venait pas de lui raconter son histoire pour s'attirer la sympathie du jeune homme. Il était conscient du caractère pathétique de son rôle, et pour être honnête, il se *sentait* pathétique, mais faire face à cette indulgence peinée, c'était presque intolérable.

— Elle et sa mère vivent encore dans la maison que nous avons achetée, à Baltimore. Jeanie est une mère exceptionnelle, et j'espère qu'un jour, elle rencontrera quelqu'un avec qui refaire sa vie. Elle le mérite.

Troy se rassit sur le canapé.

— Et toi ? lui demanda doucement Liam. Qu'est-ce que tu crois mériter ?

— Mériter ? Je ne mérite rien du tout. Je les ai blessé toutes les deux et je devrais payer pour ce que je leur ai fait pour le reste de ma vie.

Troy attendit patiemment que Liam intègre et comprenne ce qu'il tentait de lui expliquer. Il n'avait pas d'autre choix, il devait payer le prix de ses erreurs. Au moins, il s'était montré parfaitement honnête avec le jeune homme, libre à Liam de décider ce qu'il en pensait.

— Je dois admettre que je ne m'attendais pas à ça, reconnut Liam avec un petit sourire triste. Est-ce que tu m'as tout dit ?

Troy hocha lentement la tête et Liam lui prit la main pour entrelacer leurs doigts.

— Tu promets de ne plus rien me cacher ?

Troy acquiesça de nouveau. Liam connaissait le pire à présent, il aurait été ridicule de lui cacher quoi que ce soit.

— Promis. Je vais te laisser un peu de temps pour digérer tout ça, offrit Troy en se levant, mais Liam ne lâcha pas sa main et le tira plus près de lui.

— C'est vrai, ça fait beaucoup d'un coup, reconnut Liam sérieusement en se mordant nerveusement la lèvre inférieure.

— J'en suis conscient, et je veux que tu saches que jamais je ne t'en voudrais si ça fait trop et que tu préfères que nous arrêtions tout maintenant.

Troy serra la main de Liam, puis la relâcha avant de se diriger vers la porte. Il se retourna une dernière fois et vit le jeune homme se rallonger sur le canapé. Il tourna la tête contre un coussin et le rideau de ses longs cheveux glissa sur son visage, dissimulant son profil. Il était tellement adorable. Aussi ridicule cela puisse paraître, Troy voulait conserver à tout jamais cette image de Liam, au cas où ce serait la dernière. Puis, il sortit enfin et rejoignit son pick-up. En ouvrant la porte du véhicule, il entendit quelqu'un descendre rapidement les marches du perron derrière lui.

— Une minute, l'interpella Wally d'un ton sec, j'ai deux mots à vous dire. Je ne sais pas à quoi vous jouer avec Liam, mais si vous avez l'intention de le faire souffrir, je vous conseille de partir maintenant et de ne jamais revenir.

Le jeune vétérinaire fulminait.

— Ce jeune homme s'inquiète sincèrement pour vous. Pourquoi ? Je n'en sais rien, ça me dépasse complètement. Mais à l'heure actuelle, il est allongé sur ce canapé en train de pleurer sur votre sort de sale type à l'histoire sordide. J'espère pour vous que ce que vous venez de lui raconter est vrai, et j'espère que vous respecterez sa décision, quelle qu'elle soit.

Troy leva la main, en signe de reddition.

— Je ne lui ai pas menti. Je crois même que je n'ai jamais été aussi sincère avec quelqu'un de toute ma vie.

Cet aveu sembla apaiser un peu la colère de Wally.

— Je l'espère pour vous. Liam a vécu l'enfer avant d'arriver ici, certaines des choses qu'il m'a racontées feraient passer votre histoire larmoyante pour un conte de fée. Votre situation est le résultat de vos propres choix, la vie de Liam ne lui a *jamais* laissé le choix.

À mesure qu'il s'exprimait, Wally sembla se rendre compte la véhémence de ses propos, et il se radoucit.

— Je suis désolé, je ne vous connais pas et c'était très condescendant de ma part. Je ne peux pas m'empêcher de vouloir protéger Liam, il n'a rien fait pour mériter tout ce qui lui est arrivé.

Un pick-up déboula dans la cours et s'arrêta sur le parking. Haven sortit du véhicule et se précipita vers Wally, les interrompant.

— Il y a une réunion spéciale du Conseil Municipal dans une semaine, déclara Haven à bout de souffle. Ils précipitent les choses, ça ne me plaît pas.

Il remarqua alors seulement la présence de Troy.

— Je vais m'en aller, vous avez des choses à gérer, annonça Troy avant de se tourner vers Wally. Je ne ferais aucun mal à Liam, je vous le promets.

— Nous verrons bien, répondit simplement Wally, puis Haven et lui se dirigèrent vers la maison en discutant avec animation.

Troy crut les entendre parler des droits de captation d'eau et il se demanda brièvement si tout allait bien. Mais très vite, ses pensées revinrent à Liam et il jeta un dernier coup d'œil en direction de la fenêtre du salon. Il l'imagina, allongé sur ce canapé, le visage baigné de larmes, et il remonta dans son pick-up, le cœur lourd.

Arrivé à la cabane, il se prépara une assiette rapide et s'installa dehors sur la vieille chaise en bois pour écouter la nuit. Quelques fois, il pouvait entendre le murmure du ruisseau qui coulait en contrebas. S'il fermait les yeux, il pouvait presque voir l'endroit, comme s'il y était. Il se demanda si Liam aimait pêcher. Quoi qu'il fasse, son esprit revenait sans cesse vers Liam. Liam qui s'était mis en danger parce qu'il s'inquiétait pour lui. Liam qu'il n'avait fait que blesser depuis le début. Si le jeune homme lui laissait une autre chance, Troy était déterminé à faire tout ce qu'il fallait pour le rendre heureux. Il se laissa aller contre le dossier de son siège et cessa de combattre ses pensées. Il ferma les yeux et tous les évènements de ces derniers jours se bousculèrent contre ses paupières. Leur première rencontre au bout d'un fusil, le jour où Liam lui avait montré les félins, le corps de Liam pressé contre le sien lorsqu'ils avaient gravi la colline, et enfin Liam blessé et allongé sur le canapé. Le jeune homme n'était pas seulement séduisant, sa beauté rayonnait de l'intérieur. Ses grands yeux bleus, plus profonds que l'océan, ne traduisaient que la profondeur de son âme.

Troy prit une profonde inspiration. Des lucioles dansaient dans les arbres autour de lui. Il aurait aimé partagé cet instant avec Liam. Est-ce qu'il le méritait vraiment ? Probablement pas, mais jamais de sa vie il n'avait voulu quelque chose avec autant de force. À part peut-être revoir enfin sa fille. La tête mollement appuyée contre le dossier de sa chaise, Troy perdit la notion du temps et commença à s'assoupir. Le froid le réveilla quelques heures plus tard. Il rentra dans la cabane en tremblotant, grimpa dans son lit et ferma les yeux.

LA PREMIÈRE chose dont il prit conscience, ce fut des voix à l'extérieur de sa cabane et la lumière qui brillait à travers ses fenêtres. Les voix ne lui semblaient pas familières. Troy sortit de son lit, puis enfila un jean, un sweatshirt et ses chaussures.

— Il n'y a pas de cabane indiquée sur la carte. Mais le grand cours d'eau qu'on a croisé plus bas nous sera très utile si le conseil refuse notre offre, entendit Troy.

Il sortit juste au moment où les deux hommes s'apprêtaient à frapper à sa porte. Ils portaient des tenues impeccables et des chaussures de ville, comme s'ils n'avaient pas l'habitude de beaucoup sortir de leurs bureaux. L'un d'eux tenait une grande carte entre ses mains.

— Est-ce que je peux vous aider ? demanda Troy méfiant, regrettant déjà de ne pas avoir pris son fusil.

— Il semble qu'il y ait un problème. Notre société a loué ces terres au gouvernement fédéral et cette cabane n'est pas censée se trouver là.

Ils avaient l'air sincèrement surpris.

— Je ne sais pas ce que vous pensez avoir loué, mais cette cabane et cette terre sont notre propriété à mon frère et à moi, déclara calmement Troy. Permettez que je jette un coup d'œil à votre carte ? leur demanda-t-il, curieux.

L'homme se décala pour qu'il puisse voir la carte. Une énorme zone marquée en rouge se découpait au milieu.

— C'est le terrain que vous avez loué ? demanda Troy en pointant la zone rouge du doigt.

— Oui.

Troy hocha la tête et indiqua la route qui menait à la cabane.

— C'est la route que vous avez prise pour venir jusqu'ici, leur expliqua-t-il. Comme vous le voyez elle n'est pas du tout dans votre zone de location. Je pense que vous avez du vous tromper de chemin. Il vous suffit de redescendre ce sentier et vous retomberez sur la route principale. Ensuite, roulez vers l'ouest sur environ quatre kilomètres et vous devriez rattraper votre route. Je ne suis jamais allé là-bas, mais vous devriez être capable de retrouver votre chemin sans problème. Si ce n'est pas indiscret, pourquoi louez-vous ce terrain ?

D'après ce qu'il avait vu sur la carte, Troy savait que la zone marquée de rouge concernait principalement les collines les plus hautes et le flanc des montagnes.

— Merci beaucoup pour votre aide, répondit l'homme en repliant sa carte, éludant la question de Troy.

Ce dernier les regarda remonter dans leur pick-up et faire demi-tour pour descendre la colline. Leur plaque d'immatriculation n'était pas d'ici, et le véhicule appartenait à une agence de location. Troy fronça les sourcils. Quelque chose se tramait. Il tenta de reprendre le cours de sa journée normalement, mais son esprit ne cessait de revenir au comportement suspect de ses deux visiteurs matinaux. Une fois qu'il eut fini tout ce qu'il avait à faire autour de la cabane, l'inactivité et l'ennui ne tardèrent pas à lui porter sur les nerfs. Sans trop y réfléchir, il prit le pick-up et descendit au ranch. En se garant, il fut surpris de trouver Liam debout sur le perron.

— Tu ne devrais pas laisser reposer ta jambe ?

En s'approchant il constata que l'équilibre du jeune homme semblait précaire, et il craignait qu'il puisse tomber.

— Je ne supportais plus de rester allongé à ne rien faire, expliqua Liam. J'ai un hématome de la couleur d'un arc-en-ciel, mais j'ai déjà beaucoup moins mal.

— Si Wally te trouve déjà debout, je ne donne pas cher de ta peau.

Liam sourit et le cœur de Troy tressauta dans sa poitrine.

— Je sais, il est pire qu'une mère poule. Mais Haven et lui sont tellement occupés que je ne les ai pratiquement pas vu depuis hier. Je les ai vaguement entendus parler du Conseil d'Administration et des droits de captation d'eau, mais je ne sais pas vraiment ce qui se passe. Wally est nerveux et Haven est aussi grincheux qu'un ours.

Un pick-up s'engagea dans l'allée du ranch et Liam se précipita à l'intérieur aussi vite que le lui permettait sa jambe blessée.

— Est-ce que c'est Liam que je viens de voir se sauver comme un voleur ? demanda Wally d'un ton partagé entre l'incrédulité et l'exaspération.

Il entra dans la maison d'un pas décidé et Troy le suivit en silence. Wally s'arrêta au milieu du salon, les poings sur les hanches. Liam était assis dans le canapé, sa jambe blessée posée sur un coussin sur la table basse, une expression d'innocence sur son visage. Il était évident qu'il se mordait les joues pour ne pas sourire. Wally lui jeta un regard noir en pinçant les lèvres, puis disparut dans la cuisine. Sans doute pour que Liam ne le voit pas capituler et sourire aussi. Haven entra à son tour et se dirigea droit sur Wally.

— Nous n'allons quand même pas les laisser s'en tirer comme ça ! Ils ont soudoyé le Conseil d'Administration ! s'indigna Haven.

Troy sursauta lorsqu'il ponctua sa phrase en frappant violemment du poing sur la table.

— Calme-toi. Je suis d'accord avec toi, mais en attendant la réunion du Conseil, nous sommes pieds et poings liées, rationalisa Wally d'une voix calme.

Un déclic se fit dans la tête de Troy, comme un mécanisme qui se met en place.

— Sur quoi portera cette réunion ? demanda-t-il hésitant.

— Une société vient visiblement de louer une grande étendue de terres et ils veulent que la ville leur alloue une partie des droits de captation d'eau. Mais personne n'en sait davantage, les rumeurs circulent déjà bon train et on refuse de nous donner plus d'explications, expliqua Haven frustré.

Wally déposa une tasse de café sur la table devant lui.

— Je crois que j'ai une partie des informations qui vous manquent, annonça Troy avant de leur raconter la visite des deux hommes le matin même, et la carte qu'il avait pu voir.

— Des gratte-papiers, poursuivit-il, j'en mettrais ma main à couper. Leurs chaussures n'avaient sans doute jamais foulé autre chose que de la moquette de bureau avant aujourd'hui. Ils étaient perdus, ils croyaient que ma cabane était sur les terres qu'ils avaient louées et ils semblaient intéressés par le ruisseau qui coule entre ma propriété et la vôtre.

Troy s'assit à côté de Liam sur le canapé, et ils échangèrent un rapide sourire timide. Haven prit sa tasse de café avec lui et s'installa dans le fauteuil en face d'eux.

— Dites-moi tous les deux, est-ce que… ? questionna-t-il en faisant un vague mouvement de va-et-vient entre Troy et Liam avec sa tasse.

— Haven, concentre-toi sur le sujet tu veux bien ? le réprimanda Wally avant de se retourner vers Troy. La carte indiquait-elle ce qu'ils projettent de faire ? Est-ce qu'il y avait des plans ?

— À mon avis, ces types bossent dans l'exploitation minière. Tous les terrains qu'ils ont loués sont à flanc de collines ou au pied des montagnes, et tous sur la même route, comme s'ils cherchaient quelque chose de particulier dans cette zone. Une exploitation minière exigerait une importante consommation d'eau, ce qui expliquerait pourquoi ils marchandent les droits de captation d'eau avec le Conseil de la ville. La carte n'indiquait aucune source d'eau dans la zone qu'ils ont louée, la source la plus proche serait la rivière.

— Ils ont loué je ne sais pas combien de terrains, ils vont obtenir des droits de captation pour chacun d'entre eux ! s'emporta Haven. Fantastique ! Des mineurs vont débarquer, ils vont voler notre eau, piller nos collines pour extraire je ne sais quoi des collines, et polluer la terre sur laquelle se nourrissent nos bêtes !

Il poussa un grognement dégouté qui résonna dans sa tasse.

— Au moins maintenant, nous savons à qui nous avons à faire, ajouta-t-il entre deux gorgées. Non pas que ça nous soit d'une grande aide.

Il grogna de nouveau et se leva pour poser sa tasse dans l'évier, avant de disparaître dans le couloir. Wally retourna dans la cuisine. Liam et lui étaient enfin seuls, Troy songea que tout allait se jouer en cet instant.

— Tu as réussi à dormir malgré ta jambe ? demanda-t-il.

— Pas vraiment. Je n'ai pas arrêté de penser à toi. Je me demandais ce que tu faisais, admit Liam et Troy sentit l'intensité de son regard lorsque leurs yeux se croisèrent.

— J'étais assis dehors sous les étoiles, je pensais à toi.

C'était pathétique, il en était bien conscient, mais ça n'avait pas l'air de déranger Liam.

— Je me demandais si tu allais bien, je me demandais quel étaient tes rêves, ce que tu aimais faire. Et puis je me suis demandé si tu aimais pêcher, avoua-t-il en baissant les yeux et en riant doucement. Il y a un magnifique petit ruisseau en bas de la colline, je vais pêcher là-bas parfois, et je me demandais si tu accepterais de venir avec moi quand ta jambe ira mieux.

Une lueur de tristesse passa rapidement sur le visage de Liam, avant de disparaitre tout aussi vite.

— J'avais l'habitude d'aller pêcher tout le temps, mais plus depuis que j'ai quitté la maison.

Troy le vit lutter avec ses mots, comme s'il n'était pas sûr de devoir continuer.

— J'aimerais aller pêcher avec toi, dit-il finalement. Peut-être dans quelques jours, quand je pourrais marcher.

Liam sourit et Troy ne put se retenir. Il se rapprocha de lui, lui demanda la permission du regard, avant d'appuyer légèrement ses lèvres contre les siennes. Ce n'était pas le premier baiser le plus romantique ou le plus magique de l'histoire des premiers baisers, mais pour Troy, c'était le baiser parfait.

— Alors, c'est ça que j'ai manqué pendant toutes ces années ? murmura-t-il, ses lèvres à quelques millimètres de celle de Liam.

Le jeune homme sourit, et Troy l'embrassa de nouveau. Un frisson d'excitation parcourut sa colonne vertébrale. Jamais il n'avait ressenti de désir aussi fort pour une autre personne. Il aurait voulu que cette sensation enivrante perdure à tout jamais.

— Waouh, dit-il lorsqu'il rompit à nouveau le baiser, mais cette fois, il souriait lui aussi comme un idiot.

— Je n'avais jamais ressenti ça non plus, admit Liam émerveillé, comme s'il pouvait lire dans ses pensées.

— D'accord les tourtereaux, on se calme. J'ai du travail et Liam a besoin de se reposer. Troy, revenez pour le dîner si vous voulez, comme ça, vous pourrez vous faire des yeux de merlan frit à loisir, lança Wally en traversant le salon. L'infirmière va amener Jefferson. Liam, tu lui tiendras compagnie. Moi, j'ai des rendez-vous toute la journée et je ne rentrerais qu'en fin d'après-midi.

Troy vola un dernier baiser à Liam avant que Wally le chasse, puis il regagna sa cabane, le cœur léger. Il avait hâte d'être au dîner.

V

LIAM ALLAIT devenir fou. Chaque fois qu'il posait un pied par terre, Wally surgissait de nulle part pour lui aboyer dessus. Troy lui rendait visite tous les jours, Wally et lui semblaient avoir convenu d'une trêve. Repoussant ses couvertures, le jeune homme sortit de son lit aussi doucement que possible, puis se dirigea vers la salle de bain. Il s'assit sur le rebord de la baignoire et examina sa jambe. Elle était un peu raide, mais il n'avait plus mal, et il était déterminé à retourner travailler. Il s'était suffisamment reposé. Pendant sa convalescence, Wally avait dû faire toutes ses corvées, et il était absolument hors de question que cette situation dure un jour de plus.

— Où est-ce que tu crois aller comme ça ? demanda Wally dès que Liam sortit de la salle de bain.

— Je vais m'habiller et je vais travailler. Je serais très prudent, c'est promis, mais il faut que je retourne à mes tâches Wally, ou bien les félins vont oublier mon odeur et tout mon travail n'aura servi à rien.

Il soutint obstinément le regard du jeune vétérinaire. Cette fois, il n'allait pas reculer.

— Et puis, tu ne peux pas faire mon travail à ma place éternellement, ce n'est pas pour ça que tu m'as engagé.

L'expression de Wally s'adoucit.

— Ne force pas sur ta jambe.

— C'est promis, Maman Wally, plaisanta Liam avant de s'esquiver à cloche pied.

Wally leva les yeux au ciel.

— Habille-toi et viens déjeuner. Après ça, tu n'auras qu'à aller nourrir les fauves, capitula Wally en repartant vers la cuisine.

Liam enfila ses vêtements et le rejoignit en marchant avec prudence. Sa jambe allait nettement mieux, il le sentait à la façon dont elle se pliait sans le faire grimacer, et après avoir englouti son petit déjeuner, il alla dans la grange chercher la viande pour s'occuper de celui des félins.

— Je t'ai manqué ? demanda-t-il à Manny en laissant tomber un morceau de viande dans son bac.

L'énorme lion se contenta de lui bâiller au nez. Shahrazad tenta de lui donner un coup de patte et les autres ne s'intéressèrent qu'à leur nourriture. La routine habituelle.

— On dirait que ça va mieux, lui lança Troy en apparaissant dans la cour, et Liam sourit.

— Beaucoup mieux, acquiesça-t-il en regardant Troy s'approcher de lui.

— Tout va bien, alors ? demanda Troy en s'arrêtant à quelques centimètres à peine de lui.

Liam hocha la tête et Troy l'embrassa. Le jeune homme écarta soigneusement les bras sur les côtés pour se coller tout contre Troy sans le toucher. Il venait de manipuler de la viande crue toute la matinée, il doutait que Troy trouve ça romantique. Ils étaient tous les deux perdus dans leur baiser lorsque Manny pousse un rugissement retentissant dont l'écho se répercuta à travers la plaine. Troy fit un bon en arrière et se retrouva par terre, sur les fesses. Liam et lui se regardèrent pendant quelques secondes, surpris, puis Liam éclata de rire.

— Je suis désolé, hoqueta-t-il entre deux crises de rire, Manny est juste un peu protecteur.

Il aida Troy à se relever, puis se tourna vers le vieux Manny. Il aurait pu jurer que le lion arborait un petit air satisfait.

— Je leur mets de l'eau fraiche et j'en aurais terminé. Mais il le reste encore plein d'autres choses à faire, expliqua-t-il à Troy la mine déconfite.

Il aurait tellement voulu pouvoir passer plus de temps avec Troy, mais il prenait aussi son travail très au sérieux, et après tous les jours qu'il avait manqués à cause de sa jambe, il était hors de question qu'il se laisse aller.

— Ne t'en fais pas, je suis surtout venu voir Haven à cause de cette histoire de réunion du Conseil. J'ai l'impression que c'est devenu une obsession pour lui.

— Il veut seulement protéger le ranch. Sans l'eau de la rivière, nous ne sommes rien. Le ranch a le droit de s'en servir parce qu'elle traverse ses terres, c'est comme ça que ça fonctionne.

— Je ne comprends pas, il n'y a pas d'eau sur les terrains qu'a loués cette société minière, remarqua Troy en suivant Liam dans la maison. Pourquoi vous êtes inquiets ?

— Tu as raison, en principe nous ne devrions pas avoir à nous soucier d'eux. Il n'y a pas d'eau sur leurs terres, ce qui signifie qu'ils n'ont pas de droits de captation d'eau. Mais c'est pour ça qu'ils ont donné de l'argent au Conseil, ils essaient d'obtenir de la ville qu'elle leur en cède.

À l'intérieur, Haven était assis à table, des cartes et des papiers la recouvrant entièrement.

— J'étais en train d'expliquer à Troy les rudiments des droits sur l'eau à, lui lança Liam en se dirigeant vers l'évier pour se laver les mains.

— Je ne comprends pas bien ce que ça va changer si la ville loue des droits sur l'eau, déclara Troy en s'asseyant à table pour regarder de plus près les cartes de la région déroulées dessus.

Liam ferma très fort les yeux en se frottant le front. À en juger par l'expression meurtrière de Haven, ce n'était pas le genre de chose à dire.

Ce dernier tira une des cartes et l'étala devant eux.

— La rivière traverse la ville avant d'arriver jusqu'à nous, expliqua-t-il aussi calmement que possible. Les habitants de la vallée ont toujours été extrêmement prudents et respectueux envers cette rivière. Chacun ne prend que ce dont il a besoin, et tout est fait pour préserver la qualité de l'eau. La ville la purifie, avant de la distribuer comme eau potable. Mais si elle laisse la compagnie minière avoir des droits sur une si grande zone au pied de la montagne, cela signifie moins d'eau pour tous ceux qui se trouvent en aval. Durant l'hiver, peut-être que nous ne remarquerons rien, mais en été, nous avons tout juste assez d'eau pour faire fonctionner le ranch. Imagine la situation pour les éleveurs qui sont plus loin sur la rivière ; ils risquent de ne plus avoir d'eau du tout. Leurs terres s'assècheront et leur exploitation agricole mourra. Tout ça sans compter la question de la pollution. Je connais des régions où l'activité minière a tellement pollué la terre que l'endroit n'est même plus habitable.

— Mais il doit bien exister des règles pour contrôler ce genre d'abus, protesta Troy.

— Bien sûr qu'il y en a. Et les exploitations minières les suivent, pendant la journée. Et puis à la nuit tombée, elles déversent sans vergogne leurs eaux usées dans les cours d'eau. Nos vies dépendent de la terre et de l'eau, Troy. Je sais que je passe pour l'alarmiste cinglé, mais je préfère être prudent que totalement ruiné.

Haven retourna à ses papiers et Troy se laissa aller contre le dossier de sa chaise, songeur.

— Je comprends votre inquiétude, mais qu'est-ce que vous comptez faire au juste ? Tout ceci reste dangereusement théorique et vous ne maitrisez pas toute la situation. Vous vous préparez au combat, mais que se passera-t-il si vous avez tort ?

— Qu'est-ce que vous voulez que nous fassions d'autre ? demanda Haven avec humeur.

— Et si tout le monde retournait travailler ? proposa Wally en entrant dans la cuisine. Parce qu'à ce rythme, nous n'aurons plus à nous inquiéter pour le ranch.

Liam hocha solennellement la tête et se remit immédiatement au travail. En temps normal, il serait allé aider les ouvriers à la grange, mais sa jambe lui faisait un peu mal, et transporter des litières souillées n'allait pas aider.

— Liam, tu fais quelque chose ? demanda Mario qui traversait la cour.

— Je pensais m'occuper de nettoyer les enclos des félins, mais ce n'est pas urgent, pourquoi ? Tu as besoin d'aide ?

— Nous allons emmener une partie du troupeau dans une nouvelle prairie. Tu penses pouvoir monter à cheval ?

Liam secoua tristement la tête.

— Je suis désolé, j'ai encore trop mal à la jambe.

— Il n'y a aucun souci, le rassura aussitôt Mario. Je ne savais pas que tu n'étais pas encore complètement guéri. Si je prends David avec moi, tu voudrais bien t'occuper de nourrir et d'abreuver les chevaux ?

— Ça, je peux le faire, répondit Liam, soulagé d'être en mesure d'aider. Je peux faire autre chose pour vous avancer pendant que vous serez partis ? Je peux m'occuper des chiens si vous voulez ?

Mario lui tapota le dos.

— Merci Liam, tu nous es d'une grande aide, tu sais ?

Liam hocha silencieusement la tête, flatté, puis il suivit Mario jusqu'à la grange. Il l'observa, lui et les autres ouvriers, pendant qu'ils préparaient leurs montures, et les regarda quitter le ranch pour la journée. Il s'assura que tous les chevaux avaient de l'eau, ceux qui étaient dans leur stalle et ceux qui étaient à l'extérieur. Il en profita pour nettoyer les abreuvoirs avant de les remplir d'eau fraîche, puis il vérifia que toutes les mangeoires étaient bien pleines. Une fois qu'il eut fini, il s'assit sur une botte de foin dans la grange afin de reposer sa jambe pendant quelques minutes. Il retourna ensuite derrière la maison pour s'occuper des félins et commença à dérouler le tuyau d'arrosage accroché au mur du jardin.

— Laisse-moi t'aider avec ça, déclara Troy qui apparut à sa gauche et lui prit le tuyau des mains. Wally devrait penser à installer une arrivée d'eau juste à côté des enclos, ça t'éviterait ces allers-retours inutiles.

Liam retourna jusqu'à la maison pour ouvrir le robinet, puis revint vers Troy. C'était une chaude journée, avec un soleil lumineux. Liam nettoya tous les enclos et arrosa les pauvres félins écrasés par la chaleur. Même Shahrazad sembla reconnaissante. Il fit ensuite rentrer Manny dans son enclos pour libérer la zone d'exercice, et y laissa entrer Shahrazad.

— Tu n'as pas trop de problème pour la faire rentrer dans son enclos après avec le caractère qu'elle a ?

— La viande, il n'y a que ça qui marche avec elle. Wally m'a dit qu'il était sur le point de conclure un accord pour la transférer dans un zoo avec un programme d'élevage. Ce ne sera pas trop tôt, avoua-t-il lorsqu'elle leur rugit dessus sans raison particulière, sans doute juste pour le plaisir de les voir stresser.

Tout en ré-enroulant le tuyau, il glissa un regard hésitant à Troy qui se tenait debout près de lui.

— Je me posais une question, commença-t-il en fixant le tuyau au-dessus du robinet. Est-ce que tu étais heureux quand tu étais marié ?

— Parfois, oui.

— Et tu comptes te remarier un jour ?

— Non, soupira Troy en regardant au loin. Je ne pense pas. J'y ai beaucoup réfléchi depuis que je suis ici, et ce n'est plus quelque chose qui me travaille. J'en ai beaucoup discuté avec mon frère aussi, sourit-il en se tournant vers Liam pour le regarder dans les yeux. Je crois que nous n'avons jamais autant communiqué de notre vie. Si tu savais comme nous nous chamaillions quand nous étions gosses. C'était souvent de ma faute et je le regrette aujourd'hui, je me rends compte que j'ai loupé beaucoup de choses.

— Tu avais honte ? De lui ? De ce que tu savais au fond de toi à ton propre sujet ?

Troy croisa les bras, puis les décroisa, mal à l'aise. Mais il avait promis à Liam de ne plus rien cacher.

— Oui, je pense que quelque part, j'avais honte, admit Troy et Liam scruta attentivement son visage.

— Et maintenant ? demanda-t-il prudemment.

Il savait ce que Troy était en train de traverser, il avait fait exactement le même chemin. Mais il avait besoin de connaître la réponse à cette question, parce qu'il ne ferait pas marche arrière, pas même pour Troy. Il assumait désormais entièrement qui il était, et il ne s'en excuserait plus jamais. Beaucoup de choses avaient changé depuis son arrivée au ranch, mais la réalisation qu'il avait le droit d'être fier de qui il était restait sa plus belle victoire.

— Je ne sais pas. Quand je suis avec toi, plus rien d'autre n'a d'importance, mais j'ai connu tellement de doutes, j'ai fait tellement d'erreurs, je ne sais même plus ce que je suis censé ressentir.

— Je pense que tu es censé te sentir heureux. Tu devrais pouvoir dire aux gens que tu es gay en toute liberté, sans le poids de la culpabilité.

Troy grimaça instinctivement. L'idée de vivre sa vie ouvertement gay lui était encore tellement étrangère.

— Je sais que c'est difficile. Avant d'arriver ici, la honte me serrait l'estomac au point d'être incapable de soutenir le regard de qui que ce soit.

Troy déglutit, sans trop savoir quoi dire.

— Il te reste beaucoup de choses à faire ? demanda-t-il finalement.

— Plus rien avant de les préparer pour la nuit, répondit Liam et Troy sourit.

— J'ai ramené mon matériel de pêche, je me demandais si tu voudrais bien venir avec moi ? demanda-t-il timidement.

— Je vais simplement m'assurer que Wally n'a plus besoin de moi pour la journée. Je te retrouve à ton pick-up dans quelques minutes ?

Liam retrouva Wally dans son bureau avec Phillip, ils étaient en train de vérifier les comptes. Wally lui donna son après-midi en souriant et Liam lui promit de revenir à temps pour s'occuper du coucher des félins. Il retrouva Troy et monta sur le siège passager de son pick-up, un peu nerveux. Il attacha sa ceinture de sécurité tout en observant Troy qui démarrait le véhicule. Le trajet ne fut pas long, mais Liam constata qu'il était incapable de détourner son regard, tout comme il était incapable de retenir le perpétuel petit sourire stupide sur son visage.

Troy se gara à la sortie de la piste, au bord de la prairie où se trouvait la cabane. Il attrapa une boîte d'appâts et les cannes à pêche sur la banquette arrière, et les tendit à Liam.

— Tu veux bien me tenir ça une minute ? Le temps que je sorte la glacière. Fais attention sur le sentier qui longe le ruisseau, les herbes sont très hautes et on ne voit pas bien où on met les pieds.

Liam suivit Troy à l'ombre des petits arbres qui bordaient le ruisseau. Ils arrivèrent enfin à une petite clairière au bord de l'eau. Un vieux tronc d'arbre mort était en travers du cours d'eau, comme un joli petit pont naturel.

— C'est mon endroit préféré, déclara Troy en posant le matériel sur le sol. J'ai aussi préparé à déjeuner, dit-il fièrement, en indiquant la glacière.

Puis il entreprit de préparer les lignes, et Liam l'imita, attentif. Ils s'installèrent ensuite sur le tronc d'arbre avec leurs cannes à pêche. Le courant était suffisamment fort pour ne pas avoir à jeter leurs lignes. Tout ce qu'ils avaient à faire, c'était d'accrocher un appât à leurs hameçons et le ruisseau ferait le reste. Troy lui tendit un sandwich et Liam le déballa d'une main, commençant à manger tout en regardant l'eau qui s'écoulait sous leurs pieds.

— C'est joli ici, c'est calme et paisible.

Troy hocha la tête en se penchant vers lui pour échanger un court baiser. Liam sentit son cœur faire un bond dans sa poitrine devant la tendresse du geste. Il n'en avait jamais reçu beaucoup dans sa vie. Le soleil brillait à travers les branches et faisait scintiller la surface de l'eau. Troy tendit sa canne à Liam le temps de retirer son tee-shirt.

Liam ne put s'empêcher de le regarder. Troy était plus âgé, mais Liam ne l'en trouvait que plus séduisant. Les rayons du soleil jouaient à cache-cache sur les méplats sinueux de son torse doré. Troy dût sentir qu'il le regardait car il se tourna vers lui, lui sourit et se pencha. Liam le rencontra à mi-chemin dans un baiser. Que n'aurait-il pas donné pour avoir les mains libres afin de les faire glisser sur cette irrésistible étendue de peau. Liam gémit doucement, le son vibrant dans sa gorge, et Troy approfondit le baiser. Liam se cambra, cherchant désespérément une position plus confortable pour sa jambe et son entrejambe. Puis Troy recula doucement, leurs regards rivés l'un à l'autre, le souffle court. Personne n'avait jamais regardé Liam comme ça, même pas dans ses rêves les plus fous. Parfois, il lui prenait de rêver que son père le regardait avec fierté. Bien entendu, ce n'était qu'un rêve, mais il lui sembla brièvement percevoir de la fierté dans les yeux de Troy. Puis il cligna des paupières et l'instant s'envola. Liam se concentra de nouveau sur l'eau du ruisseau, avec la vague impression d'avoir inventé cette lueur dans les yeux de Troy, comme un enfant mal aimé qui chercherait l'approbation partout où il pourrait.

— Et toi, il te reste de la famille ? demanda Troy après un long silence.

— Ma mère est partie lorsque j'avais dix ans. Je ne me souviens pas vraiment d'elle. J'ai une vieille photo d'elle, mais c'est tout.

— Tu sais pourquoi elle est partie ? demanda gentiment Troy.

— Mon père m'a dit que c'était à cause de moi, répondit Liam en se tournant vers lui, le regard empli de douleur. Je n'avais que dix ans, et il me répétait jour après jour que c'était ma faute. Je me suis senti coupable pendant des années et j'ai fait tout mon possible pour le rendre mon fier de moi. Je me suis fait la promesse de l'aimer de toutes mes forces et de ne jamais l'abandonner. Et puis Dieu merci j'ai grandi, et j'ai fini par comprendre que si ma mère était partie, c'était pour fuir cette... *pourriture*.

Liam tremblait de rage et lorsqu'il sentit la main de Troy sur son bras, il le retira instinctivement. Sa chemise lui collait à la peau comme une prison de tissus. Il se pencha en avant, tendit sa canne à Troy et la retira brusquement. L'air frais sur sa peau lui fit du bien. Il récupéra sa canne à pêche et sentit le regard inquiet de Troy posé sur lui. Il essaya de ne pas se détourner et de ne pas sursauter lorsqu'il sentit ses lèvres sur son épaule. Le bruit du bétail tout près d'eux le tira de ses sombres pensées. Alerté, il craignit d'abord que des bêtes se soient perdues dans les bois de la colline, puis il comprit que c'était le vent qui transportait le son. Une bourrasque soudaine dans les feuilles le fit sursauter et il faillit tomber dans l'eau, retenu juste à temps par le bras de Troy autour de sa taille.

— Est-ce que tout va bien ?

Le contact de la peau nue de Troy contre la sienne le fit frissonner.

— Un autre cadeau de mon charmant papa, cracha Liam de nouveau en colère. C'était un fervent partisan de la correction par la manière forte. Après le départ de ma mère, toutes les occasions étaient bonnes pour me corriger. J'ai passé tellement d'année à craindre les coups, je suis condamné à sursauter comme une bête craintive au moindre bruit inattendu.

Liam se décala légèrement pour que Troy ne puisse pas voir les marques sur son dos. Les médecins avaient été unanimes, ils les garderaient à vie.

— Plus j'essayais de le satisfaire, plus il était en colère. J'ai fini par perdre espoir, je le laissais faire sans broncher.

— C'est pour ça que tu es parti ?

— Non. Je suis parti parce qu'il a découvert que j'étais gay et j'ai eu peur de mourir sous les coups. J'ai trouvé un emploi dans un ranch pas très loin de la maison, mais ça n'a pas marché. Mon père les connaissait. Il les a appelés et ils m'ont viré au bout d'une journée.

La rage le consumait comme si c'était hier. S'il avait été ailleurs, s'il avait été tout seul, il aurait trouvé une occupation pour canaliser toute sa colère. Au lieu de cela, il était coincé, assis là, prisonnier de son propre corps et de ses souvenirs.

— Je suis parti et j'ai marché vers le nord. Wally m'a trouvé et m'a ramené ici.

Il ne donna pas de détails, ce n'était pas vraiment important.

— Wally m'a prévenu que tu avais eu une vie très difficile, est-ce qu'il sait tout ce que tu viens de me raconter ?

Liam regarda Troy.

— En grande partie, oui.

— Mais ce n'est pas tout, n'est-ce pas ? demanda Troy d'une voix douce.

Liam laissa mollement tomber sa tête entre ses épaules. Il aurait voulu disparaître.

— Qu'est-ce que tu ne nous dis pas ?

— Après m'avoir viré, ils ont au moins eu la décence de me payer pour ma journée de travail. Mais la rumeur s'est répandue et personne n'a voulu me donner de travail, alors j'ai commencé à faire du stop. J'ai commencé à faire des choses horribles pour survivre, termina-t-il dans un murmure épuisé. J'étais affamé, épuisé, chaque jour j'avais peur de ne pas survivre au jour suivant. Quand je suis arrivé ici, j'étais dans un tel état que je suis tombé dans le fossé en marchant sur le bord de la route. J'étais prêt à me laisser mourir. C'est là que Wally m'a trouvé. Haven et lui m'ont remis sur pieds, puis ils m'ont donné un emploi et un logement, sans rien demander en retour.

Liam déglutit, plus reconnaissant qu'il ne pourrait jamais l'exprimer. Jamais il n'oublierait la bonté dont ils avaient fait preuve après la vie de violence et de misère qu'il avait connue.

— Wally m'a sauvé, déclara Liam les yeux rivés sur le ruisseau.

Ils restèrent un long moment sans parler, jusqu'à ce que la ligne de Liam s'agite subitement dans l'eau. Le jeune homme fit tourner son moulinet à toute vitesse, sa tristesse et sa colère momentanément remplacées par la surprise d'avoir attrapé quelque chose.

— Doucement, ramène-la doucement, lui indiqua Troy.

Le cœur battant, Liam remonta soigneusement sa ligne, jusqu'à ce qu'une magnifique truite sorte de l'eau.

— Je n'arrive pas à croire que j'ai attrapé un poisson pour de vrai ! jubila-t-il en le faisant remonter jusqu'à eux.

— Sacrée prise, le félicita Troy en attrapant le poisson pour le détacher de l'hameçon.

— Une vraie truite ! s'écria Liam excité comme un enfant.

— Tiens, mets-la dans le seau, indiqua Troy en lui passant le poisson avant d'aller chercher le seau sur la rive.

Liam le lâcha dedans et le regarda se contorsionner pendant quelques secondes. Puis il posa un chiffon au-dessus du seau et ils retournèrent s'asseoir sur le tronc d'arbre. Liam remit un appât à son hameçon et laissa retomber sa ligne dans l'eau. Troy lui passa un autre sandwich dans lequel il mordit avec un grand sourire.

— Qu'est-ce que tu faisais avant de venir ici ? demanda-t-il curieux d'en apprendre davantage au sujet de Troy, et désireux de changer le ton de leur précédente conversation.

— Je travaillais pour le Département de l'Intérieur à Washington. J'étais un banal bureaucrate.

— C'est le département qui s'occupe des terres fédérales et des ressources naturelles ? Tu crois que ce sont eux qui ont autorisé la location des terres à cette entreprise minière ? demanda Liam.

— Probablement. Je m'occupais de la gestion du budget des parcs nationaux, je ne sais pas vraiment comment ça se passe pour la location des terres, reconnut Troy contrarié. Si je pouvais aider, je le ferais.

Liam hocha la tête, lui sourit et se pencha pour l'embrasser. Au moment même où leurs lèvres se rencontrèrent, c'est la ligne de Troy qui s'agita. Ils se mirent à rire et Troy remonta sa prise pour la mettre dans le seau.

— Ce sont peut-être les baisers qui les font venir, fit malicieusement remarquer Liam en attrapant le poisson.

— Peut-être, répondit Troy avec un clin d'œil.

Ayant déjà parlé à Troy de la partie la plus dure de sa vie, le reste de l'après-midi se déroula dans une atmosphère beaucoup plus détendue, et ils échangèrent des anecdotes et des souvenirs moins douloureux. Après avoir attrapé leur cinquième poisson, ils conclurent que leurs baisers étaient définitivement magiques.

Lorsque le soleil commença à descendre derrière la cime des arbres, ils rassemblèrent tranquillement leurs affaires. Liam enfila sa chemise et il sentit les mains de Troy se glisser sur son torse avant qu'il puisse la boutonner.

— Tu es tellement beau, s'émerveilla Troy, et lorsque Liam laissa retomber sa chemise, il l'embrassa.

Jusqu'ici, les baisers qu'ils avaient échangés étaient restés très timides, presque hésitants, mais celui-ci n'était pas retenu, faisant naître en Liam une vague de passion dévorante, si intense qu'il pensa que ses genoux allaient flancher.

Il tendit les muscles pour rester fermement sur ses deux pieds, et Troy le serra plus fort contre lui. Il était incapable de penser à autre chose qu'à la sensation des lèvres de Troy sur les siennes, à la chaleur de son corps derrière la mince barrière de son tee-shirt. Il glissa ses mains dessous pour caresser la peau douce de son dos. Il avait rêvé d'une étreinte passionnée comme celle-ci presque toute sa vie. Troy s'écarta finalement de lui, juste assez pour poser une main sur sa joue. Liam n'avait qu'une peur, c'était d'ouvrir les yeux et de se rendre compte que tout ceci n'était qu'un rêve.

— Et là, est-ce que tu as honte ? murmura Liam. Honte de moi, de nous ?

— Non, répondit Troy sans hésiter, la voix brisée par l'émotion. Tu me rends heureux, Liam.

Au son de sa voix, Liam rouvrit les yeux, et avant même qu'il ait le temps de comprendre d'où provenait ce changement, Troy le serra de nouveau contre lui de toutes ses forces. Son étreinte n'avait plus rien de romantique, elle était désespérée. Il s'accrochait à Liam comme s'il était la dernière chose qui lui restait au monde.

— Je suis désolé, s'excusa-t-il enfin en tentant de s'écarter, mais le jeune homme le retint serré contre lui.

— Ne t'excuse pas, le rassura Liam.

— Pourtant j'ai l'impression de devoir le faire, protesta Troy. Pour maintenant. Pour plus tard. J'ai toujours tout gâché dans ma vie, et je ne sais pas ce que je ferais si je finis aussi par gâcher ce qu'il y a entre nous.

La peur dans son regard était si vive, Liam ne savait pas quoi faire d'autre que le serrer contre lui et l'écouter.

— Je suis bien capable de tout foutre en l'air Liam, chuchota-t-il dans un souffle désespéré.

— C'est la honte qui parle, tu dois t'en défaire. Il n'y a aucune raison pour que tu foutes en l'air, répondit calmement Liam.

La vérité, c'était qu'il n'en était pas certain, et il ne pourrait pas en être certain tant que Troy n'aurait pas entièrement accepté ce qu'il y avait dans son cœur. Liam savait mieux que quiconque qu'on n'effaçait pas une vie de douleur d'un simple coup de baguette magique, alors il imaginait aisément qu'une vie de honte et de déni ne disparaitrait pas non plus aussi facilement. Troy releva la tête afin de le regarder dans les yeux.

— Et si je n'y arrive pas ? Si je te blesse à nouveau ?

— Je ne suis pas en sucre Troy, sourit tristement Liam.

Et tout en disant ces mots à voix haute, il comprit à quel point ils étaient vrais. Il n'était pas une pauvre petite chose fragile. Il était bien plus fort qu'il l'aurait lui-même pensé, il avait déjà survécu à tant de douleur. Il était grand temps de reprendre le contrôle de sa vie et d'être heureux.

— Je suis prêt à prendre le risque, alors tu as intérêt à le prendre aussi.

Liam sourit légèrement avant de capturer les lèvres de Troy dans un baiser fiévreux. Mais Liam en voulait plus. Il glissa ses mains dans le dos de Troy, son sexe douloureusement tendu dans son pantalon. Il pouvait aussi sentir celui de Troy contre sa hanche. Le peu d'expériences sexuelles qu'il avait eu dans sa vie avait toujours été très impersonnel, et jamais sous son contrôle. Mais en cet instant, le corps tremblant de Troy entre ses bras, il se sentait puissant.

Il caressa lascivement le torse de Troy sous son tee-shirt, effleura ses tétons durcis par le désir, osant même s'aventurer plus bas, sur son ventre, sous son nombril. Il rompit le baiser pour regarder Troy dans les yeux. Ils étaient assombris de passion, mi-clos et Liam sentit son souffle saccadé s'écraser contre sa bouche humide. Galvanisé par l'état dans lequel était son compagnon, Liam ouvrit les boutons de son pantalon et y glissa la main.

— Liam, s'il te plaît, le supplia Troy.

Après ce qu'il avait été obligé de faire pour survivre sur la route, Liam n'était pas sûr d'être un jour capable de complètement partager son intimité avec une autre personne. Il tenta de ne pas y penser et de se concentrer sur Troy et sur le battement de leur cœur. Enfin, il empoigna le sexe de Troy et vit ses yeux s'écarquiller.

— Est-ce que ça va ? demanda Liam et Troy hocha la tête.

— La sensation de tes mains, hoqueta Troy le souffle court, et Liam resserra son étreinte.

Il commença lentement à bouger ses hanches, puis Liam sentit une main entre ses jambes, et en quelques secondes à peine, Troy libéra son érection de son pantalon. Cramponnés l'un à l'autre, ils instaurèrent un rythme maladroit, mais enthousiaste. Liam savait que ça ne durerait pas longtemps. Il se mordit légèrement les lèvres pour tenter d'endiguer la marée de son orgasme. Il se calqua sur le mouvement des hanches de Troy, son sexe glissant entre ses doigts, soyeux et palpitant, les sensations combinées ne faisant qu'ajouter à son plaisir. À travers la brume de sa passion, Liam sentit que tout le corps de Troy commençait à trembler.

— Liam, je ne peux pas…

— Laisse-toi aller, haleta Liam et il sentit Troy jouir entre ses doigts, le suivant de sa propre jouissance presque en même temps, luttant contre cette vague de plaisir écrasante pour rester debout sur ses jambes.

Il ferma les yeux, s'appuya contre Troy, et ensemble, ils s'effondrèrent lentement dans les herbes hautes. Après avoir repris son souffle, Liam ouvrit les yeux et trouva Troy en train de le regarder. Il lui sourit, puis se rendant compte qu'ils étaient tous les deux le pantalon aux chevilles en pleine nature, ils éclatèrent de rire. Il leur fallut quelques instants pour se remettre de leurs émotions et se rhabiller, mais ils souriaient tous les deux comme des idiots. Troy prit Liam dans ses bras et l'embrassa férocement. Le jeune homme comprit alors qu'il n'éprouvait pas l'ombre d'un regret, pas une once de honte quant à ce qui venait de se passer.

— Nous devrions rentrer au ranch, se résigna Troy en ramenant leurs affaires jusqu'au pick-up. Comment va ta jambe ? demanda-t-il, une fois que tout fut chargé.

— Un peu courbatue, mais c'est tout, mentit Liam.

Sa jambe le faisait souffrir, mais il ne voulait pas que Troy se sente coupable. Il venait de passer un merveilleux moment et il ne voulait pas tout gâcher. Une fois au ranch, il terminerait ses corvées et il pourrait aller se reposer un peu. Ils conservèrent leurs sourires béats tout le long du trajet, jusqu'à ce que Troy se gare devant la maison et que Liam reconnaisse l'autre véhicule déjà garé.

— Qu'est-ce qu'il fait ici ? murmura Liam en sentant la terreur l'envahir.

— Qui ? demanda Troy.

— Mon père, souffla Liam du bout des lèvres, pâle comme un linge.

Au même moment, l'homme surgit de la grange et tourna la tête dans leur direction. Leurs regards se croisèrent et toutes ses peurs d'enfant refirent surface. Le monde autour de lui s'effaça, il n'y avait plus que lui, son père, et les coups qu'il allait recevoir. Il avait cru être enfin libre, il avait cru avoir fui suffisamment loin pour que son père ne le retrouve jamais.

Il s'était trompé.

VI

TROY RACCROCHA le téléphone après un rapide appel à Wally. Il ne savait pas quoi faire d'autre, mais d'après les histoires que Liam lui avait racontées, et à en juger par le regard de l'homme qui s'avançait vers eux, la situation ne s'annonçait pas bien. Il ne laisserait pas le jeune homme souffrir davantage, il avait déjà connu plus que son lot de douleur.

— Wally va arriver, le rassura Troy. Reste où tu es, s'il essaie quoi que ce soit, je démarre le pick-up et on se tire d'ici.

— Non, c'est bon, rétorqua faiblement Liam en ouvrant sa portière.

Troy n'était pas sûr que ce soit une bonne idée, mais il décida de s'en remettre au jugement de Liam, sortit à son tour du véhicule et le suivit jusqu'à la grange.

— Qu'est-ce que tu fais ici papa ?

Troy remarqua la façon dont Liam semblait cracher le mot « papa ».

— Tu es mon fils, je m'inquiétais pour toi, répondit l'homme, et la douceur de sa voix prit Troy au dépourvu.

— Tu ne t'es pas inquiété pour moi depuis mes dix ans et tu veux me faire croire que tu commences maintenant ? Pourquoi avoir fait tout ce chemin, qu'est-ce que tu veux ? demanda fermement Liam, mais Troy pouvait voir sa jambe blessée trembler légèrement.

— Il est temps d'arrêter tes bêtises et de rentrer à la maison pour travailler au ranch, répondit le père de Liam entre ses dents. *Maintenant* !

On y était, voilà le ton auquel Troy s'attendait, dur et cruel. Liam se tourna vers lui et Troy se rapprocha pour le soutenir.

— Maintenant que tu as vu que tu étais incapable de te débrouiller tout seul, j'espère bien que tu vas arrêter ta lubie ridicule d'être pédé, et que tu vas rentrer à la maison comme un bon chrétien.

Un crissement de pneus attira leur attention. Wally pila à moins d'un mètre d'eux, sortit de son pick-up comme une furie et les rejoignit à grandes enjambées.

— Vous avez cinq minutes pour déguerpir, prévint-il en pointant le père de Liam du doigt.

L'homme lâcha un reniflement amusé et s'avança vers Wally, mais Liam s'interposa entre eux.

— Tout va bien Wally, il allait partir. Et il ne reviendra pas. Je ne suis plus son souffre-douleur, je n'ai aucune intention de rentrer et de redevenir son esclave.

Liam se retourna vers son père.

— Je n'ai pas besoin de toi, et tu n'es pas le bienvenu ici.

Liam semblait confiant, mais Troy savait que ces mots lui coûtaient.

— Maintenant, écoute-moi bien, grogna le père de Liam en tendant brusquement le bras pour l'attraper.

Liam recula instinctivement pour se mettre hors de sa portée.

— Non, toi, tu m'écoutes. Je te connais, je sais pertinemment que tu n'es pas simplement venu ici pour prendre de mes nouvelles ou pour me ramener à la maison. Tu es trop égoïste, trop manipulateur pour ça. Je sais que tu veux quelque chose, et quoi que ce soit, tu ne l'auras pas.

Troy s'avança, se positionnant juste derrière le jeune homme, indiquant clairement au père de Liam qu'il ne le laisserait pas les intimider.

— Qu'est-ce que tu es venu chercher ? répéta Liam, imperturbable.

Une myriade d'expressions passa rapidement sur le visage de son père. Troy ne le connaissais pas, mais il avait souvent eu affaire à des gens comme lui. Il n'était lui-même pas si différent. Chaque fois qu'il n'obtenait pas ce qu'il voulait, il avait intimidé son frère ou même ses parents jusqu'à ce qu'ils finissent par céder. En observant le père et le fils face à face devant lui, jamais de sa vie Troy n'eut autant envie de changer.

— J'ai reçu une offre pour vendre le ranch. L'avocat dit que j'ai besoin de ta signature.

— Envoie-moi les papiers et je les examinerai. C'est le mieux que je puisse t'offrir et c'est bien plus que tu mérites, déclara Liam.

Wally s'avança. Il avait presque l'air frêle à côté de la carrure imposante du père de Liam.

— Maintenant, je vous suggère de partir.

— Et si je refuse, qu'est-ce que tu vas faire nabot ?

Le père de Liam s'avança vers Wally et en éclair, l'homme se retrouva par terre à se frotter douloureusement la mâchoire.

— Je vous ai dit de partir, ne me forcez pas à me répéter encore une fois. Si vous menacez encore qui que ce soit sur ce ranch, vous repartirez sur un brancard, me suis-je bien fait comprendre ?

Wally le regarda se relever péniblement et tituber jusqu'à son pick-up.

— Vous savez que ce gamin est un sale pédé ? demanda le père de Liam un faisant un vague geste du bras dans sa direction. Ça ne vous dérange pas d'employer un pervers comme lui ? Êtes-vous sûr de vouloir quelqu'un de son genre ici ?

— Oh, vous voulez dire un pervers *comme moi* ? questionna Wally avec une moue faussement innocente, en posant sa main sur son torse. Et oui mon vieux, vous venez de vous faire botter le cul par un pédé, un pédé qui fait probablement à peine la moitié de votre poids qui plus est. Et je n'hésiterais pas à recommencer, alors je vous le redis pour la dernière fois. Foutez. Le. Camp.

Wally fit un pas vers lui et le père de Liam se précipita pitoyablement dans son pick-up. Il tendit une enveloppe par sa fenêtre entrouverte et Wally lui arracha de la main. Puis il quitta le ranch à toute vitesse dans un nuage de poussière.

Dès qu'il fut hors de vue, toute la tension dans le corps de Liam retomba brusquement, le laissant presque fébrile.

— Merci, Wally.

— Ne me remercie pas. Si la moitié de ce que tu m'as dit est vrai, je me serais fait un malin plaisir de lui botter le cul, répondit Wally en lui donnant l'enveloppe froissée. Quant à toi, mon bonhomme, ne me prend pas pour un imbécile, je t'ai vu boiter, ta jambe te fait mal. Rentre immédiatement te reposer.

Maman Wally était de retour en force et Troy ne put s'empêcher de ricaner, jusqu'à ce que le vétérinaire se retourne vers lui.

— Tu aurais pu faire plus attention à lui, aboya-t-il en le pointant du doigt.

Troy sortit la glacière du pick-up et la leva timidement en direction de Wally, comme une offrande à un dieu en colère.

— J'ai pensé que tu pourrais vouloir du poisson pour dîner ? essaya-t-il hésitant.

— Tu les as pêchés, tu les nettoies, ordonna Wally en se dirigeant vers la maison. Garde les bas morceaux pour les chats, ils adorent ça, ajouta-t-il en souriant malgré lui et en faisant des grands mouvements de bras pour pousser Liam à rentrer immédiatement.

Ainsi Troy se retrouva en cuisine à préparer le poisson pour la cuisson. Il laissa les entrailles de côté, et Wally qui ne voulait plus jamais voir Liam debout sur sa jambe, s'occupa d'aller les porter aux félins. Lorsqu'il revint, il commença à préparer le dîner, et Troy rejoignit Liam et Jefferson dans le salon. Liam avait ouvert l'enveloppe de son père.

— Je n'y comprends rien, soupira le jeune homme en secouant la liasse de papiers.

— Nous demanderons à un avocat de les étudier, suggéra Troy en les mettant gentiment de côté.

La maison était étrangement calme.

— Où sont Haven et Phillip ?

— J'ai demandé à Haven de rentrer jouer au militant chez lui. De toute façon, nous ne pouvons rien faire en attendant la réunion du Conseil.

Troy crut entendre de l'inquiétude dans la voix de Wally. Il ne pouvait pas le lui reprocher ; si tout ce que Haven avait dit était juste, leurs vies à tous pourraient bien être dramatiquement chamboulées.

— Qu'est-ce que vous comptez faire ? demanda-t-il, s'attendant à ce que ce soit Wally qui lui réponde.

— Nous défendre, intervint Jefferson de son fauteuil roulant. Nous ne pouvons pas rester là sans rien faire.

Troy ne savait pas quoi penser. Ce n'était pas sa propriété, mais c'était la nouvelle maison de Liam, raison suffisante pour qu'il se sente impliqué.

— Ne vous inquiétez pas, continua Jefferson, ce n'est ni la première ni la dernière fois dans l'histoire de la ville que nous devons nous opposer au Conseil.

Le vieil homme se tut, puis il ferma lentement les yeux. Le sommeil venait de remporter ce combat.

Troy se tourna vers Liam qui était avachi dans le canapé comme si le poids du monde l'écrasait.

— Est-ce que je peux faire quoi que ce soit ? demanda-t-il doucement.

— Non, c'est gentil, répondit Liam en prenant sa main avant de refermer ses yeux. Quand as-tu vu ta fille pour la dernière fois ? Je suis désolé, avec la visite de mon père, je crois que je me suis mis à penser à ça.

— Ça ne fait rien, ne t'en fais pas. C'était il y a quatre mois, environ.

Le cœur de Troy se serra dans sa poitrine.

— Tu devrais aller la voir, murmura Liam comme s'il était sur le point de s'endormir lui aussi. Elle mérite de connaître son père.

Il n'en dit pas plus et Troy espéra qu'il était endormi.

— Il a raison, ajouta Jefferson qui semblait tout à coup parfaitement éveillé. Je ne sais pas ce que vous avez fait, mais il n'y a rien de pire que de se tenir éloigné de son enfant.

Troy ouvrit la bouche pour s'expliquer, puis la referma. Personne d'autre ne pouvait comprendre.

— Je ne connais pas votre histoire, mais cette petite fille mérite de savoir que vous l'aimez, et en sortant de sa vie, vous ne faites que la blesser.

— Elle a dit qu'elle me haïssait, rétorqua Troy d'une voix brisée.

— Je ne vous apprends rien en vous disant que de la haine à l'amour, il n'y a qu'un pas, observa Jefferson. Elle mérite de vous connaître et de décider d'elle-même ce qu'elle ressent. Elle ne doit encore être qu'une toute petite fille à en juger par votre tête de jeune premier. Vous avez encore le temps, déclara Jefferson avant de reposer sa tête contre le dossier de son fauteuil roulant et de refermer les yeux.

Laissant les deux hommes dormir paisiblement, Troy se dirigea vers la cuisine.

— Je dois rentrer à la maison, déclara-t-il à Wally.

— Certainement pas. Tu as pêché le dîner, tu as intérêt à rester pour le manger, commanda Wally en saupoudrant le poisson de farine pour le faire frire. Liam sera déçu si tu n'es pas là, ajouta-t-il plus doucement.

— Tu es *vraiment* une mère poule, plaisanta Troy.

Wally arrêta ce qu'il faisait et se retourna vers lui.

— Quand il s'agit de lui, oui. Il n'a pas eu la vie facile, et pourtant il est toujours d'une gentillesse et d'une patience incroyable avec tout le monde. Dois-je te rappeler qu'il a risqué sa vie simplement parce qu'il croyait que tu étais blessé ? Il l'aurait fait pour n'importe qui sur ce ranch, j'en suis sûr. Je ne le connais peut-être pas depuis longtemps, mais je sais déjà qu'il a un grand cœur, et si tu le brises, tu auras affaire à moi. Mais si, au contraire, tu en prends soin, ce jeune homme pourrait être le plus beau cadeau que tu aies reçu de toute ta vie.

Wally retourna à sa panure.

— Désolé pour la leçon de morale, j'ai dû être pasteur dans une autre vie.

Troy se pencha pour observer la silhouette de Liam endormi sur le canapé, sa jambe calée sur une pile de coussins.

— Je n'ai jamais voulu blesser qui que ce soit, dit-il doucement, comme s'il se parlait à lui-même.

— La plupart des gens ne le font pas intentionnellement.

Wally mit les poissons de côté et ouvrit le réfrigérateur pour sortir de quoi faire une salade.

— Jefferson est un homme intelligent, tu devrais suivre ses conseils, ajouta-t-il en refermant la porte du frigo.

Troy le savait, mais il n'était pas sûr d'être prêt à faire face à sa famille. Peut-être qu'un simple coup de téléphone pour commencer était un bon compromis.

— Sofia ne me parle jamais, avoua Troy la gorge nouée.

Le bruit d'un raclement de chaise sur le sol lui fit relever la tête. Wally venait de s'asseoir à table et il le regardait comme s'il attendait quelque chose. Troy poussa un soupir de capitulation et s'assit à son tour pour lui raconter son histoire. Toute résistance était futile, et une fois fini, il dut reconnaitre qu'il se sentait un peu mieux. Ni Wally ni Liam ne l'avait jugé.

— Si tu veux mon avis, lui dit Wally, tu devrais commencer par Jeanie. Vous avez besoin de faire la paix tous les deux. Tu dis que tu l'aimes et elle a probablement besoin de l'entendre si tu veux un jour la convaincre que votre mariage n'était pas qu'une vaste farce.

— Je le lui ai déjà dit tout ça, rétorqua Troy.

— Oui, mais elle n'était pas prête à te croire, elle était trop blessée.

Wally se leva et retourna à sa cuisine.

— Penses-y.

Il découpa une tomate et Troy s'attendait à ce qu'il ajoute quelque chose, mais il avait visiblement terminé. Après un moment, Troy retourna dans le salon et s'assit silencieusement entre les deux hommes endormis. Il contempla le visage immobile de Liam. Il avait l'air si doux, presque angélique, dans son sommeil.

— Ça fait combien de temps que tu es assis là ? demanda Liam, en ouvrant lentement ses yeux.

— Pas très longtemps, répondit Troy en s'asseyant au bord du canapé. Comment va ta jambe ?

— Mieux, je n'ai déjà presque plus mal. Je pense que j'avais juste besoin de repos.

Liam essaya de se relever pour s'asseoir, mais Troy posa doucement sa main sur son épaule pour le forcer à se rallonger.

— Vas-y doucement.

Liam hocha la tête.

— J'ai repensé à mon père. Il ne partira pas tant qu'il n'aura pas obtenu ce qu'il veut, il risque de causer des problèmes.

— Nous gèrerons ça en temps et en heure, maugréa Jefferson d'une voix pâteuse en se réveillant lui aussi. Ne vous inquiétez pas pour ça, jeune homme.

Troy acquiesça silencieusement, il était complètement d'accord. Si quelqu'un pouvait protéger Liam, c'était bien Wally et tous les gens du ranch. Liam sourit dans le vague et Troy pencha la tête avec curiosité.

— Je viens juste de me rappeler la tête de mon père quand Wally l'a mis au tapis. Et quand il lui a dit qu'il était gay lui aussi, j'ai cru qu'il allait nous faire une apoplexie.

Liam éclata de rire, et Troy ne put s'empêcher de ricaner. La situation ne prêtait pas vraiment à rire, mais après tout ce que le jeune homme avait traversé, il avait plus que mérité le droit de se moquer de son ordure de père.

— Jamais je n'aurais imaginé que Wally pouvait décocher une droite comme ça, avoua Troy.

Et il songea que le père de Liam avait sans doute fait la même erreur, celle de croire que de par sa petite taille, Wally était inoffensif.

— Ce n'est pas la première fois, cria Wally depuis la cuisine. Et malheureusement, ce n'est surement pas la dernière.

Le bruit du poisson trempé dans l'huile bouillante leur parvint jusqu'au salon et masqua le bruit de la porte d'entrée qui s'ouvrait. Dakota apparut dans l'embrasure et posa un doigt sur ses lèvres en indiquant la cuisine d'un signe de tête. Il se faufila dans la pièce sur la pointe des pieds et après quelques secondes, tout le monde entendit Wally pousser un cri de surprise. S'en suivit un silence lourd de sens, et Troy n'eut aucun mal à imaginer ce que ces deux-là pouvaient bien faire.

Quelques minutes plus tard, Dakota revint dans le salon, embrassa son père et serra la main de Liam et de Troy.

— Mais dites-moi vous deux, j'ai l'impression que vous avez réglé vos différends, remarqua-t-il en regardant leurs mains nouées.

Liam sourit et hocha la tête.

— Que nous vaut le plaisir de ta visite fiston ? demanda Jefferson.

— J'ai demandé à quelqu'un de prendre mes gardes pendant quelques jours. Je voulais être ici pour cette réunion du Conseil.

Il s'apprêtait à s'asseoir à côté de son père lorsque Wally les appela pour dîner. Il se redressa rapidement et fit rouler le fauteuil de son père jusqu'à la table où tout le monde s'installa avec enthousiasme.

— D'où vient le poisson ? demanda Dakota. Il a l'air sacrément frais.

— Liam et Troy les ont pêchés, répondit Wally. Au fait j'ai mis ceux qui restaient au congélateur, déclara-t-il à Troy avant de passer l'assiette autour de la table.

Liam et Wally se relayèrent pour informer Dakota des derniers évènements concernant le ranch et Liam prit un plaisir particulier à rapporter l'incident avec son père.

— Je peux demander à mon avocat de jeter un œil aux papiers si tu veux, offrit Dakota et Liam promit de les lui donner après le dîner.

— Merci, ce serait super, je te les donnerais après le repas. J'avoue que c'est du charabia pour moi, expliqua-t-il soulagé. Je connais mon père, si c'est aussi important pour lui, c'est qu'il a quelque chose de gros à y gagner, mais je ne sais pas quoi.

— Nous allons tirer cela au clair, ne t'inquiète pas, le rassura Wally.

Manifestement le message du retour de Dakota était passé, car les ouvriers et les amis défilèrent à la maison, et de nombreuses embrassades et poignées de mains furent échangées. Troy aida Wally à débarrasser, puis s'assit à côté de Liam dans le salon. Avec l'ambiance chaleureuse et la sensation du corps de Liam contre le sien, Troy ne put s'empêcher de songer qu'il n'avait pas été heureux comme ça depuis très longtemps.

— Je vais m'occuper des félins pour la nuit, annonça Liam en se levant du canapé et en lançant un regard déterminé à Wally, le mettant au défi de dire quelque chose.

— Je vais t'aider, offrit Troy et il suivit Liam à l'extérieur.

Il ne leur fallut pas longtemps pour nourrir les animaux et s'assurer que chacun était bien dans son enclos. Liam boitait légèrement, mais il n'avait pas l'air de souffrir.

— Je devrais probablement rentrer à la cabane, déclara Troy alors qu'ils regagnaient la maison.

Liam l'attrapa par la main et le tira vers lui.

— Reste s'il te plaît.

Troy s'arrêta et son regard se porta sur la fenêtre de la cuisine qui donnait sur le jardin. Il aperçut Wally qui s'affairait encore au niveau de l'évier, bientôt rejoint par Dakota. Il ne pouvait pas les entendre, mais Wally avait l'air tellement heureux de simplement pouvoir profiter de la présence de son homme. Ils se penchèrent l'un vers l'autre pour s'embrasser et Troy détourna poliment le regard. Ils avaient l'air de tellement s'aimer.

Liam se rapprocha encore, ses étranges yeux bleus brillant dans la pénombre.

— Je veux connaître ce qu'ils vivent, dit-il doucement en passant un bras autour de la taille de Troy et en appuyant sa tête contre son épaule.

Troy ravala la peur qui s'insinuait en lui. Il souhaitait plus que tout pouvoir exaucer son souhait, mais il n'était pas certain d'en être capable. Liam sembla lire dans son esprit.

— Arrête de penser au passé. Ce qui est derrière nous est derrière nous, nous ne pouvons rien y changer. Le plus important maintenant, c'est de continue à avancer.

— J'ai l'impression d'entendre Wally, observa Troy.

— Je prends ça comme un compliment, sourit Liam en levant son visage vers le sien.

Troy ne pouvait pas refuser une telle invitation. Il l'embrassa tendrement et Liam passa ses bras autour de son cou pour approfondir le baiser. Troy s'était rapidement rendu compte que Liam savait ce qu'il voulait et qu'il n'était pas aussi timide qu'il en avait l'air. Ce qui n'était pas du tout pour lui déplaire. Le pantalon de Troy devint très vite inconfortablement étroit.

— Reste avec moi ce soir, Troy.

— Tu es sûr que ça ne dérangera pas Wally et Dakota ? demanda Troy en regardant la maison dont la plupart des lumières étaient désormais éteintes.

— Quelque chose me dit que rien ne les dérangera ce soir, répondit malicieusement Liam en le traînant derrière lui dans le petit escalier qui montaient jusqu'au porche.

La cour arrière était calme et tranquille. Ils s'assirent ensemble sur la balancelle du porche, dans les bras l'un de l'autre. Troy était inexplicablement nerveux, tous ces instincts lui criaient de fuir tant qu'il le pouvait encore. Puis il croisa le regard de Liam, et la peur se dissipa aussi vite qu'elle l'avait pris à la gorge. Ils restèrent assis là tranquillement pendant un long moment, jusqu'à ce que Liam se lève sans rien dire et le conduise à l'intérieur de la maison silencieuse. Il l'emmena dans sa chambre et referma la porte derrière eux.

Troy regarda Liam dans les yeux et sentit l'angoisse s'emparer de nouveau de lui. Lentement, le jeune homme s'approcha de lui et son pouls s'accéléra. Liam posa une main juste au-dessus de son cœur, puis il le prit dans ses bras et l'embrassa doucement. Troy avait eu de nombreuses relations sexuelles, des rencontres impersonnelles, avec des hommes sans nom et sans visage. Il n'en était pas fier, mais c'était tout ce qu'il connaissait.

Jamais de sa vie il ne s'était senti comme ça. La montée enivrante du désir était la même, mais il y avait aussi quelque chose de plus, quelque chose que Troy n'avait jamais ressenti avec personne, pas même avec Jeanie, une connexion qu'il n'était pas capable de décrire. Il tenta désespérément de se saisir de cette impression, de la comprendre, de lui donner un nom, mais Liam avait d'autres idées en tête. Il glissa sa langue dans la bouche de Troy et moula sensuellement son corps contre le sien, épousant chaque courbe comme s'il craignait que l'air ose s'immiscer entre eux. Puis il pressa Troy en arrière, et le fit reculer jusqu'à ce qu'il sente le bord du matelas contre l'arrière de ses genoux. Il les fit tous les deux tomber sur le lit et l'embrassa comme s'il cherchait à le dévorer.

Le corps de Troy à sa merci, juste sous le sien, Liam se sentait chargé d'une tension électrique délicieusement insupportable. Il n'avait jamais eu ce pouvoir sur quelqu'un d'autre auparavant, la sensation était addictive, entêtante. Il glissa une main sous le tee-shirt de Troy, lui arrachant un soupir de plaisir, et effleura ses tétons. Troy sursauta et Liam profita de sa surprise pour soulever son tee-shirt et remplacer ses mains par sa bouche. Troy se cambra désespérément vers lui, ses hanches initiant instinctivement un mouvement de balancier, à la recherche de friction pour soulager son désir qui s'intensifiait rapidement. Puis, Liam quitta son torse et remonta jusqu'à sa bouche rougie par les baisers pour la reprendre d'assaut.

Troy se demanda vaguement où Liam avait appris tout ça, mais des doigts habiles sur sa ceinture court-circuitèrent toute pensée cohérente.

— Tu vas me tuer, gémit doucement Troy.

— Mais quelle belle façon de partir, souffla Liam d'une voix rauque.

Puis il l'embrassa de nouveau et prit son sexe dans sa main. Troy tenta de bouger pour l'encourager, mais Liam le tenait trop serré, c'était une délicieuse torture.

Le jeune homme lui ôta son tee-shirt, mais le laissa à la pliure de ses coudes, au-dessus de sa tête.

— Laisse-ça comme ça, commanda Liam.

Troy écarquilla les yeux, mais il obéit. Le souffle court, il sentit le poids de Liam se déplacer sur le lit. Le jeune homme lui retira ses chaussures, puis son pantalon. Il était complètement à sa merci, grisé par la vulnérabilité de sa nudité alors que Liam était toujours habillé au-dessus de lui et le dévorait du regard.

— Je rêve de ça depuis le jour où je t'ai rencontré, déclara-t-il, ses yeux bleus noircis par le désir. Tu es un très bel homme Troy.

— Je te retourne le compliment, rit faiblement Troy en se tortillant sur le lit, implorant silencieusement Liam de le toucher enfin.

— Détends-toi, sois patient, le cajola Liam. L'anticipation c'est la moitié du plaisir.

— Où est-ce que tu vas chercher tout ça ? demanda Troy émerveillé.

— J'ai une imagination débordante. Et j'ai toujours rêvé de ça. Chaque fois que je fermais les yeux, c'est l'image qui m'excitait. Celle d'un homme nu à ma merci, qui n'attende que moi.

C'était probablement la chose la plus sexy que Troy avait entendu de toute sa vie. Il gémit lorsque Liam s'éloigna de lui pour descendre du lit. Il était tenté de finir de retirer son tee-shirt pour libérer ses mains, il lui suffirait d'un geste, ce serait si facile... Mais l'idée d'obéir aveuglément à Liam l'excitait inexplicablement.

Il regarda le jeune homme qui se déshabillait au pied du lit. Ça n'avait rien d'un striptease, c'était un homme sûr de lui, un vrai cowboy qui se déshabillait avec des gestes précis et contrôlés. Lorsqu'il fut enfin nu, Troy réprima un gémissement.

— Allonge-toi au milieu du lit, reste sur le dos et garde les bras au-dessus de la tête, ordonna Liam.

— Ça te plaît que je ne puisse pas bouger ? demanda Troy d'une voix séductrice.

Liam hocha la tête et attendit que Troy se mette en position avant de grimper sur le lit.

— C'est incroyablement excitant, gronda Liam en caressant le haut de ses cuisses, puis son torse, et enfin son sexe tendu. J'aime les sons que tu fais et la façon dont tu frissonnes sous mes mains.

Liam se pencha sur lui et Troy écarta les jambes pour l'accueillir. Le jeune homme entremêla sensuellement leurs jambes, et effleura sa bouche de la sienne, insupportablement près, sans jamais vraiment l'embrasser.

— Tu as vraiment beaucoup pensé à tout ça, remarqua Troy en souriant.

— J'ai eu des années pour fantasmer ce moment à la perfection, répondit très sérieusement Liam.

Il plongea son regard bleu marine dans celui de Troy qui en perdit instantanément tous ses mots. Liam le regardait comme s'il était la chose la plus précieuse au monde. Troy aurait voulu qu'il le regarde ainsi jusqu'à la fin des temps.

Décidant qu'il avait été bien assez obéissant comme ça, il jeta brusquement son tee-shirt à l'autre bout de la pièce et libéra ses bras pour serrer Liam contre lui. Il soupira en sentant son sexe glisser dans le creux de la hanche de Liam. Il n'avait jamais partagé une telle connexion avec une autre personne, pas même avec Jeanie durant toutes leurs années de mariage. Il prit délicatement le visage de Liam entre ses mains, épousant les lignes de sa mâchoire, et guida leurs lèvres dans un baiser étourdissant.

Leurs hanches se mirent à onduler, d'abord paresseusement, puis frénétiquement, désespérément. Troy glissa ses mains sur le dos de Liam, effleurant tendrement les cicatrices qu'il avait brièvement aperçues au bord de ruisseau, et il sentit le jeune homme se crisper.

— Tu n'as pas à avoir honte, dit-il d'un ton rassurant. Tu les a toutes endurées une par une, tu peux les porter fièrement.

Ne lui laissant pas le temps de protester, Troy captura de nouveau ses lèvres dans un baiser passionné, et l'attrapa par les fesses pour le serrer plus fort contre lui, pour intensifier la délicieuse friction entre leur corps nu. Liam se cambra et le rythme de ses hanches se fit erratique. Troy était au bord de l'orgasme, mais il ne voulait pas jouir avant Liam. Il voulait voir son visage à l'apogée du plaisir, ancrer cette image dans sa mémoire à tout jamais. Tentant de reprendre un minimum de contrôle, il ralentit son rythme jusqu'à ce que le jeune homme gémisse bruyamment et balance la tête en arrière, sa bouche ouverte dans un cri silencieux. Il déversa sa semence entre leur ventre et l'orgasme de Troy l'emporta violemment, brouillant les angles de sa vision.

— Troy, chuchota Liam après quelques minutes en lui caressant le dos.

Allongés côte à côte, ils savourèrent le silence en reprenant leurs souffles. Troy tourna paresseusement la tête vers lui, et Liam lui sourit. Ils s'embrassèrent langoureusement, puis le jeune homme se releva pour aller chercher une serviette dans la salle de bain et les essuyer. Il ouvrit la fenêtre pour laisser entrer l'air frais et le murmure de la nuit, les faibles mugissements du bétail et le chant des grillons. Il éteignit ensuite la lampe de chevet et grimpa rapidement sur le lit pour se lover tout contre Troy dans l'obscurité.

Ce dernier ferma les yeux en écoutant la respiration de Liam et en caressant distraitement son bras. Il fut presque surpris de constater qu'il était parfaitement heureux, sans condition, sans culpabilité, un sentiment qu'il n'avait pas ressenti depuis très longtemps. Il craignait presque de s'endormir et de se réveiller pour se rendre compte que tout ça n'était qu'un rêve. Comme s'il avait perçu son angoisse, Liam lui caressa la joue. Troy s'autorisa enfin à fermer les yeux et poussa son visage dans sa main, encourageant la tendre caresse. Liam était devenu son oxygène, sa raison de se battre pour être heureux.

— Endors-toi, chuchota Liam en soulignant sa pommette avec son pouce.

— Je ne peux pas, répondit Troy en tournant légèrement la tête pour embrasser la paume de sa main. Je ne veux pas manquer une minute à tes côtés.

Liam ne répondit pas, mais il passa son bras en travers de son torse pour le tenir plus près de lui. Alors seulement, Troy s'abandonna à un sommeil léger.

Les bruits du dehors le réveillèrent quelques heures plus tard. Troy crut d'abord qu'il s'agissait des bruits normaux du ranch dont l'activité se mettait doucement en marche, mais très vite le bruit de fond se changea en vacarme. Inquiet, il réveilla Liam.

— J'ai l'impression que quelque chose ne va pas, dit-il en fronçant les sourcils.

Liam s'assit dans le lit et tendit l'oreille. Subitement, il bondit hors du lit et commença frénétiquement à rassembler ses vêtements. Troy alluma la lumière juste à temps pour voir ses fesses disparaitre dans son jean.

— Que se passe-t-il ?

— Les chevaux sont lâchés ! répondit Liam sur un ton urgent.

Troy se leva à la hâte pour s'habiller également, et Wally déboula dans leur chambre. Voyant qu'ils était déjà levés et habillés, il repartit en courant sans prendre le temps de dire quoi que ce soit. De nombreux bruits de pas pressés martelaient le couloir. Une fois habillés, Liam et Troy se précipitèrent dehors.

— Qu'est-ce qui s'est passé ? demanda Liam en attrapant Mario par le bras au moment où il passait à côté d'eux en courant, vêtu seulement d'un jean et de ses bottes.

— Toutes les portes des stalles de l'écurie et toutes les portes de la grange ont été ouvertes. Même les portails des clôtures les plus proches ! Heureusement le bétail n'a pas réagi, mais il faut à tout prix récupérer les chevaux !

Ils se hâtèrent en direction de l'écurie et croisèrent Dakota qui traversait la cours en tenant un cheval par la crinière.

— Dans quelle stalle ? demanda Troy sans attendre en lui prenant le cheval des mains.

— Deuxième à droite. Et merci, lui répondit Dakota essoufflé avant de retourner à la chasse.

Troy hocha brièvement la tête et renferma le cheval qu'il tenait dans la stalle indiquée. D'autres personnes arrivèrent avec d'autres chevaux, et Troy s'assura chaque fois de leur tenir les portes ouvertes et de bien les refermer derrière eux.

— Nous allons les nourrir, indiqua Liam en revenant avec un énorme sac de granulés, ça va les calmer un peu.

— Donne-moi ça, je vais m'en occuper, file aider les autres.

Liam repartit aussitôt. Le flux des chevaux qui arrivaient s'atténua rapidement, mais la plupart des stalles étaient encore inoccupées. Wally arriva à son tour en tenant un imposant étalon noir.

— Où sont les autres chevaux ? demanda Troy en ouvrant la porte de sa stalle.

— Nous avons retrouvé la plupart au bord de la route. Celui-ci était près de la prairie à l'est. Nous aurons beaucoup de chance si aucun d'eux n'est percuté par une voiture, expliqua Wally en colère en claquant la porte de la stalle derrière lui.

Puis Mario entra, suivi de Liam, chacun d'eux ramenant un cheval.

— Il en manque toujours quatre, compta Mario avec inquiétude.

— Nous couvrirons plus de terrain avec un quad, ils ont largement eu le temps de galoper Dieu sait où maintenant.

Troy s'occupa de nourrir les derniers arrivants en leur murmurant des mots rassurants à voix basse pour les calmer. Dakota arriva quelques minutes plus tard avec un autre cheval, et Troy s'en chargea rapidement.

— Viens avec moi, je risque d'avoir besoin de ton aide, lui dit Dakota une fois qu'il eut enfermé le cheval. Tu monteras derrière moi sur le quad, et si nous trouvons un cheval, tu rentreras avec le véhicule pendant que je m'en occuperai.

Sans perdre une minute, ils coururent jusqu'au hangar et sautèrent sur un quad.

— Accroche-toi, cria Dakota par-dessus le vacarme du moteur, puis il s'élança à toute vitesse à travers la cour.

Troy tenta de garder son équilibre sur le trajet accidenté. L'aube commençait tout juste à poindre à l'est lorsqu'il repéra un cheval sur le bas-côté de la route. Il tapota l'épaule de Dakota et indiqua le cheval d'un geste de la main. Dakota ralentit à une distance suffisante pour ne pas effrayer le cheval, puis il coupa le moteur et s'approcha lentement. Au moment où l'animal nerveux allait s'enfuir, il lui passa un licol avec des gestes efficaces, et fit signe à Troy de rentrer. En regagnant le hangar, il vit que presque tout le monde était rassemblé dans la cour.

— Dakota ramène un cheval, dit-il à Wally qui sembla immensément soulagé.

— Dieu merci, c'était le dernier, soupira Wally avant de se retourner vers les ouvriers. Bon, je suis désolé les gars, mais maintenant, je pense qu'il va falloir faire le tour de toutes les clôtures au cas où les salauds qui ont fait ça aient fait d'autres dégâts.

À côté de Troy, Liam semblait bouillir de colère, et il savait très bien ce que le jeune homme était en train de penser : ce ne pouvait pas être une simple coïncidence.

— Je vais nourrir les fauves, dit-il à Wally qui hocha la tête, et Troy le suivit silencieusement.

Il l'aida autant qu'il put, mais laissa le jeune homme gérer entièrement la distribution de la nourriture. Une fois que chaque félin fut nourri et rentré dans sa cage, ils se dirigèrent ensemble vers la maison.

— Je devrais retourner à la cabane pour m'assurer que tout va bien, lui annonça Troy lorsqu'ils arrivèrent à la porte. Tu as énormément de choses à faire, et j'ai bien vu que tu boitais encore, il faut que tu prennes un peu de temps pour te reposer.

— C'est seulement parce que nous avons beaucoup couru ce matin, protesta Liam. Et ne t'en fais pas, Wally m'a déjà fait promettre de me reposer.

Troy se rapprocha pour l'embrasser et ne le laissa pas rentrer sans le quitter des yeux. Puis il se dirigea vers son pick-up et rentra à la cabane.

Tout avait l'air en ordre à son arrivée. Il se prépara rapidement quelque chose à manger et s'installa à sa petite table, s'attendant presque à entendre Wally parler de l'un de ses patients, ou Haven à grogner à propos de la prochaine réunion du Conseil Municipal. Le brouhaha bon enfant du ranch lui manquait déjà. La clairière était si calme, c'en était troublant. En venant se réfugier dans la vieille cabane de son oncle, Troy avait d'abord cru que c'était justement ce qu'il recherchait, mais la solitude lui pesait et Liam lui manquait déjà.

La sonnerie de son téléphone le fit sursauter. Il le sortit de sa poche et répondit sans même regarder l'écran.

— Troy ? demanda une voix à l'autre bout du fil.

Il reconnut immédiatement la voix de Jeanie.

— Salut, Jeanie, répondit-il prudemment. Est-ce qu'il y a un problème ? Sofia va bien j'espère ?

Un million de choses traversèrent son esprit, toutes plus effrayantes les unes que les autres.

— Sofia va bien, le rassura aussitôt son ex-femme. Tu lui manques.

Elle semblait si hésitante que Troy la reconnaissait à peine. Ils avaient passé tant de temps à se hurler dessus ces derniers mois, il avait oublié qu'ils étaient capables d'échanger calmement.

— Elle m'a dit qu'elle me haïssait la dernière fois que je lui ai parlée, murmura-t-il, la douleur encore vive dans son cœur.

— Elle a cinq ans et sa mère pleurait tous les jours, ça l'a bouleversée, répondit Jeanie sur la défensive. Mais je ne t'appelais pas pour parler de tout ça. Il faut qu'on mette les choses à plat Troy. Tu m'as fait beaucoup de mal, mais je crois que je commence à comprendre. Je ne suis pas encore prête à te pardonner, mais je ne suis plus en colère contre toi.

Troy cessa de respirer, il peinait à croire ce qu'il entendait. Il ne répondit pas, il savait que Jeanie n'avait pas fini et il attendrait autant de temps qu'il le faudrait qu'elle soit prête, il lui devait bien ça.

— Je pense que j'ai besoin de te parler face à face.

— Tu veux que je vienne ? proposa immédiatement Troy.

— Non. Je pense que c'est Sofia et moi qui allons venir te voir. Si tu rentres à la maison, j'ai peur qu'elle se méprenne. Nous deux, c'est fini pour de bon, et je me dis que si elle te voit en dehors de la maison, avec d'autres gens, ça sera plus facile pour elle de comprendre.

C'était du Jeanie tout craché, songea Troy avec tendresse, toujours à penser à sa fille en premier.

— C'est toi qui décide, il n'y a aucun souci. Quand voulez-vous venir ?

— Le plus tôt sera le mieux. Je pense que nous partirons dans quelques jours. Kevin m'a donné ton adresse et j'ai réservé une chambre dans un petit hôtel au centre-ville. Mais je me disais que ce serait bien si Sofia passait quelques nuits à la cabane avec toi. Elle en a besoin, elle croit que tu es parti parce que tu ne l'aimes plus.

Troy se figea d'effroi. Bien sûr qu'il aimait sa fille. La simple idée qu'elle puisse croire le contraire lui déchirait le cœur, mais il était sans doute le seul à blâmer pour ce résultat catastrophique. Le doute et la culpabilité qu'il avait réussis à chasser de son esprit pendant quelques jours s'abattirent violemment sur lui.

— Je l'aime de tout mon cœur, murmura-t-il la voix brisée.

— Je sais Troy. Je ne voulais pas insinuer que tu ne l'aimais pas. Elle a seulement besoin que tu t'occupes d'elle et que tu la rassures. Ces quelques jours vont sans doute être difficiles pour nous trois, mais je crois qu'il est très important que nous tournions cette page. J'ai besoin de faire table rase et de recommencer ma vie.

L'assurance soudaine dans les derniers mots de Jeanie lui fit comprendre ce qui se passait.

— Tu as rencontré quelqu'un ? demanda-t-il un peu brusquement.

— Et bien… Je… balbutia Jeanie. Je ne sais pas.

— Je te souhaite que ça fonctionne Jeanie, ajouta-t-il aussitôt. Tu le mérites vraiment.

Il s'arrêta là, il ne savait pas s'il devait lui parler de Liam. De toute façon, elle le connaissait trop bien pour que ça reste secret.

— Tu es sincère ? demanda-t-elle d'une petite voix.

— Bien sûr, sourit-il faiblement. Et puis… Je crois que j'ai rencontré quelqu'un aussi, osa-t-il ajouter en retenant son souffle.

— C'est sérieux entre vous ? demanda-t-elle gentiment.

— C'est encore trop tôt pour le dire. Il s'appelle Liam. Tout ce que je sais, c'est que je suis bien avec lui, mais la situation est encore tellement compliquée… soupira-t-il en se frottant le front.

Après quelques minutes, il conclut.

— Je crois que tu as raison. La meilleure chose à faire pour nous deux maintenant est sans doute d'enterrer la hache de guerre et de tourner la page.

Ils restèrent tous les deux silencieux, attendant que l'autre prenne la parole dans un silence maladroit.

— On se voit dans quelques jours, déclara finalement Troy, jugeant qu'il était inutile d'ajouter quoi que ce soit et de risquer un conflit. Appelle-moi quand vous serez à l'hôtel, je viendrais vous chercher.

Lorsque Jeanie raccrocha, Troy se retrouva à regarder bêtement le mur en face de lui, un peu assommé par tout ce qui venait de se passer. Puis il se secoua et quitta la table. Si Jeanie et Sofia venaient, il avait beaucoup de choses à faire. Ça tombait très bien, il avait beaucoup de nervosité à dépenser.

VII

LIAM NE savait pas quoi penser. Troy lui avait annoncé la veille que son ex-femme et sa fille allaient venir lui rendre visite et il se sentait perdu. D'après ce que Troy lui avait expliqué, le but de cette visite était de mettre un terme définitif à leur histoire, et Liam le croyait. Il espérait sincèrement que cette rencontre permettrait à Troy d'être plus en paix avec lui-même, mais il ne pouvait pas s'empêcher d'être inquiet. Et son inquiétude s'était accrue au fil des heures. Elles étaient censées arriver bientôt et Liam avait déjà tellement de choses en tête. Le soir même devait avoir lieu la réunion du Conseil Municipal, et Wally avait demandé que tous les gens du ranch s'y rendent.

Pour tenter d'oublier son angoisse, Haven avait quant à lui passé ces derniers jours à se tuer à la tâche sur le ranch, allant presque jusqu'à mettre sa santé en danger. Liam avait vu Phillip l'interrompre parfois de force en plein travail et l'entraîner avec lui jusqu'à leur chalet, et lorsqu'il revenait, il semblait toujours plus détendu.

— Tous les ouvriers seront là, l'informa Dakota à la fin de la journée. Même papa et son infirmière, Grace, seront à cette réunion.

— Mais tu es sûr que ma présence est indispensable ? insista Liam. Après tout, ça ne fait que quelques semaines que je suis ici.

— Et tu fais partie intégrante du ranch Liam, nous aimerions vraiment que tu sois là avec nous. Plus il y a de gens à ces réunions, plus le Conseil est susceptible de prendre leur avis en compte. Tu n'auras pas à prendre la parole, seulement à nous soutenir par ta présence.

— Très bien, céda Liam. Mais qui veillera sur le ranch, insista-t-il en pensant à son père.

Il savait que c'était lui qui avait ouvert toutes les portes du ranch. Et s'il se mettait en tête de faire pire ?

— Quelques hommes se sont portés volontaires pour rester. S'il y a quoi que ce soit, ils nous appelleront immédiatement. La réunion commence à dix-neuf heures et nous prendrons plusieurs pick-up pour descendre en ville, comme ça nous pourrons renvoyer quelqu'un au ranch s'il y a besoin. Ne t'inquiète pas, le rassura chaleureusement Dakota.

Liam hocha la tête et rentra se préparer. Il prit une douche rapide, enfila un jean propre et une belle chemise, puis alla attendre dans le salon. Il fut surpris d'y trouver Troy.

— Dakota m'a aussi demandé de venir, expliqua Troy avant de l'embrasser.

Ils s'assirent sur le canapé en attendant les autres, et lorsque tout le monde fut prêt, ils se repartirent dans les pick-up. Liam monta avec Troy.

Ils avaient convenu de manger en ville avant la réunion, et le restaurant était plein lorsqu'ils arrivèrent. Heureusement, Dakota avait appelé à l'avance pour réserver une table et on les attendait.

— Vous allez à la réunion ? leur demanda leur serveuse, Denise, en prenant leurs commandes. C'est fou, j'ai l'impression que tous les gens qui sont là ce soir y vont.

— Comment sont répartis les avis ? demanda Dakota.

Denise mâchouilla pensivement son stylo avant de répondre.

— Sans grande surprise, j'imagine. Certains des habitants de la ville pensent que la mine créera des emplois et du pouvoir d'achat, mais d'autres, surtout les éleveurs, craignent que les sociétés ne s'implantent avec leur propre main d'œuvre et qu'ils ne fassent que polluer la région. Et puis vous avez les gens qui ne savent pas trop quoi penser.

Dakota hocha la tête, il s'y était attendu. Denise disparut derrière le comptoir et revint quelques minutes plus tard avec un plateau de boissons et de paniers contenant des petits pains chauds. La conversation à table était centrée sur la réunion, mais Liam accorda toute son attention à Troy qui était assis à côté de lui.

— Au fait Liam, j'ai passé tes documents à mon avocat, il te contactera dans quelques jours, l'informa Dakota.

— Merci, répondit Liam avec un faible sourire, songeant que ce n'était encore qu'un autre problème qui était remis à plus tard.

Ils parlèrent ensuite de choses et d'autres pendant le dîner et Liam fit de son mieux pour ne pas rougir lorsqu'il sentit Troy prendre sa main sous la table. Ils terminèrent leur repas puis se dirigèrent vers la mairie qui semblait déjà pleine à craquer. Liam ne connaissait pratiquement personne. Il resta près de Wally et de Troy et ils réussirent à trouver quelques places au fond de la salle. D'autres gens continuaient d'arriver, prenant place debout contre les murs de la salle. Il arriva même un moment où la foule fut forcée de s'entasser aux portes, jusque dans le couloir. Quelques personnes avaient apporté des banderoles et Liam eut le plaisir de voir qu'il s'agissait de messages contre la mine. Un des hommes assis derrière le large bureau se leva pour annoncer l'ouverture de la séance et tout le monde se tut. Il donna l'ordre du jour de la réunion et expliqua la procédure pour la soirée.

— Je tiens à souligner qu'aucune décision ne sera prise ce soir.

Les gens de la société minière qui étaient assis ensemble sur un côté, vêtus de costumes impeccables, commencèrent à chuchoter entre eux, l'air mécontent.

— Nous sommes ici pour solliciter l'opinion publique, et tous ceux qui le souhaitent auront la chance de parler. Mais tout d'abord, nous tenons à donner aux représentants de la société Clayton Mining la chance de présenter leurs propositions. Ils répondront ensuite à vos questions.

L'un des hommes se leva et expliqua leur projet. Il indiqua qu'ils cherchaient de l'or et qu'il était apparu qu'il y avait une veine potentielle située dans la zone qu'ils louaient.

— Ce sera une mine souterraine. Il n'y aura pas d'orpaillage organisé. Nous sommes en train de finaliser les démarches administratives avec le Département de l'Intérieur. La seule chose qui nous manque, c'est un accès à une source d'eau et c'est là que vous, gens de cette communauté, entrez en jeu. Clayton Mining compte bien faire tous les efforts pour respecter et s'intégrer à cette communauté, comme cela a déjà été démontré par notre engagement vis-à-vis du centre communautaire. Nous croyons fermement au principe de faire partie intégrante des communautés où nous exerçons nos activités.

Il poursuivit en expliquant exactement ce qu'ils voulaient faire et pourquoi. Liam ne comprenait pas grand-chose à son charabia de bureaucrate, mais il avait bien senti que pour eux, obtenir la bénédiction des habitants n'était en fait qu'une formalité, ils se projetaient déjà comme si l'affaire était réglée.

Une fois qu'il eut fini, un murmure traversa la salle, puis un grondement de mécontentement enfla rapidement.

— Calmez-vous, ordonna le président du Conseil d'une voix forte, et le tumulte se dissipa momentanément. Je propose d'ouvrir les questions. Si vous en avez, levez-vous et attendez que votre noms soit prononcé pour vous exprimer.

À la surprise de Liam, Dakota se leva et attendit jusqu'à ce que son nom soit appelé.

— Dakota Holden.

Liam jeta un coup d'œil à la salle, la plupart des gens avaient l'air de soutenir Dakota.

— J'ai un certain nombre de questions à vous poser. Tout d'abord, si j'ai bien compris, pour fonctionner à plein régime, vous aurez besoin d'environ quinze à vingt pour cent du débit de la rivière ?

— *Seulement* durant les périodes où nous tournerons à plein régime, répondit un des hommes de la compagnie.

— Ouais, autant dire tout le temps ! cria une vois depuis le fond de la salle et le Président fut obligé d'intervenir à nouveau pour ramener le calme dans la salle.

— Ce qui veut dire que durant l'été, reprit Dakota, la rivière sera réduite à une peau de chagrin. Les éleveurs de la région ne survivront jamais à la sécheresse.

Un nouveau murmure général de colère fit vibrer la pièce.

— Sans un permis de captation d'eau, le bail que nous détenons sur le terrain ne sera pas viable, expliqua le directeur de l'exploitation minière.

— Il aurait peut-être fallu y penser avant de louer une énorme portion de terrains sans eau, rétorqua Dakota. Ce n'est pas aux éleveurs de la vallée d'essuyer vos erreurs de stratégie.

Les gens à l'arrière commencèrent à applaudir et Dakota se rassit.

Un homme que Liam ne connaissait pas se leva à son tour et posa d'autres questions. Il était visiblement en faveur de l'implantation de la mine, ses questions portant principalement sur les emplois et les revenus de la ville. La réunion continua comme ça pendant un bon moment, révélant deux camps bien distincts. Plusieurs heures plus tard, la pièce commença à se vider et Wally et Dakota se levèrent.

— Nous ne pouvons rien faire de plus, expliqua Dakota. Rentrons, tout le monde doit se lever tôt demain. De toute façon, aucune décision ne sera prise de soir.

Tous les ouvriers autour d'eaux acquiescèrent et ils regagnèrent leurs pick-up sur le parking.

Tout le monde avait l'air tellement abattu, l'estomac de Liam se serra. Le trajet du retour se fit dans un silence pesant.

— Est-ce qu'ils ont vraiment le droit de faire ça ? demanda doucement Liam en regardant par la fenêtre. Débarquer et voler toute l'eau de la rivière parce qu'on leur a signé un papier ?

Il venait enfin de trouver une maison et ces gens essayaient déjà de la lui reprendre. Troy ne répondit rien, il n'y avait rien qu'il puisse dire pour arranger la situation. Lorsqu'ils arrivèrent au ranch, Liam passa voir les félins pour s'assurer que tout allait bien, avant de retourner dans la maison, où tout le monde était assis dans le salon, l'air abattu. Liam prit place à côté de Troy.

— Est-ce qu'ils ne sont pas obligés de présenter une étude sur l'impact environnemental de leur implantation ? Le Département de l'Intérieur est censé protéger l'environnement, non ? demanda Haven en regardant Dakota.

— J'ai demandé à mon avocat, il m'a expliqué que, dans la mesure où ils avaient loué ces terres avec les droits d'un titulaire préexistant, plutôt que d'essayer d'établir de nouveaux droits, ils n'en avaient pas besoin. Ce qui est bien dommage, parce que les études dont tu parles sont coûteuses et peuvent prendre des années. Ça ne les aurait pas arrêtés, mais ça aurait considérablement ralenti le processus.

— Qu'allons-nous faire maintenant ? demanda Liam, et Wally haussa les épaules.

— Pour commencer, tout le monde au lit, répondit Dakota. Personne ne peut penser clairement à une heure pareille.

Il se leva et prit la main de Wally, le traînant derrière lui dans le couloir jusqu'à leur chambre. Haven et Phillip rentrèrent également chez eux. Liam ne voulait pas que Troy s'en aille, et lorsqu'il se leva, il lui prit la main, de la même manière que Dakota avait pris celle de Wally, et l'emmena lui aussi dans sa chambre. Ils se déshabillèrent sans dire un mot, se glissèrent sous les draps, et Troy installa le jeune homme contre lui, moulant son corps contre son dos, un bras serré autour de sa taille.

— Je suis désolé, dit doucement Liam.

— Pourquoi ? murmura Troy en caressant pensivement le torse de Liam.

— Je n'ai pas vraiment la tête à ça, expliqua-t-il en remuant légèrement ses fesses contre l'érection évidente de Troy.

Troy l'embrassa sur l'épaule en souriant.

— Ne fais pas attention à elle, elle n'en fait qu'à sa tête quand je suis prêt de toi. Tu n'es pas obligé de quoi que ce soit.

Comme pour souligner ses propos, un bâillement lui échappa et il attira Liam plus près de lui en fermant les yeux.

— Qu'allons-nous faire s'ils obtiennent le permis pour l'eau ? Le ranch va faire faillite.

— Nous ne les laisserons pas faire, dit Troy. Nous trouverons un moyen de les arrêter et de convaincre les gens du danger que représente leur projet pour la survie de la vallée. Allez, essaie de dormir un peu maintenant. S'inquiéter ne changera rien et tu seras épuisé demain matin.

Liam acquiesça et ferma les yeux, mais même les bruits rassurants du ranch à travers la fenêtre ouverte ne l'aidèrent pas à trouver le sommeil.

— Qu'est-ce que c'était que ça ? demanda Troy un peu plus tard en s'asseyant brusquement dans le lit, réveillant au passage ce pauvre Liam qui était enfin parvenu à s'assoupir.

— Probablement un loup, marmonna Liam. Wally dit qu'ils s'approchent parfois jusqu'à la lisière du Parc National.

Puis Manny lâcha un rugissement qui résonna dans les collines.

— Tu es en train de me dire que nous sommes sur les terres d'un Parc National, répéta Troy en s'asseyant bien droit.

Encore abruti de sommeil, Liam se rendormit. Lorsqu'il rouvrit les yeux quelques minutes plus tard, Troy sortait du lit.

— Qu'est-ce qui ne va pas ? demanda-t-il inquiet, et Troy se pencha sur lui pour l'embrasser tendrement.

— Tout va très bien, répondit-il avec une pointe d'excitation dans la voix. Je dois seulement passer quelques coups de fil.

Troy finit de s'habiller puis quitta la chambre. Liam se rallongea sous les couvertures et se rendormit presque aussitôt, mais se réveilla de nouveau lorsque son amant entra dans la chambre un peu plus tard.

— Tu devrais te lever, j'ai croisé Shahrazad, elle n'a pas l'air de bonne humeur, le taquina Troy en s'asseyant à côté de lui au bord du lit.

— Tu as pu passer tes coups de fil ? demanda Liam en bâillant.

— Oui, mais j'attends qu'on me rappelle.

Troy semblait à présent bien plus nerveux qu'excité.

— Jeanie et Sofia arrivent aujourd'hui, rappela-t-il

— Je sais, répondit Liam.

Il ne s'attendait pas à les rencontrer, mais il était curieux de voir à quoi l'ex-femme de Troy pouvait ressembler. Il l'embrassa, le cœur serré, conscient qu'ils risquaient de ne pas se voir beaucoup jusqu'à ce que Jeanie et Sofia rentrent à Washington. Il s'apprêtait enfin à sortir du lit lorsque Troy le prit subitement dans ses bras pour l'embrasser de nouveau, plus fort, et plus longtemps.

— Désolé, j'en avais vraiment besoin, expliqua Troy lorsque leurs lèvres se séparèrent. Je suis tellement nerveux, j'ai l'impression que je vais être malade.

— Tu ne devrais pas. C'est Jeanie qui t'a appelé, c'était son idée. C'est une bonne chose, ça veut dire qu'elle commence à avancer. Vous avez tous les deux besoins de repartir sur de bonnes bases.

Liam le pensait vraiment, Troy avait besoin de se défaire de toute cette culpabilité qui l'écrasait jour après jour, ce n'était pas sain. Liam savait pertinemment qu'il ne pourrait jamais rien construire avec lui tant que Troy n'aurait pas fait la paix avec son passé.

— Et si Sofia me redit qu'elle me hait ? Je n'ai pas vu Jeanie depuis si longtemps, je ne sais pas comment ça va se passer. Elle veut peut-être me punir. Ce qui serait parfaitement légitime, ajouta rapidement Troy.

— Tu veux bien arrêter avec ça ? s'emporta Liam en s'extirpant de ses bras. C'est vrai, tu leur as fait du mal, mais ce n'est pas en jouant les martyrs que tu vas arranger les choses Troy. Tu leur as caché une part de toi pendant des années, et alors ? Certaines personnes perpétuent le mensonge toute leur vie ! Tu as fait le choix d'être honnête, ça a blessé beaucoup de monde, mais sur le long terme, c'est mieux pour elles. C'est mieux pour toi. Vous devez faire la paix.

— On croirait entendre Wally, maugréa Troy en lui jetant un regard un coin depuis le lit.

— Et alors ? Wally est intelligent, rétorqua Liam contrarié en croisant les bras sur sa poitrine, oubliant qu'il était nu comme un ver.

Troy se mit à rire et Liam fronça les sourcils.

— Qu'y a-t-il de si amusant ? demanda-t-il.

— Tu serais beaucoup plus crédible si tu n'étais pas nu.

Liam leva les yeux au ciel et Troy cessa de rire.

— Je suis peut-être nu, mais j'ai raison, insista Liam.

— Je sais, murmura Troy en l'attrapant par la taille pour l'attirer à lui et poser la tête sur son ventre. Je sais.

Certaines parties de l'anatomie de Liam étaient définitivement intéressées par la proximité de Troy et il entendit un autre petit rire avant de sentir la main de Troy se faufiler entre ses jambes. Liam eut un hoquet de surprise.

Un coup sur la porte le fit sursauter et il repoussa Troy pour chercher ses vêtements.

— Liam, tu es debout ? appela Wally.

— J'arrive ! cria-t-il précipitamment à travers la porte et il entendit Wally s'éloigner en riant.

— Bravo. Je vais être en retard pour le travail à cause de toi.

116

Il s'habilla à la hâte sous le regard amusé de Troy. Ils échangèrent un dernier baiser, et se dirent au revoir.

Durant le reste de la matinée, Liam tenta de s'occuper l'esprit avec ses corvées, mais il ne pouvait pas s'empêcher de se demander comment les choses se passaient pour Troy. Sa jambe était suffisamment rétablie pour aller aider les autres à la grange, et l'heure du déjeuner arriva très vite.

— Liam, j'ai reçu un appel de l'avocat et il voudrait te parler, dit Dakota. Tu veux bien aller attendre dans le bureau ? Il doit te rappeler dans quelques minutes.

Liam posa ses outils et suivit Dakota dans le bureau installé au fond de la grange. La pièce était impeccable. C'était là que Philip faisait sa comptabilité, et il était extrêmement maniaque avec son lieu de travail. Liam s'assit dans l'un des fauteuils en face du bureau juste au moment où le téléphone se mit à sonner. Dakota décrocha et mit le haut-parleur.

— Liam ? Bonjour, John Fabian à l'appareil, c'est moi qui ai examiné les papiers que votre père vous a donné. Est-ce que Dakota est près de vous ?

— Oui, répondit Liam.

— Voulez-vous qu'il reste ? demanda John et Dakota se leva instinctivement pour quitter la pièce.

— Oui, répondit Liam incertain, et Dakota se rassit.

Il aurait vraiment aimé que Troy soit là pour le soutenir aussi, il devinait déjà que ce n'étaient pas de bonnes nouvelles.

— Très bien, je préfère demander, professionnellement je dois respecter une clause de confidentialité, expliqua John. J'ai examiné ces papiers et je n'ai pas tout de suite compris pourquoi votre père avait besoin de votre signature dans la mesure où je le croyais seul propriétaire du ranch. Et puis la raison m'a sauté aux yeux. Ce n'est pas son ranch. Il m'a fallu beaucoup creuser, mais il apparaît que le ranch appartenait à votre grand-père qui est mort lorsque vous n'étiez encore qu'un bébé. À sa mort, il a légué tout ce qu'il possédait à votre mère et à vous. Votre part est restée sous la tutelle de vos parents jusqu'à votre majorité, c'est votre mère elle-même qui avait signé les papiers. Malheureusement pour votre père qui essayait sans doute de vous cacher tout ça, vous êtes majeur, et il ne peut pas vendre le ranch sans votre autorisation.

— Mais pourquoi cherche-t-il à vendre le ranch ? Je ne comprends pas.

L'avocat se contenta d'un silence poli. Liam leva les yeux vers Dakota et en lisant l'expression de pitié sur son visage il comprit.

117

— Pour en récupérer tout l'argent et me déshériter, conclut Liam de lui-même.

— Je ne connais pas du tout votre père, mais c'est une possibilité en effet. Légalement, il peut prétendre avoir besoin de l'argent pour couvrir les frais de votre fond fiduciaire, que vous ne pourrez toucher qu'à l'âge de vingt-cinq ans. Mais le fond dépendant de l'activité du ranch, s'il le vend, il n'en restera presque rien d'ici là.

— Qu'est-ce que je dois faire ?

Il se sentait totalement impuissant, tout comme il l'avait toujours été entre les mains de son père.

— Pour l'instant, rien. Permettez-moi de creuser un peu plus cette histoire et d'explorer certaines options.

Dakota hocha silencieusement la tête et Liam consentit à attendre ; cela ne changerait plus grand-chose à ce stade.

Ils raccrochèrent et Liam se prit la tête entre les mains.

— Comment peut-il me faire ça ? demanda-t-il d'un ton incrédule.

Les traits de son visage se durcirent et il se redressa.

— Pourquoi je m'étonne ? Je sais très bien comment cette espèce de salaud peut faire ça à son propre fils. Il n'a pas de cœur, c'est tout, conclut-il en se relevant. Merci, Dakota.

— De rien. Et ne t'en fais pas, je connais John. S'il y a une solution, il la trouvera.

Liam savait que Dakota essayait de le rassurer, mais il ne s'inquiétait pas à propos de l'argent.

— Je me fiche presque de l'héritage, je m'en veux simplement d'être encore blessé chaque fois que mon ordure de père prouve à quel point il aime me faire du mal. Quand je pense que j'ai cru pendant des années que tout était de ma faute et que je méritais d'être traité comme ça…

Liam posa une main tremblante sur la poignée de la porte du bureau et tourna la tête vers Dakota avec un sourire triste.

— Je ne sais pas ce qui fait le plus mal, qu'il essaie de me voler, ou qu'il me croit assez stupide pour signer ces documents sans poser de questions.

Liam tourna la poignée de la porte et sortit du bureau. Sur son chemin, il croisa Wally.

— Est-ce que tout va bien ? demanda le jeune vétérinaire, et Liam secoua la tête, incapable de répondre à voix haute. Troy a appelé, poursuivit lentement Wally en fronçant les sourcils, il voudrait que tu le rappelles.

Liam le dépassa sans rien dire et sortit de la grange pour appeler Troy avec son portable. Il espérait qu'il n'y avait rien de grave. Troy décrocha à la première sonnerie.

— Troy ?

— Liam, tu as eu mon message ?

— Oui, je viens de croiser Wally.

— Tout va bien ? demanda Troy. Tu as une drôle de voix.

— Je viens de parler à l'avocat à propos des papiers de mon père, c'est tout, répondit Liam le plus calmement possible. Je vais bien, ne t'inquiète pas. Tu avais besoin de quelque chose ?

— Jeanie et Sofia sont arrivées. Jeanie aimerait te rencontrer.

Troy semblait excité, mais pour Liam c'était de trop. Le bras qui tenait son téléphone retomba lentement le long de son corps et il raccrocha. Il n'était absolument pas en état de rencontrer l'ex-femme de Troy, pas maintenant. Il rentra à la maison et se laissa tomber dans l'un des fauteuils, mettant sa tête entre ses genoux.

— Ça va aller Liam, lui parvint la voix de Wally juste derrière lui.

Il ne l'avait même pas entendu rentrer. Depuis combien de temps était-il là à paniquer ?

— Détends-toi et respire. Dakota m'a dit ce qui s'était passé. Si je recroise ton père, c'est plus qu'un coup de pied au cul qu'il va se prendre, ajouta-t-il en colère.

Liam aurait voulu rire, mais il avait du mal à respirer. Il sentit la main de Wally qui lui caressait lentement le dos en cercles concentriques. Liam prit une profonde inspiration et se concentra pour ne pas vomir. Peu à peu, la pièce cessa de tourner autour de lui et sa vision s'éclaircit.

— Je vais bien, annonça-t-il finalement entre deux respirations.

— Vas-y doucement, lui dit Wally d'une voix douce et posée.

Quelqu'un frappa à la porte et il prit les mains de Liam dans les siennes.

— Je vais aller voir qui c'est, d'accord ? Ça va aller ?

Liam hocha fébrilement la tête et il entendit la porte d'entrée s'ouvrir, puis la voix de Troy, suivi de pas rapides.

— Est-ce que tu vas bien ? dit Troy en s'asseyant près de lui et en prenant sa main. Quand tu as raccroché sans rien dire, j'ai eu peur, je suis venu aussi vite que j'ai pu.

— Je vais bien. Je crois que la situation m'a un peu dépassé c'est tout.

119

Liam prit une grande inspiration, essayant de contrôler son souffle saccadé et les battements erratiques de son cœur.

— Je suis désolé, je n'aurais jamais du te demander ça maintenant, s'excusa Troy en le prenant dans ses bras.

Après quelques minutes, la respiration de Liam redevint régulière. Il se redressa prudemment et se laissa aller contre le dossier du canapé.

— Trop de surprises à la fois, essaya-t-il de plaisanter. Je ne sais pas ce qui s'est passé, ça ne m'était jamais arrivé auparavant.

— Je suis désolé d'avoir été si insensible, continua Troy en essuyant tendrement du pouce la sueur sur la tempe de Liam. Tu veux un verre d'eau ?

Liam secoua la tête et continua de respirer calmement. Il ferma les yeux. Sa crise de panique semblait enfin terminée.

— Tu m'as pris de court, c'est tout.

Liam aurait voulu lui expliquer que le déclencheur de cette crise de panique était probablement l'appel de l'avocat, mais il ne s'en sentait pas capable pour l'instant. Tout ce qu'il voulait faire, c'était ramper dans un endroit calme et sombre, et s'y cacher au moins pendant quelques jours.

— Je vais bien, je te le promets. Tu devrais retourner voir Jeanie et Sofia avant qu'elles se demandent ce qui t'es arrivé.

Liam ne voulait pas que tout le monde s'inquiète pour lui. Il avait besoin d'espace pour respirer.

— Quoi ? demanda-t-il en voyant Troy se mâchouiller la lèvre inférieure d'un air hésitant.

— Quand tu as appelé, nous étions déjà en chemin, expliqua-t-il timidement.

— Comment ça « nous » ? répéta Liam sans comprendre. Oh ! Tu veux dire qu'elles sont là, avec toi ?

— Oui. Elles attendent dans le pick-up.

Troy semblait inquiet, mais déterminé.

— Tu es ma priorité Liam, je ne te laisserais pas tant que je ne suis pas certain que tu vas bien.

Liam le fixa intensément.

— Je vais bien, répéta-t-il très lentement. Et je te promets de les rencontrer avant qu'elles partent. Et quand nous serons tous les deux, je t'expliquerais ce qui s'est passé, mais tu dois passer du temps avec elles.

Troy serra sa main, l'embrassa sur le front et quitta le salon. Sur le pas de la porte, il s'arrêta, se tourna pour le regarder une dernière fois, comme s'il prenait du courage, puis il sortit.

— Comment tu gères tout ça ? demanda gentiment Wally.

— Bien… Je crois… Je ne sais pas, répondit Liam. Je comprends que Troy a besoin de faire la paix avec Jeanie et Sofia, pour son propre bien. Il faut qu'il accepte de se pardonner, je sais ça au fond de moi.

Liam prit une profonde inspiration et se détendit dans le fauteuil.

— Alors pourquoi es-tu aussi inquiet ? demanda Wally en s'asseyant sur la table basse en face de lui.

Le jeune homme prit une autre profonde inspiration et la relâcha progressivement.

— La cabane de Troy n'est pas adaptée pour l'hiver et s'il fait la paix avec Jeanie et Sofia, je crois que j'ai peur qu'il rentre à Washington avec elles. Je ne pourrais même pas lui en vouloir, il a besoin de voir sa fille grandir.

Maintenant qu'il avait commencé, Liam semblait incapable de s'arrêter.

— Sofia a besoin d'un père, et Troy est quelqu'un de bien, il fera un bien meilleur père que l'ordure qui m'a élevé. Mais je ne veux pas qu'il parte. Je veux qu'il reste ici.

Il ne prononça pas les mots « avec moi », mais Wally savait exactement ce qu'il voulait dire.

— Je sais ce que tu ressens, et j'aimerais pouvoir te dire que tout va bien se passer, mais je ne veux pas te mentir. Je sais que tu t'inquiètes pour Troy, et je sais que tu tiens à lui, il n'y a qu'à voir la façon dont tu le regardes. Et je pense sincèrement que Troy ressent la même chose. Tu lui as déjà clairement demandé ce qu'il comptait faire ?

Liam secoua sa tête.

— Tout ce que je veux, c'est qu'il prenne ses propres décisions. Pas par culpabilité ou pour se sacrifier, mais parce que c'est ce qu'il veut faire, lui.

— Oh Liam, mon cœur…

Wally s'assit aussitôt à ses côtés pour le prendre dans ses bras.

— Je voudrais tellement pouvoir faire quelque chose, dit Wally en le serrant contre lui. Et cette histoire avec son ex-femme ? Ça ne te pose pas de problème ?

Liam se laissa aller dans l'étreinte rassurante de Wally.

— Apparemment, elle veut me rencontrer. Je ne vais pas mentir, je suis curieux de voir qui elle est, mais ça me fait bizarre.

Wally resta silencieux pendant un bon moment et après un instant, il le libéra pour se rassoir sur la table en le regardant droit dans les yeux.

— C'est une réaction parfaitement normale, tu m'entends ? Mais je crois que ça pourrait être une bonne chose finalement. Troy veut que tu la rencontres, c'est évident, il avait l'air tellement enthousiaste. Au moins, il n'essaie pas de te cacher comme un secret honteux, il lui a tout de suite parlé de toi alors que vous ne vous connaissez pas depuis si longtemps, quelque chose me dit que c'est très bon signe.

— Et s'il déménage pour se rapprocher de sa fille ?

Liam essaya de réprimer une partie de sa peur pour qu'elle ne s'entende pas dans sa voix. Wally haussa les épaules.

— Quand les choses me paraissent insurmontables, je les prends une par une. Tu dois faire face à beaucoup de chose en même temps en ce moment, ne te torture pas avec des questions auxquelles tu ne peux pas avoir de réponse. Attend d'en parler avec Troy.

Puis il se leva en lui tapotant gentiment le genou.

— Repose-toi un petit peu. J'ai des choses à faire, je repasserais te voir après. Promets-moi de ne pas ruminer inutilement et d'essayer de dormir un peu.

Liam hocha lentement la tête et attendit que Wally soit parti pour se remettre prudemment sur ses pieds et se diriger vers l'enclos des félins qui se prélassaient au soleil. Manny releva à peine la tête en le voyant approcher, sa queue effleurant l'herbe. Liam vérifia qu'ils avaient tous de l'eau fraiche et alla errer près de la grange en essayant de ne pas penser au lendemain.

VIII

TROY LAISSA Liam dans la maison et se dirigea vers son pick-up, sachant qu'il y avait deux paires d'yeux qui surveillaient chacun de ses mouvements.

— Est-ce qu'il va bien ? demanda Jeanie dès que Troy se réinstalla derrière le volant.

— Oui. Je pense qu'il est un peu secoué, mais ce n'est pas à cause de toi, ne t'inquiète pas, il a des problèmes avec son père.

— Tu peux nous ramener à l'hôtel s'il a besoin de toi, offrit Jeanie.

Elle et lui marchaient sur des œufs depuis qu'il était allé les chercher à l'hôtel. Il leur avait montré la cabane, puis Liam avait appelé.

— Tout va bien, la rassura Troy. Qu'est-ce que tu as envie de manger ma puce ? demanda-t-il en se tournant vers Sofia attachée dans son siège sur la banquette arrière.

— Des nuggets, papa, répondit-elle de sa petite voix.

Le cœur de Troy se serra de bonheur. Elle ne lui avait pas adressé la parole jusqu'à maintenant. À son arrivée, elle était restée cramponnée aux jambes de sa mère sans même le regarder. Quelques fois, elle avait chuchoté à l'oreille de Jeanie, mais à part ça, elle se contentait de le dévisager comme un étranger.

— Des nuggets, c'est une excellente idée. Nous devrions pouvoir demander ça au restaurant du centre-ville. Il n'y a pas de McDonald ici, ça te va quand même ? demanda Troy et elle hocha la tête.

Il fit le reste du trajet jusqu'en ville sans qu'aucune conversation ne soit échangée. Il se gara devant le petit restaurant et attendit que Jeanie passe devant. Sur le trottoir, il tendit la main pour prendre celle de Sofia comme il l'avait toujours fait, mais elle s'écarta et prit celle de Jeanie. Troy aurait dû s'y attendre, mais cela restait douloureux. Jeanie, bénie soit-elle, murmura « laisse-lui du temps » avant d'ouvrir la porte du restaurant et d'entrer. Troy avait su en théorie que cela allait être difficile, mais la réalité de la situation le heurtait de plein fouet.

Une serveuse les conduisit jusqu'à une petite table et Sofia s'assit à côté de Jeanie, en face de Troy.

— Alors, dis Jeanie, une fois qu'ils eurent leurs menus. Comment vas-tu ? Réponds-moi franchement s'il te plaît.

— Pas terrible, répondit-il sans réfléchir, mais il le regretta aussitôt.

— Maman, je dois aller aux toilettes, dit Sofia en glissant de son siège.

— Tu veux que je vienne avec toi ? demanda Jeanie, mais la petite fille leva les yeux au ciel.

— Je ne suis pas un bébé.

Ils la regardèrent se diriger avec confiance vers les toilettes. Jeanie se retourna vers lui, mais Troy savait qu'elle gardait un œil sur la porte des toilettes.

— Je sais ce que tu ressens, soupira-t-elle. J'ai eu beaucoup de temps pour réfléchir, et je crois que j'ai compris quelque chose d'important. Non, Troy, ajouta-t-elle lorsqu'il ouvrit la bouche pour l'interrompre, s'il te plaît, laisse-moi finir.

Il referma la bouche, honteux d'avoir déjà essayé de lui couper la parole.

— Nous sommes restés mariés six ans toi et moi, et je croyais que nous étions heureux, à vrai dire je crois que je ne me posais même plus la question. C'est quand tu es parti que j'ai compris que ça faisait déjà des mois que nous nous s'éloignions. Nous nous comportions comme des amis, nous ne partions plus en vacances ensemble et nos vies respectives étaient si remplies, Sofia était devenue la seule chose que nous avions en commun. Je crois que nous nous servions d'elle comme d'une excuse pour ne pas faire face à l'évidence.

— Qu'est-ce que tu essaies de dire ? demanda doucement Troy.

Jeanie avala une gorgée d'eau.

— J'ai beaucoup parlé avec Kevin, ces derniers temps et il a été…

Jeanie secoua la tête et prit une autre gorgée de son verre d'eau.

— … il a été incroyable. Il a tenté de m'expliquer ce que tu traversais du mieux qu'il le pouvait, il a été très présent depuis ton départ. Il m'a fait comprendre que si tu nous avais menti, tu t'étais surtout et avant tout menti à toi-même pendant toutes ces années. C'est ce que j'essayais de te dire l'autre jour au téléphone, je commence à comprendre, et je suis prête à te pardonner. Sur le coup, j'ai tellement souffert, j'étais aveuglée par la colère, mais je me rends compte à présent que je n'étais pas la seule, et que tu as dû traverser l'enfer toi aussi. Je crois qu'il est grand temps pour nous trois de trouver un terrain d'entente.

— Qu'est-ce que tu veux dire ? Tu veux que je revienne ? demanda Troy, sceptique.

— Ce que je veux dire, c'est que nous avons toutes les deux besoin de toi dans nos vies. Pour moi, en tant qu'ami et pour Sofia, en tant que père. Cette dernière année a été difficile pour nous tous et je ne pense pas que nous puissions continuer comme ça.

— Alors qu'est-ce que tu proposes ? demanda Troy un peu perdu.

— Je ne sais pas où tu à l'intention de vivre, mais si tu restes ici, tu devras t'arranger pour revenir sur la côte Est plusieurs fois par an, et Sofia pourrait venir te voir pendant les vacances d'été. Nous trouverons une solution pour les fêtes de fin d'année, je ne m'en fais pas, mais tu dois faire partie de nos vies.

— J'étais tellement sûr que je n'aurais plus jamais le droit à ça, avoua Troy avec un sourire tremblant. Ce que tu me proposes, c'est plus que j'aurais pu espérer, Jeanie. Qu'est-ce qui t'as fait changer d'avis ?

— Kevin. Enfin, en partie. Et tes propres actions. Quand nous nous sommes séparés, j'étais trop bouleversée pour comprendre tout ce que tu avais fait pour nous. Tu es parti sans rien demander, tu nous as laissé la maison et chaque mois tu veillais à ce que nous ne manquions de rien. Tu as été merveilleux Troy, nous laisser l'héritage de tes parents pour que Sofia et moi soyons à l'abri du besoin, peu de gens auraient fait ça.

— Je ne me suis pas posé la question, déclara honnêtement Troy. Vous êtes ce qu'il y a de plus important dans ma vie et je voulais vous protéger.

Jeanie hocha la tête et se retourna vers les toilettes pour voir Sofia revenir à leur table.

— C'est aussi pour ça que nous sommes venues, ajouta-t-elle en aidant Sofia à reprendre sa place.

Une fois assise, Jeanie se pencha et murmura quelque chose à l'oreille de sa fille.

— Mais papa t'a fait beaucoup pleurer maman, protesta Sofia.

— Je sais, et papa est désolé ma chérie, expliqua-t-elle en regardant alternativement Sofia puis Troy.

— N'insiste pas, la rassura gentiment Troy. Elle a besoin de temps.

C'était la chose la plus difficile qu'il ait jamais eu à faire de toute sa vie, mais il savait qu'il devait être patient et laisser à Sofia le temps de faire les choses à sa façon. S'il voulait une chance de regagner sa place dans son cœur, il faudrait qu'il la laisse faire le premier pas sans forcer les choses.

Un serveur s'arrêta à leur table et ils commandèrent boissons et nourriture.

— Comment as-tu trouvé le voyage en avion Sofia ?

— C'était bien. Maman m'a même laissée m'asseoir près de la fenêtre, déclara la petite fille avec un sourire prudent.

Troy détestait la retenue avec laquelle elle s'adressait à lui, la manière dont elle surveillait ses réactions comme si elle avait peur de lui. Elle n'avait que cinq ans, mais au cours des derniers mois, elle semblait avoir tellement grandi.

— Et tu as vu des trucs marrants par la fenêtre ?

— Des tas de nuages, des trucs comme ça, répondit poliment Sofia comme si Troy était un étranger. Au milieu du voyage, j'ai eu mal au ventre et maman m'a donné des médicaments pas bons, mais après ça allait mieux.

— Tu aimes toujours autant l'école ?

— Oui. Je suis dans la même classe que Claire et Emily.

Sofia semblait s'animer un peu, au grand bonheur de Troy.

— Papa, il y avait des chevaux là où tu t'es arrêté tout à l'heure ?

— Oui ma puce, plein de chevaux, tu voudras en voir un de près ? Je peux demander si tu veux.

Il savait que Wally et Dakota le laisseraient probablement faire visiter le ranch à Sofia.

— Mon ami Wally est vétérinaire, et il a des animaux très spéciaux derrière sa maison. Si on lui demande gentiment, je suis sûr qu'il acceptera de te les montrer aussi.

Sofia sourit et leurs commandes arrivèrent. Durant le repas, Sofia lui posa toutes sortes de questions sur les animaux du ranch. Troy n'était pas vraiment un expert en la matière, mais il tacha de répondre à toutes ses questions avec patience, trop heureux qu'elle lui adresse la parole. Même Jeanie semblait intéressée, et arrivé la fin du repas, Troy eut l'impression qu'une partie du poids qu'il avait sur les épaules depuis des mois disparaissait enfin.

— Tu veux que je vous raccompagne jusqu'à l'hôtel ? demanda-t-il à Jeanie lorsqu'ils quittèrent le restaurant.

— Oui, s'il te plaît. Ils ont une piscine et il n'est pas trop tard, Sofia pourra se baigner un peu. Nous te rappellerons demain dans la matinée ? Je me disais que nous pourrions peut-être visiter le Parc National.

Troy tenta de masquer sa déception à l'idée de les voir déjà rentrer, mais il ne voulait pas brusquer la situation déjà précaire, surtout après que le repas ce soit si bien passé, alors il n'insista pas. Après les avoir déposées à l'hôtel, il s'arrêta au ranch pour prendre des nouvelles de Liam.

Il le trouva occupé à nourrir les félins pour le dîner.

— Comment tu vas ? demanda-t-il en s'approchant

Liam leva les yeux de ce qu'il était en train de faire.

— Bien et toi ? Comment ça s'est passé avec Jeanie et Sofia ?

— Bien mieux que prévu. Je vais te laisser finir ce que tu fais, je te raconterais tout après.

Troy était si excité qu'il était impatient d'en parler avec Liam. Le jeune homme hocha la tête et Troy lui sourit avant d'aller l'attendre dans le salon. Lorsque Liam le rejoignit, il lui prit la main et le regarda dans les yeux.

— Ce n'est pas parfait, mais je pense que nous sommes sur le bon chemin.

Le soulagement et l'espoir que Troy avait ressentis lorsqu'il avait entendu Jeanie lui proposer un arrangement en bonne entente étaient toujours très vifs. Il s'attendait à ce que Liam soit heureux pour lui, mais il constata rapidement que le jeune homme avait l'air plus soucieux qu'autre chose.

— C'est merveilleux Troy, je suis vraiment content pour toi, dit-il d'un ton détaché avant de se lever pour se tenir devant la baie vitrée qui donnait sur la cour. Quand rentres-tu chez toi ? Je présume que tu veux rester près de Sofia, c'est normal, c'est ta fille et elle a besoin de toi.

Troy comprit alors ce qui était en train de se passer. Voilà enfin un problème qu'il allait pouvoir régler très vite.

— Je reste ici, dit-il simplement.

Il se leva et rejoignit Liam, glissant ses bras autour de son torse.

— Tu te rends compte que tout cela ne serait jamais arrivé sans toi ? lui murmura-t-il tendrement à l'oreille. J'étais mort à l'intérieur, tu m'as ramené à la vie. La honte et la culpabilité me voilait le regard, je ne pensais qu'à en finir, et puis tu es entré dans ma vie.

Liam se retourna entre ses bras pour lui faire face.

— Tu m'as montré que je méritais encore qu'on s'inquiète pour moi. Je le vois dans tes yeux chaque fois que tu me regardes, et c'est ce qui m'a donné la force d'avancer à chaque pas.

— Je n'ai rien fait, protesta faiblement Liam.

— Si, et c'est pour ça que je suis tombé amoureux de toi.

Ça y est, il l'avait dit. Troy venait enfin de poser des mots sur ce qu'il ressentait au fond de son cœur, sans chercher à se cacher, sans aucune honte. L'expression sur le visage de Liam valait bien tous les tourments qu'il avait traversés ces dernières semaines.

— C'est vrai ? demanda Liam dans un souffle, en levant sur lui ses immenses yeux bleu-marine. Tu m'aimes ?

— Oui, répondit doucement Troy. Je croyais que mon cœur était trop aride, qu'il était trop tard pour ça, mais tu l'as fait fondre en un regard.

Et à cet instant, son cœur qui battait la chamade lui sembla presque trop grand pour sa poitrine.

— Je veux rester, je me plais ici. J'y ai rencontré tellement de gens gentils et sincères, qui me soutiennent et qui croient en moi. J'ai l'impression d'avoir trouvé ma maison.

Troy se tut, attendant que Liam dise quelque chose. Il avait fait presque toute la conversation et il avait besoin de savoir ce que le jeune homme ressentait.

— Est-ce que tu restes juste pour moi ? demanda finalement Liam après avoir déglutit.

Troy pouvait lire la peur, teintée d'espoir, dans ses yeux.

— Non. Je reste ici pour moi… et pour être avec toi. Il y a une différence. J'aime à penser que même si je ne t'avais pas rencontré, cet endroit m'aurait conquis, expliqua-t-il en le serrant contre lui. Mais je ne vais pas mentir, ta présence est un sacré bonus, le taquina-t-il.

— Et Sofia ? Elle mérite de connaître son père, dit Liam, la tête appuyée contre l'épaule de Troy.

— C'est prévu, ne t'en fais pas pour ça. Je retournerai la voir et elle viendra ici durant l'été, répondit Troy.

— Et pour… commença Liam, mais Troy le fit taire en l'embrassant.

À travers ce baiser, il essaya de communiquer à Liam la force de ses sentiments, sa sincérité et le désir brûlant que le jeune homme faisait naître en lui.

— Troy, protesta faiblement Liam en reculant pour reprendre sa respiration. Nous ne devrions pas faire ça maintenant, il faut que nous parlions.

Les mots étaient à peine sortis de sa bouche que Troy le prenait par la main pour l'entrainer jusqu'à sa chambre. Refermant la porte du pied, il l'attira aussitôt tout contre lui.

— Troy, je suis sérieux, attend.

Troy se figea, regardant Liam dans les yeux, et fut surpris d'y trouver de l'insécurité et du doute.

— Qu'est-ce qui te tracasse ?

— Tout, tout me tracasse. Ton ex-femme et ta fille sont en ville, mon père a décidé de me pourrir la vie et le ranch risque de courir à sa perte si cette société minière obtient l'accord de la Ville. Ma tête va exploser Troy, je n'en peux plus.

Liam s'assit sur le bord du lit et Troy s'assit près de lui, prenant sa main.

— Je suis désolé, dans mon enthousiasme je me suis montré égoïste.

— Non, c'est normal, tu as le droit d'être heureux que les choses avancent pour toi, et je suis content que tu aies décidé de rester, ne te méprends pas, dit-il en s'écartant un peu de lui. Crois-moi, je suis vraiment content pour toi, mais je crois qu'il va me falloir un peu de temps pour digérer toutes ces informations.

Il prit une profonde inspiration.

— Je pense que c'est mon père qui a ouvert toutes les portes du ranch, et l'avocat de Dakota croit qu'il essaie de dilapider mon héritage, je suis complètement perdu.

— Hé, ça va aller, le cajola Troy en frottant son bras dans une caresse rassurante. Tu n'es plus seul. Wally et Dakota sont là pour t'aider, et moi aussi, si tu acceptes.

Liam releva lentement les yeux vers lui, examinant son visage comme s'il pouvait à peine croire ce que Troy lui disait.

— Je t'aime, répéta Troy avec assurance. Et je veux t'aider, tout comme tu m'as aidé.

— Wally n'arrête pas de me dire de prendre les choses au fur et à mesure, sourit Liam.

Il avait l'air exténué et Troy s'en voulut de ne pas l'avoir remarqué plus tôt. Il passa les bras autour de lui.

— Nous sommes tous avec toi, et nous allons faire face ensemble. J'ai l'impression que l'avocat de Dakota a les choses bien en mains avec cette histoire d'héritage. Tu veux m'en dire un peu plus ?

— Il n'y a pas grand-chose à en dire malheureusement, à part que mon père est un beau salaud, mais ça, ça ne change pas de d'habitude.

— Est-ce que tu sais si Dakota et Wally vont porter plainte pour le coup des portes ? demanda Troy et Liam secoua la tête.

— Quand je pense que c'est arrivé par ma faute, s'effondra le jeune homme.

Ses épaules s'affaissèrent comme s'il n'avait plus d'énergie et que tout courage l'avait abandonné.

— Non Liam, c'est la faute de ton père. Crois-moi, je connais ce genre de comportement. Je faisais ça aussi quand la haine de moi-même et la honte prenaient le dessus.

— Comment ça ?

— Je traitais tout le monde comme de la merde, je me comportais comme un monstre. De cette façon, personne ne m'approchait, sauf pour se battre. Mais ma famille n'aime pas le conflit ni les confrontations, alors ils se sont simplement éloignés de moi.

Troy comprit une fois de plus qu'il avait ramené la conversation sur lui.

— Tu n'es pas responsable de ton père ni de ses actes, reprit-il. Quand l'avocat de Dakota est-il censé reprendre contact avec toi ?

— Dans quelques jours.

— Quand il rappellera, je te suggère de tout lui raconter, si tu t'en sens capable. Je serai là avec toi, mais je pense qu'il a besoin de tout savoir. S'il y a bien une chose que j'ai apprise durant toutes ces années de travail pour le gouvernement, c'est que tu ne peux pas lutter contre quelque chose si tu n'as pas toutes les pièces en main. La connaissance est le pouvoir, alors raconte tout à l'avocat et laisse-le t'aider.

— Et pour ta famille ?

— Jeanie veut te rencontrer. Je pense qu'elle est curieuse, mais si tu n'en as pas envie, je lui dirai que ce n'est pas possible et nous en resterons là. C'est toi qui décide Liam, le rassura Troy avec un sourire. Mais je ne te cache pas que j'aimerais que tu rencontres ma petite Sofia. Je suis sûr qu'elle t'adorerait.

— Et Jeanie ? demanda-t-il hésitant.

— Je pense qu'elles t'apprécieront toutes les deux. Mais je sais déjà que Sofia sera conquise si tu lui présentes tes gros chats. Quant à Jeanie, elle n'est plus en colère. Nous avons tous les deux compris que nous méritions d'être heureux. J'espère qu'elle retrouvera quelqu'un, quelqu'un d'aussi merveilleux et unique que moi j'ai trouvé.

— Tu le penses vraiment ? redemanda Liam comme s'il doutait encore des sentiments de Troy.

— Pourquoi est-ce que tu as tant de mal à y croire ? demanda Troy et Liam sourit timidement.

— Je te crois. J'aime bien te faire répéter c'est tout. Il y a très longtemps qu'on ne m'a pas dit je t'aime, et à force, je crois que j'ai perdu l'habitude de dire aux autres ce que je ressentais moi aussi. Après le départ de ma mère, quand j'osais encore essayer de dire à mon père que je l'aimais, il me répondait toujours que j'étais un pleurnichard. J'imagine que ça n'a pas dû aider.

Liam se pencha et ils s'embrassèrent. Jusqu'à cet instant, Troy n'avait pas compris qu'on pouvait être intime avec une personne autrement que par le sexe, mais en serrant Liam contre lui, il songea qu'il ne s'était jamais senti aussi proche de quelqu'un de toute sa vie.

— Je pense que j'ai oublié en chemin ce qu'était l'amour, mais si je devais lui redonner une définition, alors je pense que c'est ce que je ressens pour toi, répondit enfin Liam. Je sais que ça a l'air bête, et ce n'est sans doute pas ce que tu as envie d'entendre, mais je n'ai pas d'autre mot.

— Non, c'est parfait, le rassura Troy.

Liam sourit malicieusement en le regardant par dessous ses cils.

— Maintenant que nous avons parlé de mon père, de ton ex-femme et de ta fille…

— Tu ne m'as toujours pas dit si tu acceptais de les rencontrer, l'interrompit Troy.

— Je veux bien si tu me promets d'être juste à côté de moi. Je ne sais pas trop ce que ça va donner, mais je suis prêt à essayer.

Il caressa les lèvres de Troy du bout des doigts.

— Bien, il ne nous reste plus que le problème de cette satanée compagnie minière. Rien de bien compliqué, plaisanta Liam.

Troy garda la bouche fermée, attendant que le jeune homme daigne lui rendre la parole. Liam retira ses doigts en éclatant de rire.

— J'ai peut-être une idée, déclara-t-il. Mais il faut d'abord que nous en parlions avec Wally et Dakota. Je ne peux rien promettre, et je ne suis pas sûr que ça dissuade les gens de la société, mais ça pourrait les ralentir.

Troy inclina son visage plus près de celui de Liam.

— Voilà, nous avons tout dit, conclut-il. Et maintenant que nous avons résolu tous les problèmes du Wyoming, je voudrais montrer à mon amant à quel point je l'aime. Après ça, si nous avons le temps, nous nous occuperons de la paix dans le monde, mais en attendant…

131

Troy s'immobilisa brusquement, comme s'il venait de se souvenir de quelque chose.

— Mais si tu n'es pas prêt, je comprendrais parfaitement. Je veux simplement rester près de toi.

Liam sourit et se serra contre lui avant de l'embrasser pour le faire taire une fois pour toute. Troy se sentit tomber en arrière sur le lit et le jeune homme éclata de rire en les faisant aussitôt rouler pour atterrir au-dessus de lui. Les sourires et la malice cédèrent rapidement la place au désir intense et aux gémissements incontrôlés. Troy savoura la sensation du corps de Liam au-dessus de lui, guidant son visage pour continuer à l'embrasser encore et encore.

— Liam, je t'aime, haleta Troy entre deux baisers, tentant désespérément de lui ôter ses vêtements avec des gestes impatients.

Il finit miraculeusement par réussir à lui retirer son tee-shirt, leur baiser ne s'arrêtant que le temps de le faire passer par-dessus sa tête. Puis Troy retira le sien et ils se retrouvèrent peau contre peau. La sensation du torse de Liam pressé contre le sien était incroyable, il pouvait sentir chacune de ses respirations, chaque frémissement de son corps.

— J'ai envie de toi, Liam. Je veux te sentir en moi.

Liam se figea et scruta les yeux de Troy en se mordant les lèvres.

— Je n'ai jamais…

Il s'arrêta là et déglutit péniblement.

— Tout va bien, je vais te guider. Tu ne me feras pas mal, je te le promets.

Il l'embrassa tendrement pour souligner ses propos, puis se leva pour retirer le reste de ses vêtements, incitant le jeune homme à faire de même. Troy songea qu'il était peut-être inexpérimenté, mais il avait malgré tout un corps fait pour l'amour.

— Tu es incroyable, murmura Troy en le tirant de nouveau vers le lit en posant une main sur son sexe.

— Troy, gémit Liam, ses hanches se pressant instinctivement contre son amant.

— Je veux te sentir en moi et je veux que tu saches l'effet que tu me fais Liam, souffla-t-il en s'allongeant et en tirant le jeune homme au-dessus de lui.

Troy avait déjà remarqué que Liam aimait dominer, ce qui était loin de lui déplaire. Il enroula ses jambes autour de la taille de Liam et ils s'embrassèrent jusqu'à en perdre le souffle.

— Tu as des préservatifs ?

Le jeune homme secoua négativement la tête et Troy sourit. Désignant du menton son pantalon sur le sol il dit :

— Il y a en a dans mon portefeuille. Nous avons de la chance, je les ai achetés hier.

— Tu espérais quelque chose ? le taquina Liam, en se penchant au-dessus de lui pour attraper le portefeuille dans la poche arrière de son jean.

— Toujours, tu me remplis d'espoir, répondit Troy sur un ton séduisant en regardant le jeune homme sortir le petit paquet de son portefeuille. Il va falloir que tu me prépares d'abord, expliqua-t-il. Utilise tes doigts.

— Comme ça ? demanda Liam en glissant deux doigts dans sa douche pour les humidifier, puis entre les jambes de Troy, taquinant la peau plissée de son entrée avant d'y enfoncer lentement un premier doigt.

— Oui, répondit-il en rejetant la tête en arrière lorsque Liam effleura l'endroit magique du premier coup.

Il s'était attendu à ce que Liam soit maladroit, mais il venait de trouer sa prostate en deux secondes. Une fois qu'il put reprendre son souffle, il le regarda dans les yeux.

— Tu m'expliques comment tu viens de faire ça ? demanda-t-il la voix tremblante de plaisir.

— J'ai une prostate aussi Troy, le taquina le jeune homme.

L'image de Liam, allongé seul dans sa chambre, ses doigts enfouis à l'intérieur de lui-même, explorant son propre corps, fut presque suffisante pour faire jouir Troy sur le champ. Mais Liam le ramena au présent avec un autre doigt et toute pensée rationnelle s'envola de son esprit.

— Oh, mon Dieu ! gémit-il.

Liam travailla lentement et attentivement les muscles de son entrée pendant de longues minutes. Troy aurait voulu que ça ne s'arrête jamais. Puis, il retira ses doigts et Troy voulut demander ce qui se passait, mais il releva la tête et ses yeux s'écarquillèrent lorsqu'il le vit ouvrir le sachet et, d'une main sûre, dérouler le préservatif sur son sexe tendu.

— Ça fait drôle, dit-il en souriant, mais lorsqu'il croisa le regard de Troy, son sourire s'évanouit et l'intensité de son désir tendit tous les traits de son visage.

— Vas-y doucement, lui rappela Troy en sentant le bout de son sexe contre son entrée.

Le corps de Troy résista au début, puis l'accueillit peu à peu, jusqu'à ce que Liam se glisse complètement en lui. Il siffla doucement entre ses dents sous l'effet combiné de la brûlure et de l'étirement des anneaux de muscles et Liam arrêta aussitôt de bouger. Troy le sentit reculer et posa une main sur son avant-bras pour le retenir.

— C'est bon. Laisse-moi juste une minute, l'avertit-il en obligeant son corps à se détendre.

— Tu es tellement étroit, murmura Liam avec un soupçon d'inquiétude dans la voix. C'est comme si nous ne faisions plus qu'un, ajouta-t-il émerveillé.

Liam recommença doucement à bouger et Troy tenta de reprendre son souffle. Lorsqu'il sentit les hanches de Liam contre ses fesses, il prit une grande inspiration et bougea le bassin pour indiquer à Liam qu'il pouvait commencer ses va-et-vient. Troy ferma les yeux et s'abandonna au plaisir.

— Ton cœur bat à toute vitesse, remarqua Liam et Troy lui sourit.

C'était vrai. Troy n'avait ressenti ça qu'une fois auparavant, avec Jeanie, le jour où ils avaient conçu Sofia. Mais il savait déjà qu'avec Liam, il ressentirait cette connexion *chaque fois*.

— Mon Dieu, Troy, est-ce que c'est toujours comme ça ? haleta Liam.

Troy resserra ses muscles autour de lui, lui arrachant un hoquet de surprise.

— Refais-le, supplia le jeune homme.

Troy recommença et Liam se pencha sur lui pour un baiser possessif, presque violent.

— Il y a peu de choses dans ma vie qui m'ont appartenu pleinement, gronda Liam la voix rauque de désir, mais toi tu es mien Troy, entièrement mien.

Troy hocha la tête, écrasé par l'émotion.

— Je t'aime, répondit-il simplement.

Liam prit ses mains et les positionna au-dessus de sa tête pour étirer son corps, complètement à sa merci sous le sien.

— Je t'aime aussi, dit Liam avec un coup de hanches particulièrement puissant, comme s'il cherchait à s'enfoncer le plus profondément possible en Troy.

Le souffle coupé, Troy sentit l'étincelle familière de l'orgasme remonter. Liam accéléra son rythme et Troy essaya de ne pas fermer les yeux. Il voulait voir Liam, lire l'extase, le plaisir presque sauvage sur son visage au moment de la jouissance.

Liam le saisit par les hanches pour s'enfoncer plus loin encore en lui.

— Vas-y, montre-moi ce que tu ressens, l'encouragea Troy.

— Je t'aime, cria Liam en se cambrant brusquement, enfoui profondément en lui, laissant son désir se déverser enfin dans le corps de son amant.

Troy sentit ses doigts s'enfoncer dans ses hanches et il songea distraitement qu'il allait probablement avoir des marques, mais il s'en fichait. Tout ce qui lui importait, c'était Liam. Liam en lui, les battements du cœur de Liam qui résonnait dans son propre corps.

Le jeune homme dût se rendre compte de la force avec laquelle il le tenait car il desserra sa prise et déplaça ses mains pour lui caresser tendrement les flancs, puis le ventre, et enfin il prit son sexe en main. Troy garda ses mains au-dessus de sa tête et lui laissa tout le contrôle. Il sentait venir l'orgasme, lorsque Liam ralentit ses mouvements. Troy gémit de frustration.

— Fais-moi confiance. Je vais bien m'occuper de toi, c'est promis, déclara Liam avant de reprendre ses assauts, plus agressifs que jamais.

Il avait demandé à Liam de lui montrer ce qu'il ressentait et c'est exactement ce que fit son jeune amant. La sueur brillait sur son corps parfait, ruisselant entre les muscles de son torse, jusqu'à la peau tendue de son bas ventre. Enfin, Liam lui donna la friction qu'il attendait, et il ne fallut pas longtemps à Troy pour jouir. Son corps se tendit et il sentit la vague étourdissante de l'orgasme monter en lui, l'engloutir. Il pouvait à peine respirer ou aligner deux pensées cohérentes. D'une main experte, le jeune homme le garda ainsi au bord de l'extase pendant d'interminables secondes.

— Liam, supplia-t-il.

Il avait l'impression que son corps allait exploser. Liam accéléra le mouvement de son poignet et Troy se tendit brusquement, comme frappé par la foudre, avant d'éjaculer à grands traits entre leurs deux estomacs.

Lorsqu'il revint à lui, la première chose qu'il perçut fut la respiration précipitée de Liam à ses côtés. Il tendit aveuglément le bras, le tira contre lui et l'embrassa profondément. Liam s'écarta timidement, et le dieu du sexe qui venait presque de tuer Troy de plaisir céda sa place au jeune Liam hésitant qui n'avait jamais fait l'amour à personne avant ce jour.

— Qu'est-ce que je dois faire avec… ? demanda-t-il avec une petite moue en indiquant le préservatif rempli encore sur son sexe.

Troy lui sourit en caressant une de ses cuisses.

— Va dans la salle de bain pour le jeter et te rincer. Je t'attends là, je crois que je ne pourrais plus jamais marcher.

Liam sortit du lit en entrouvrit la porte, scruta le couloir, et se précipita dans la salle de bain. Troy entendit la porte, et quelques minutes plus tard, Liam revint, une serviette autour de la taille. Il était sur le point de refermer la porte de la chambre lorsqu'ils entendirent quelqu'un crier :

— On vous attend au salon quand vous aurez fini ! déclara Wally depuis le couloir.

— Très bien, merci ! répondit Liam sans gêne avant de laisser tomber sa serviette pour grimper sur le lit.

— J'ai l'impression que nous n'avons pas le droit de trainer afin de profiter de notre torpeur post-orgasme, bouda le jeune homme en se blottissant contre Troy.

— Non, j'en ai bien peur, acquiesça Troy avec une expression faussement dévastée.

Ils volèrent malgré tout quelques minutes pour rester tendrement enlacés, mais après un moment, ils se relevèrent, s'habillèrent et rejoignirent le salon où Phillip, Haven, Dakota, Wally et Jefferson les attendaient. Ils étaient en train de s'inquiéter de l'implantation minière en faisant tourner plusieurs pots de crème glacée, et il n'en fallut pas beaucoup pour les convaincre de se joindre à eux.

— Dites-moi, j'ai cru entendre le cri d'un loup il y a quelques jours, remarqua Troy après une cuiller de glace à la menthe et aux pépites de chocolat. D'ailleurs, j'ai l'impression que Manny a moyennement apprécié.

Dakota se mit à rire.

— Qui aurait cru qu'il suffisait d'un lion pour garder les loups loin du bétail ? demanda-t-il autour d'une bouchée de glace saveur cookies.

— Vous avez déjà eu des problèmes de loups ? demanda Troy et il vit Dakota et Wally échanger un drôle de regard.

— Quand nous nous sommes rencontrés, Wally était dingue des loups. Un de mes ouvriers a tiré sur une louve et Phillip et lui sont allés à son secours. J'ai cru que j'allais les étrangler à l'époque, surtout quand j'ai compris qu'ils avaient ramené la louve blessée sur le ranch.

— Mais finalement il a cédé à mes charmes, le taquina Wally avant de continuer l'histoire. C'était la femelle d'un couple, et le mâle hurlait à la mort toutes les nuits. Dakota joue les gros durs, mais c'est un cœur tendre, et quand la louve a été guérie, je lui ai donné des sédatifs et Dakota m'a aidé à la ramener là où je l'avais trouvée. On entend assez souvent les loups dans cette partie de la région. Mais on fait attention à garder les veaux près du ranch, et si les félins les sentent ou les entendent, ils font suffisamment de bruit pour les chasser.

— Vous avez revu la louve que vous avez sauvée depuis ? demanda Troy fasciné par cette histoire en reposant son pot de glace. Ou même d'autres loups ?

— J'ai reçu quelques appels inquiets des ranchs voisins au fil des ans, mais c'est assez rare de les voir. Généralement, ils restent dans le parc, mais depuis qu'ils ont réintroduit des loups dans les années quatre-vingt-dix, leur nombre a augmenté. Est-ce que tu savais que les loups s'accouplent pour la vie ? demanda Wally avec enthousiasme, lancé sur l'un de ses sujets préférés. Je sais qu'ils représentent un danger pour le bétail, et nous sommes obligés de rester prudents, mais je pense sincèrement que nous avons besoin d'eux. Les loups éloignent d'autres prédateurs qui pourraient représenter une menace bien plus grande pour les troupeaux.

Dakota hocha la tête en soupirant, presque comme s'il était obligé de reconnaitre à contrecœur que Wally avait raison.

— Pourquoi toutes ces questions ? demanda-t-il en raclant le fond de son pot de glace.

Troy hésitait à leur donner de faux espoirs.

— J'ai peut-être une idée pour cette histoire d'exploitation minière. J'ai passé quelques coups de fils au Département de l'Intérieur, mais j'attends encore qu'on me rappelle. Je vous en dirais davantage si cette piste se concrétise, mais pour l'instant, je préfère ne pas trop m'avancer.

Dakota hocha la tête, mais Liam le regarda avec insistance. Troy savait qu'il avait plutôt intérêt à lui en dire plus lorsqu'ils seraient tous les deux seuls.

— Quand dois-tu retourner à l'hôpital ? demanda Troy pour essayer de changer de sujet.

— Je pars demain matin, répondit Dakota et Wally se rapprocha instinctivement de lui en feignant un bâillement exagéré qui ne dupa personne.

— Tu veux aller te coucher papa ? proposa Dakota en posant une main sur le genou de son père qui somnolait à côté d'eux.

— Oui, répondit Jefferson.

137

Wally se leva et Dakota emmena son père jusqu'à sa chambre. Le jeune vétérinaire rassembla les bols et les emporta dans la cuisine avant de souhaiter bonne nuit à tout le monde.

— Tu crois vraiment avoir une idée qui pourrait marcher ? demanda Haven à Troy, manifestement sceptique.

— Malheureusement, je ne peux rien promettre à ce stade. Est-ce que tu sais exactement où les loups ont été repérés ?

Phillip et Haven hochèrent tous les deux la tête.

— Je peux te montrer le ravin où Wally et moi avons trouvé la femelle il y a quelques années, offrit Phillip. Est-ce que ça pourrait aider ?

— Les loups sont territoriaux, répondit Troy en acquiesçant. Ils n'abandonnent pas un territoire sans bonne raison.

— Comment se fait-il que tu en saches autant sur les loups ? demanda Haven sur un ton un peu agressif.

— Internet, répondit Troy sans en révéler trop sur ses sources.

— Haven ! le réprimanda Phillip. Troy essaie de nous aider, s'il trouve quelque chose, il nous le dira.

Phillip se leva et se dirigea vers la porte.

— Allez ! Il est temps pour nous d'y aller. Nous aurons bien le temps de nous inquiéter de notre sort demain dès la première heure.

Haven bougonna des excuses et suivit Phillip hors de la maison.

— Je devrais y aller aussi, annonça Troy.

— Ou tu pourrais rester, proposa Liam en battant des cils.

— J'aimerais bien, sourit Troy en lui caressant la joue. Mais j'ai besoin de temps pour réfléchir un peu, et j'ai fini par comprendre que c'était difficile avec ton corps allongé à côté du mien.

Troy vit Liam se mordiller les lèvres, chose qu'il faisait lorsqu'il était nerveux.

— Je ne regrette rien, le rassura-t-il aussitôt, avant de se pencher pour l'embrasser. J'ai seulement besoin de mettre les choses à plat, c'est tout.

Il se dirigea vers la porte, puis fit subitement demi-tour en se frappant le front de la paume.

— J'ai complètement oublié de demander à Wally si Sofia pouvait venir pour voir les animaux demain !

— Je lui demanderai au petit-déjeuner, sourit Liam. Il n'y a aucune raison pour qu'il refuse.

Ils s'embrassèrent une dernière fois et Troy quitta la maison pour de bon.

Troy regretta sa décision d'être rentré à la cabane au moment même où la vieille porte en bois se referma. Lorsque l'aube se leva quelques heures plus tard, il se dit que jamais de sa vie il n'avait été aussi heureux de voir poindre la lumière du jour. Il savait qu'il était trop tôt pour appeler Jeanie, mais que tout le monde au ranch serait déjà debout. Il se leva donc et s'habilla, mangea un rapide petit déjeuner et descendit la colline sans plus attendre.

Dans la cour, Liam, Wally et Phillip vinrent à sa rencontre, et Liam se jeta dans ses bras aussitôt qu'il sortit du pick-up.

— Tu m'as manqué cette nuit, murmura Liam en le serrant fort contre lui.

— Dakota est déjà parti ? demanda Troy à Wally, sans lâcher Liam.

— De bonne heure ce matin, répondit tristement Wally.

Troy hocha silencieusement la tête. Il n'osait pas imaginer ce que ressentait Wally à chaque séparation.

— Quand vous voudrez bien vous lâcher tous les deux, je pensais emmener Troy à l'endroit où nous avons trouvé la louve, les taquina Phillip.

Liam et Troy se séparèrent en souriant timidement, et Phillip leva les yeux au ciel en tendant le bras vers les terres derrière la maison.

— Wally gardait la louve cachée dans le vieux hangar là-bas.

— Et avant ça, je l'ai trouvée dans le ravin, là-bas, indiqua Wally en les emmenant avec lui jusqu'à l'extrême nord du champ, après les enclos des félins.

Alors qu'ils s'approchaient de l'endroit, Troy remarqua que Wally et Phillip avaient ralenti, scrutant les environs avec prudence.

— Elle était là-bas.

Wally montra l'endroit exact du doigt, et Troy se laissa glisser sur le bord du ravin. Un mince filet d'eau courait dans le fond, à cause de la pluie de la veille. Il regarda autour de lui, sans trop savoir ce qu'il cherchait.

—Troy, viens voir ! appela Wally d'une voix enjoué en se mettant à genoux près du bord du ravin. Regarde ça, dit-il en montrant le sol. On dirait que nous avons eu de la visite ici la nuit dernière.

Wally souligna ce qui ressemblait à des grosses empreintes de chien. Troy sourit et sortit son téléphone pour prendre quelques photos.

— Pourquoi voulais-tu à tout prix voir cet endroit ? demanda Wally en se redressant. Quand nous expliqueras-tu ton idée ?

— Bientôt, promit Troy. Est-ce que vous avez déjà croisé d'autres loups à cet endroit précis ?

— Une ou deux fois, à la lisière des bois au fond du champ, mais ça reste rare, dit Wally qui avait presque l'air déçu.

— Je vais pousser jusqu'aux premiers arbres avec Liam pour jeter un coup d'œil, rentrez à la maison. Nous vous rejoindrons après et à ce moment-là, je vous expliquerais tout.

Pendant une seconde, il crut que Phillip allait protester, mais Wally le tira par l'épaule et ils reprirent le chemin menant au ranch.

— Viens, suis-moi, dit-il en prenant la main de Liam.

— Je ne comprends pas ce que nous sommes censés chercher, répondit le jeune homme en fronçant les sourcils.

— Je n'en suis pas sûr non plus. Ce n'est qu'une intuition, mais si elle s'avère être bonne, je vais avoir besoin de preuves. J'en ai déjà quelques-unes, mais une de plus ne ferait pas de mal.

— Des preuves de quoi ?

— Qu'il y a des loups sur ces terres, répondit Troy.

— Pourquoi ? Wally dit que c'est extrêmement rare qu'ils viennent jusqu'ici. De toute façon il vaut mieux qu'ils restent loin des bovins. Et des chasseurs, rajouta rapidement Liam en essayant de suivre Troy qui marchait à toute vitesse.

— Peut-être pas dans le cas présent, rétorqua Troy en ralentissant à l'approche du bois.

Le sol était encore humide des pluies de la veille et Troy marcha lentement près de la lisière de la forêt, les yeux rivés sur le sol. Et comme il s'y attendait, il trouva d'autres traces près de l'orée du bois. Elles n'étaient pas très profondes et s'il n'avait pas déjà vu les précédentes, il ne les aurait probablement pas remarquées. Il les prit également en photo.

— J'ai besoin que tu regardes attentivement chaque endroit où nous avons trouvé des traces au cas où tu aurais à corroborer mon histoire.

— D'accord, acquiesça Liam en cherchant des points de repère dont il pourrait se rappeler facilement.

Puis ils rentrèrent au ranch, main dans la main, et en s'approchant de la maison, ils entendirent des cris, suivis d'un coup de feu. Ils s'élancèrent tous les deux en direction du bruit et trouvèrent Wally, debout sur le porche, le fusil en l'air. Suivant son regard, ils virent un pick-up tourner au bout de l'allée.

— Ne me dites pas que c'était…

— Ton salaud de père, si, confirma Wally avec un sourire diabolique. Il voulait savoir où tu étais, mais notre conversation a rapidement dégénéré.

L'expression féroce sur le visage de Wally se radoucit et il tourna la tête vers eux.

— J'ai bien cru qu'il allait se pisser dessus, surtout quand je lui ai dit que je visais toujours l'entrejambe.

Il tint la porte ouverte et les invita à entrer en jetant un dernier regard en direction de la route.

— Vous avez trouvé ce que vous cherchiez ? leur demanda-t-il en refermant derrière lui.

— Je pense que oui.

Le téléphone de Troy se mit à sonner et il le prit dans sa poche.

— C'est Jeanie.

Il répondit et lui demanda de patienter une seconde.

— Est-ce que tu accepterais que Sofia et elle viennent ici pour voir les chevaux ?

Liam regarda Wally qui hocha la tête.

— Tant que tout le monde se comporte correctement, répondit sarcastiquement Wally avant de disparaitre dans la cuisine.

Troy reprit l'appel et expliqua à Jeanie comment se rendre au ranch.

— Elle a pris une voiture de location, expliqua-t-il à Liam en raccrochant. Elles seront là d'ici une heure. Je sais que tu es nerveux, mais tu verras, elles sont très gentilles.

— Tu crois que je vais m'en sortir avec Sofia ? demanda Liam en mâchouillant nerveusement sa lèvre inférieure.

— Si tu l'emmènes faire une balade sur un vrai cheval, elle sera ton amie pour la vie.

Troy sourit et le laissa s'occuper du déjeuner des fauves. De son côté, il avait encore quelques appels à passer et quelques explications à donner.

IX

LIAM ÉTAIT extrêmement nerveux, et malgré son enthousiasme débordant, Troy ne faisait rien pour le rassurer. Le jeune homme était plus que curieux de savoir ce que Troy manigançait, mais il devait d'abord s'occuper des félins. Il prépara soigneusement leur ration de midi et les regarda se jeter sur la viande comme s'ils n'avaient pas mangé depuis des jours. Il savait qu'il devait rester prudent et concentré. Il essaya de ne pas penser à la visite de son père ou au fait que l'ex-femme de Troy et sa fille allaient arriver d'un moment à l'autre. Mais malgré sa vigilance, Shahrazad réussit à le faire sursauter en lui grognant dessus.

— Oh la ferme, vieille grincheuse ! Personne ne va te voler ton steak, gronda-t-il, et la tigresse releva la tête une seconde, intriguée par sa réaction, avant de retourner à son repas.

Lorsque Liam en eut fini, il rangea tout avant de se diriger vers la grange. Avant d'entrer dans le bâtiment, il aperçut Troy assis sur le porche, au téléphone. Il s'approcha et l'entendit s'exprimer avec vivacité.

— J'ai des preuves, des témoins ainsi que des photographies. Je vais vous les faire suivre par mail aussitôt que nous aurons raccroché.

Troy resta silencieux pendant quelques secondes, écoutant sans doute la réponse de son interlocuteur, puis il vit Liam et lui fit signe, mais le jeune homme indiqua la grange d'un pouce par-dessus son épaule, et Troy hocha la tête.

— Je vais voir si je peux obtenir davantage de preuves. Mais il ne fait plus aucun doute que ces terres sont sur leur territoire.

Se disant qu'il devait probablement parler des loups, mais sans comprendre davantage le contexte de la discussion, Liam entra dans l'écurie pour nettoyer les stalles.

— Besoin d'un coup de main ? demanda Troy en le rejoignant une demi-heure plus tard.

— J'ai presque terminé, répondit Liam. Mais si tu veux balayer l'allée centrale, je ne dis pas non. Je dois encore leur remettre de la paille fraîche.

Il poussa la brouette pleine de paille souillée jusqu'au fond de l'écurie et la vida sur le tas.

— Ça a été, ton appel ?

— Je crois oui, répondit Troy.

— Est-ce que tu vas enfin te décider à m'expliquer ce qui se passe ?

Troy balaya silencieusement l'allée pendant quelques minutes, l'air pensif, avant de commencer :

— Tu te souviens quand Dakota a expliqué que le gouvernement avait réintroduit les loups dans les parcs de Yellowstone dans les années quatre-vingt-dix, et que ça avait extrêmement bien fonctionné ? Les loups sont une espèce protégée, et je crois que ça pourrait nous aider.

— Comment ? leur parvint la voix de Wally qui venait d'entrer dans l'écurie.

— J'allais poser la même question, ajouta Mario en sortant de la sellerie, appuyé sur le chambranle de la porte, les bras croisés sur la poitrine.

Troy posa son balai de côté et tous les ouvriers qui étaient dans les parages à ce moment-là s'arrêtèrent pour l'écouter.

— En louant les terres au pied de la montagne, la société minière a récupéré les droits déjà existants des propriétaires plutôt que d'en demander de nouveaux, ils n'ont donc pas besoin d'une étude d'impact environnemental, ce qui les arrange puisque ça peut prendre plusieurs années et coûter beaucoup d'argent.

Troy s'arrêta et regarda chacun d'entre eux.

— Nous savons déjà tout ça, fit remarquer Mario.

— Et quel est le rapport avec les loups ? demanda Wally, juste derrière lui.

— C'est compliqué et très bureaucratique, mais pour essayer de résumer, si les loups ont intégré cette zone à leur territoire, étant donné qu'ils sont une espèce en voie de disparition et que tout changement dans leur environnement pourrait les affecter, la société minière n'aura pas d'autre choix que de faire une étude d'impact environnemental. Ils vont être obligés de prouver que leur consommation d'eau n'affectera pas les loups. Ça ne les arrêtera peut-être pas, mais ça va considérablement retarder leurs projets et vous permettre de rallier tout un tas de groupes environnementaux à votre cause, sans parler des associations de défense des animaux. La pression combinée pourrait rendre le projet trop coûteux, suffisamment pour que la mairie comprenne que ça n'en vaut pas la peine. Je connais ce genre de sociétés, ce qu'ils cherchent, c'est faire du bénéfice vite et facilement, ils ne s'engageront pas dans un combat de longue haleine pour quelques hectares de terre.

— Que devons-nous faire ? demanda Wally impressionné par son travail de recherche.

— Je me suis déjà permis d'ouvrir les hostilités ce matin, répondit Troy. Avant de m'installer ici, je travaillais pour le Département de l'Intérieur à Washington. J'ai parlé à un de mes anciens collègues et je lui ai envoyé les photos que nous avons prises. Il va regarder s'ils ont reçu d'autres rapports concernant les loups dans cette zone pour confirmer mes informations, et si c'est le cas, alors ça pourrait suffire pour ordonner une étude. Nous devons attendre, mais il m'a dit qu'il me rappellerait pour me tenir au courant.

— Est-ce que nous pouvons faire quelque chose pour accélérer le processus ? demanda Wally.

— Bien sûr, il suffit de déposer un rapport attestant que tu as vu des loups sur le ranch, où exactement, et à quelle fréquence. Et tu devrais faire passer le mot à tous les éleveurs de la région. Il faut que nous puissions prouver que les loups sont bien présents sur cette zone et qu'elle fait partie de leur habitat naturel. Plus il y aura de rapports, mieux ce sera, expliqua Troy en souriant triomphalement.

Mario secoua la tête, une expression d'incrédulité sur le visage.

— Jamais je n'aurais cru que ce serait les loups qui sauveraient la vallée.

— Pourquoi ? Ce n'est pas si bizarre, rétorqua Wally sur la défensive.

Tout le monde le dévisagea sans rien dire.

— D'accord, capitula-t-il, c'est peut-être *un peu* bizarre.

Tout le monde se remit au travail, et Wally s'enferma dans son cabinet vétérinaire, construit au fond de l'écurie. Il recevait rarement ses clients à domicile, et il avait expliqué à Liam que le cabinet servait surtout d'endroit pour stocker son matériel. Le jeune homme finissait de répandre le foin dans les talles lorsqu'il vit Wally sortir du cabinet à toute vitesse et se précipiter dans son pick-up, partant sans doute pour répondre à un appel.

Liam referma derrière lui en levant les yeux au ciel et alla rejoindre Troy devant la porte de la grange. Presque au même moment, le bruit des pneus d'un véhicule sur les graviers de l'allée menant au ranch se fit entendre, suivi par les aboiements excités des chiens.

Liam vit d'abord une femme sortir de la voiture avant d'ouvrir la portière arrière à une toute petite fille. Il savait qu'il s'agissait de Jeanie et Sofia. Il les regarda s'approcher de Troy, Sofia regardant autour d'elle, les yeux écarquillés.

— Jeanie, Sofia, voici Liam, les présenta Troy, et la femme marcha droit vers lui pour lui serrer la main sans hésiter une seule seconde.

Sofia resta près de sa mère et se contenta d'un timide bonjour.

— Ton père m'a dit que tu aimerais voir les chevaux, dit Liam en s'agenouillant pour être à sa hauteur. Ça te dirait de monter sur l'un d'eux ?

Elle était adorable avec ses deux petites tresses et son tee-shirt jaune. Elle leva les yeux vers sa mère et Jeanie hocha la tête.

— Tu as le droit si tu veux, la rassura Jeanie en posant une main délicate à l'arrière de son crâne.

Sofia hocha la tête et Liam vit de l'excitation dans ses yeux.

— Viens avec moi, je vais te présenter ton cheval, puis nous irons le préparer ensemble pour partir en balade, proposa joyeusement Liam, et Sofia regarda sa mère avant d'autoriser le jeune homme à lui prendre la main pour la conduire à l'écurie. Je te présente Rose, lui dit-il en s'approchant d'une vieille jument très douce. Normalement, plus personne ne monte sur elle parce qu'elle est trop âgée, mais je parie qu'elle aimerait t'emmener faire un tour, dit-il en soulevant Sofia dans ses bras pour qu'elle puisse voir la jument par-dessus la porte de la stalle.

Sofia était toute légère dans ses bras et elle rit lorsque Rose souffla doucement par ses naseaux.

— Elle m'a soufflé dans la tête, dit-elle en riant de nouveau.

— Tu veux lui donner une friandise ? demanda Liam avant de la reposer soigneusement à terre pour attraper une carotte dans le seau accroché au mur à côté.

Il la lui tendit avant de la soulever à nouveau.

— Pose-la bien à plat dans ta main et elle va la prendre.

Sofia fit ce qu'il lui dit et se mit de nouveau à rire lorsque Rose prit la carotte en léchant sa minuscule petite main au passage.

— Alors, tu t'entends bien avec Rose ? demanda Troy en les rejoignant, et Liam se retourna pour donner Sofia à son père.

— Je vais chercher sa selle, dit-il en s'éloignant vers la sellerie.

Lorsqu'il revint, Troy tenait toujours Sofia dans ses bras.

— Gentil cheval, dit-elle en lui caressant maladroitement le museau, et Liam sourit tendrement devant l'expression heureuse de Troy.

— Très gentille, répéta-t-il amusé en la caressant à son tour.

Liam resta en retrait pour les laisser partager cet instant, et Jeanie apparut silencieusement derrière son épaule. Aucun d'eux ne parla et ils observèrent ensemble le père et la fille sans oser briser le charme.

Après quelques minutes, Jeanie indiqua la sellerie de la tête sans un mot et ils se réfugièrent dans la pièce. Liam ne savait pas quoi dire, il tripota nerveusement la selle entre ses mains sans oser la regarder dans les yeux.

— Je sais que ce n'est pas facile pour vous non plus, dit doucement Jeanie. Je ne sais pas trop quoi vous dire ni par où commencer, c'est une drôle de situation.

— Sofia a l'air adorable, tenta timidement Liam.

Il se sentait incroyablement stupide, mais Jeanie sourit.

— Ne soyez pas gêné. Vous deviez être curieux de savoir à quoi je ressemblais. Dieu sait que j'étais curieuse de *vous* rencontrer. Je dois admettre que je ne m'attendais pas à ce que vous soyez si jeune.

Elle sourit à nouveau.

— Et oui, Sofia est adorable, mais son Papa lui a beaucoup manqué.

Le rire de Sofia leur parvint, suivi de celui de Troy, et le sourire de Jeanie s'élargit.

— C'est bon de les entendre rire tous les deux.

— Vous avez encore des sentiments pour lui ? demanda Liam que la réponse effrayait.

— Bien sûr, j'en aurais toujours. Mais je crois qu'il y a bien longtemps qu'ils ne sont plus de nature romantique. Nous allons essayer de nous ajuster et de rester amis, pour Sofia. Elle mérite deux parents qui l'aiment.

— Troy a beaucoup souffert d'être séparé d'elle, déclara Liam dans un soupir, toujours rongé par la peur qu'il reparte à Washington afin de rester avec sa petite Sofia.

Il ne pourrait pas le lui reprocher, mais son cœur se briserait sans doute en mille morceaux. De petits pas rapides près de la porte interrompirent leur conversation.

— Je peux monter sur le cheval maintenant ? demanda Sofia en ouvrant grand la porte de la sellerie et en regardant Liam les yeux plein d'espoir.

— Bien sûr. Tu veux voir comment on lui met sa selle ? demanda-t-il, et Sofia hocha la tête.

Liam sortit de la sellerie et Sofia le suivit. Il passa un licol à Rose et l'amena devant la grange.

— Ton papa va tenir les rênes pendant que je retourne chercher la selle, et tu pourras regarder comment je fais, d'accord ?

Il remit les rênes à Troy et alla récupérer la couverture et la selle. Une fois revenu, il expliqua patiemment chacun de ses gestes à Sofia tout

146

en préparant Rose. Il reprit ensuite les rênes des mains de Troy pour lui permettre de soulever sa fille et de la placer sur la selle.

— Accroche-toi à sa crinière, ça ne lui fait pas mal, dit Liam avant de diriger lentement Rose vers la cour.

Sofia cria et se mit à rire. Puis elle se lança dans une grande discussion avec Rose, lui disant qu'elle était un bon cheval.

Peu de temps après, Wally revint et Troy lui présenta Jeanie en laissant Liam promener Sofia et Rose autour de la cour.

— Tu descends maintenant ma puce ? demanda Jeanie après presqu'une heure de promenade, mais Sofia secoua obstinément sa tête et ses tresses blondes. Si tu restes trop longtemps sur Rose, elle sera trop fatiguée pour te faire faire un autre tour plus tard.

Sofia céda devant la logique indiscutable de sa Maman et Troy l'aida à descendre de la jument. Liam ramena Rose dans sa stalle et la dessella en lui caressant énergiquement l'encolure pour la féliciter.

— Tu veux voir les autres animaux ? demanda-t-il ensuite à Sofia en rejoignant tout le monde dans la cour.

La petite fille hocha vigoureusement la tête.

— D'accord, mais tu devrais laisser Papa te porter.

Liam les conduisit alors jusqu'aux enclos derrière la maison. Il entendit Jeanie et Sofia retenir leur souffle en apercevant les félins.

— Qu'est-ce qu'ils font là ? demanda Jeanie en prenant bien soin de rester à l'écart.

— Wally est vétérinaire, il a ouvert un refuge pour les animaux dans des situations un peu particulières, expliqua Liam. Mon travail consiste à m'assurer qu'ils ne manquent jamais de rien.

Il se rapprocha de l'enceinte du lion.

— Ça, c'est Manny. Tu veux lui dire bonjour ?

Le lion s'étira et bâilla, se léchant les babines avant de leur adresser un regard ennuyé comme seuls les félins en avaient le secret. Puis il leur tourna le dos et se dirigea de l'autre côté de l'enclos avant de se recoucher.

— Manny est un lion. Et elle là-bas, c'est Shahrazad, une tigresse du Bengale.

Elle grogna et feula farouchement. Sofia ferma très fort les yeux et enfouit son petit visage dans le cou de son père. Manny saisit l'occasion pour affirmer sa virilité et rugit en direction de la tigresse, avant de reprendre paresseusement sa place au soleil.

— Est-ce qu'il va encore crier ? demanda Sofia inquiète.

— Non, une fois suffit, expliqua Troy et ils reculèrent.

— Et les cages-là ? demanda-t-elle en indiquant une autre série de cages et d'enclos quelques mètres plus loin.

— Elles sont vides pour le moment, expliqua Liam. Wally les a construites au cas où d'autres animaux en auraient besoin. Et si nous rentrions un peu à la maison après toutes ces émotions, qu'en dis-tu ?

Ils repartirent vers la maison, mais Sofia n'avait pas l'air d'avoir envie de se reposer.

— Il y a encore des animaux ?

— Des petits chiens et du bétail. Les chiens joueront sans doute avec toi, mais les bœufs et les moutons ne sont pas très rigolos, lui glissa-t-il sur le ton de la confidence avec un clin d'œil.

Sofia éclata de rire. Liam se sentait déjà beaucoup plus à l'aise en présence de la fille et de l'ex-femme de Troy.

— Vous voulez entrer un moment ? les invita-t-il en tenant la porte ouverte.

Benjamin, un des petits chiens, en profita pour se faufiler à l'intérieur et courir dans les jambes de Sofia. Elle s'assit par terre et le petit beagle la couvrit aussitôt de léchouilles, au grand bonheur de la petite fille.

— Le déjeuner sera prêt dans une demi-heure, déclara Wally en passant la tête par l'embrasure de la porte de la cuisine. J'espère que Sofia et vous resterez manger avec nous, ajouta-t-il avec un sourire en direction de Jeanie.

Ils s'installèrent ensuite dans le salon pendant que Sofia jouait avec Benjamin.

— Dites-moi Liam, commença Jeanie. C'est un accent texan que j'ai cru entendre ?

— Oui, j'ai grandi sur un ranch dans l'ouest du Texas avec mon père.

Par respect pour les petites oreilles de Sofia, il n'ajouta rien au sujet de son père.

— Ma mère est partie lorsque j'avais dix ans.

— Tu n'as plus de maman ? demanda Sofia qui les écoutait attentivement.

Liam se retourna vers la petite fille.

— Non, répondit-il simplement. Mais je ne suis plus triste tu sais, c'était il y a longtemps, ajouta-t-il en voyant l'expression de grande tristesse sur son visage.

Sofia regarda sa propre mère pendant quelques instants, jusqu'à ce que Benjamin capture son attention avec un grand coup de langue.

Troy attrapa tendrement la main de Liam pour lui rappeler qu'il n'était pas seul. Liam n'osa pas le regarder, de peur de ne pas pouvoir réprimer ses émotions. Il n'arrivait pas à croire que Troy lui manifestait déjà son affection si ouvertement devant Jeanie et Sofia. Il finit malgré tout par craquer et lui glissa un petit sourire et un regard en coin, avant de se tourner vers Jeanie.

— Et vous Jeanie, que faites-vous dans la vie ?

— Je suis décoratrice d'intérieur. Lorsque Troy et moi vivions ensemble, je travaillais à temps partiel, mais dernièrement, j'ai repris une activité à temps plein. J'aime beaucoup mon métier.

— Ce n'est pas trop compliqué avec Sofia ? demanda-t-il parce qu'il pouvait presque lire la question sur le visage de Troy.

— Je travaille essentiellement à domicile, et ma petite Sofia est une excellente assistante. Elle a très bon goût, elle vient souvent choisir la décoration avec moi, dit Jeannie l'air heureux.

Wally se joignit à eux le temps que le repas finisse de cuire dans le four, puis il se leva pour mettre la table et quelques minutes plus tard, il appela tout le monde pour le déjeuner. La cuisine était un peu encombrée, surtout lorsqu'il amena Jefferson dans son fauteuil roulant. Sofia regarda le vieil homme avec des grands yeux curieux pendant tout le repas.

— Tu t'es fait mal ? demanda-t-elle enfin, sa curiosité l'emportant.

— Non, répondit Jefferson. Je suis très vieux, c'est tout.

Sofia descendit de sa chaise et se rapprocha de lui.

— Qu'est-ce qu'elles ont tes jambes ?

— Sofia ! la coupa sa mère. C'est impoli de poser ce genre de question.

— Elles ont cessé de fonctionner depuis un bon moment. Mais maintenant, j'ai des roues. Si tu manges tout ce que tu as dans ton assiette, je te ferai faire un tour.

Jefferson sourit et Sofia se dépêcha de finir de manger.

— Ton contact au Département de l'Intérieur t'a rappelé ? demanda Wally à Troy.

— Pas encore. Tu as eu le temps de parler aux ranchs voisins ?

Wally hocha la tête.

— Notre voisin Milford a vu des loups sur sa propriété il y a un petit moment. Il est prêt à monter un dossier, surtout si c'est pour mettre des bâtons dans les roues de cette société minière.

— Si on mange comme ça tous les jours, les interrompit Jeanie en se laissant aller contre sa chaise, moi aussi je vais venir m'installer ici.

Wally éclata de rire.

— Je suis sûr que la décoration rustique finirait par vous rendre folle.

Jeanie fit une grimace et tout le monde se mit à rire.

Une fois le déjeuner terminé, Liam aida à nettoyer. Le grand évènement de l'après-midi fut lorsque Sofia s'assit sur les genoux de Jefferson et que Wally les poussa le plus vite possible autour de la maison. Le téléphone sonna et Liam, qui était juste à côté, décrocha.

— Puis-je parler à Liam s'il vous plaît ?

— C'est lui-même, répondit-il, ne reconnaissant pas immédiatement la voix à l'autre bout du fil.

— Bonjour Liam, c'est John Fabian.

— Oh oui ! L'avocat ! s'exclama-t-il en se remémorant leur conversation quelques jours plus tôt.

— J'aurais besoin de vous rencontrer, de préférence dans un endroit privé.

L'estomac de Liam se serra. Le merveilleux repas qu'il venait de prendre semblait bien lourd tout à coup.

— Juste une minute, répondit Liam et il recouvrit le téléphone de sa main. Est-ce que je peux prendre cet appel dans le bureau de Dakota ? demanda-t-il à Wally qui se tenait près de lui.

— Bien sûr. Est-ce que tout va bien ?

La préoccupation contenue dans sa voix dut attirer l'attention de Troy parce qu'il les rejoignit.

— Je ne sais pas, c'est l'avocat, répondit Liam.

—Vas-y, le bureau est ouvert. Je raccrocherai ici lorsque tu seras prêt, dit Wally en prenant le combiné.

Liam se dirigea vers le couloir et entra dans le bureau vide, refermant la porte derrière lui. Il décrocha le téléphone, indiqua à Wally qu'il était prêt et entendit le clic lorsqu'il raccrocha.

— Monsieur Fabian ? Je suis là.

— Bien, je vais aller droit au but Liam. J'ai pu faire de plus amples recherches et c'est bien ce que nous craignions. J'ai appelé un collègue que je connais depuis la fac de droit et qui est avocat au Texas. Je vais vous expliquer les options qui s'offrent à vous.

Quelqu'un frappa à la porte et le visage de Troy apparut dans l'embrasure. Liam lui fit silencieusement signe d'entrer tout en écoutant les explications de l'avocat. Troy se posta derrière lui et posa ses grandes mains rassurantes sur ses épaules. Liam ne comprit pas tout ce que lui disait John, mais après avoir posé quelques questions, il comprit que la moindre once d'amour qu'il ressentait encore pour son père venait de disparaitre.

— Vous êtes sûr de vouloir faire ça Liam ? demanda l'avocat.

— Oui, répondit-il froidement. Faites le nécessaire.

Il sentit les mains de Troy glisser le long de ses bras pour le rassurer, et il se mit à trembler. De chagrin ou de colère, il n'en était pas certain, sans doute un peu des deux.

— Je veux qu'il sorte de ma vie, ajouta le jeune homme déterminé.

— Très bien, je m'en occupe. Vous savez ce qu'il vous reste à faire, surtout assurez-vous d'avoir un témoin, le prévint l'avocat et Liam acquiesça. Je vous rappellerai quand j'aurais une date et vous pourrez venir pour signer tous les papiers.

— Merci, répondit-il avant de raccrocher le téléphone, l'air hébété.

— J'imagine que ce n'était pas de bonnes nouvelles, dit doucement Troy.

— Ça dépend comment on regarde les choses, répondit-il écrasé par la tristesse. J'ai un dernier appel à passer et j'en aurai fini.

Il décrocha le téléphone et composa le numéro de téléphone portable qu'il connaissait par cœur.

— Papa, c'est Liam.

— Tu as signé les papiers ? demanda son père de but en blanc.

— Je veux te voir. Au ranch, ce soir à dix-huit heures, et tu pourras les récupérer. Après ça papa, je ne veux plus jamais revoir ta seule gueule, tu m'entends ? demanda-t-il, la voix tremblante de rage. Je ne veux plus jamais te voir sur ce ranch, et je ne veux plus jamais te voir dans cette ville, c'est compris ?

Liam ne laissa pas à son père la possibilité de répondre.

— Je te revois à dix-huit heures et ce sera la dernière fois de ma vie.

Il raccrocha le téléphone et poussa un long soupir, fermant les yeux pour contenir les larmes qui menaçaient de s'échapper. Il refusait de verser la moindre larme pour ce salaud.

— Ça va aller ? murmura Troy en le serrant contre lui. Je sais que c'est difficile. C'est peut-être un salaud, mais c'est toujours ton père, tu as le droit de faire ton deuil.

Liam posa la tête sur son épaule et ne dit rien, se laissant simplement consoler pendant un moment.

— Je vais bien, dit-il finalement avant de s'éloigner de la chaleur de Troy qui lui manqua immédiatement. Retournons voir Jeanie et Sofia.

— Ne t'inquiète pas pour elles. Sofia et Jefferson ont joué à la balle ensemble, et la dernière fois que je les ai vus, ils regardaient un match de baseball et il lui expliquait les règles du jeu, dit Troy en le serrant plus fort contre lui. Le plus important pour l'instant, c'est toi.

Liam retint son souffle.

— Je vais t'expliquer ce que m'a conseillé l'avocat, mais j'ai besoin de quelques minutes pour tout mettre en ordre dans ma tête. Et il faut aussi que je parle à Wally.

— Tu lui as donné rendez-vous ici à dix-huit heures, répéta Troy, juste pour être sûr.

— Oui. Et l'avocat va lui organiser une réception intéressante. Il nous reste du temps, allons retrouver ta famille et lorsqu'elles seront parties, je t'expliquerais tout.

Troy n'avait pas l'air tout à fait convaincu.

— Fais-moi confiance. Ça pourrait s'avérer très divertissant.

— C'est en ton père que je n'ai pas confiance, chuchota Troy à l'oreille de Liam qui frissonna. Je ne supporte pas l'idée qu'il puisse encore te faire du mal.

Liam aimait être aussi près de Troy. Il se sentait en sécurité dans ses bras et il aurait voulu ne jamais avoir à quitter cette pièce, mais il y avait des gens qui les attendaient, et beaucoup de choses à préparer.

— Allez, va passer un peu de temps avec ta fille, dit-il alors que Troy embrassait son oreille.

— Ne t'imagine pas que je n'ai pas vu ton petit manège, dit Troy d'une voix tendre. Tu fais tout pour me laisser seul avec elle. Et moi qui croyais ne pas pouvoir t'aimer davantage…

Liam se retourna dans ses bras.

— Vous avez besoin de retrouver vos marques ensemble.

— Et grâce à toi, nous sommes en très bonne voie.

Troy le mordilla dans le cou et se redressa. Il alla ouvrir la porte et tomba sur Sofia et Benjamin qui couraient dans le couloir. Il adressa à Liam un dernier petit sourire et sortit de la pièce.

Le jeune homme se laissa retomber contre le fauteuil en ressassant tout ce que l'avocat lui avait dit. Il savait ce qu'il devait faire. En regardant autour de lui dans le bureau, il trouva un annuaire téléphonique et commença à le feuilleter, s'arrêtant à la page qu'il recherchait avant de relever le numéro. Wally toqua doucement et entra dans la pièce.

— Tout va bien ? Troy m'a dit que tu voulais me parler.

Il referma la porte derrière lui et se rapprocha du bureau.

— Je ne sais pas quoi faire, dit-il en regardant le numéro de téléphone. Je suis en train de comprendre qu'une fois que j'aurais fait ça, je ne pourrais plus revenir en arrière.

Liam releva les yeux et vit que Wally regardait la page à laquelle l'annuaire était ouvert.

— Ne le fais pas par vengeance, fais-le parce que c'est la bonne chose à faire, tout simplement, le conseilla-t-il.

Retenant son souffle, Liam prit le téléphone et composa le numéro.

LE RESTE de l'après-midi se déroula de manière agréable. Liam se tint à l'écart, préoccupé par ce qui allait se passer. Sofia demanda à faire un autre tour sur Rose et Liam la sella, mais laissa Troy l'emmener dans la cour cette fois, retournant à son travail. En entendant le rire de Troy pendant qu'il nettoyait la grange, Liam se dit que toute ces épreuves, toute la souffrance qu'il avait traversée en valaient la peine. Il quitta la grange pour aller voir les félins et s'assurer qu'ils avaient de l'eau. En arrivant aux premiers enclos, il entendit des pas derrière lui. Il s'attendait à voir Wally mais fut surpris de trouver Jeanie.

— Est-ce qu'ils vont bien ? demanda-t-elle en s'arrêtant à bonne distance des enclos.

— Ils vont bien. Il fait chaud, alors ils passent le plus clair de leur temps à paresser au soleil, expliqua-t-il en remplissant l'abreuvoir de Manny.

— Troy vous aime, lâcha brusquement Jeanie, une pointe de douleur dans la voix. Je ne vais pas vous mentir, en venant ici j'avais espéré qu'il aurait changé d'avis.

— Vous êtes venue pour le récupérer ? demanda Liam très prudemment.

Jeanie haussa les épaules un peu tristement.

— Je ne pense pas non. Au fond de moi, je savais que c'était vraiment fini. Je gardais cet espoir stupide et irrationnel parce que s'il changeait d'avis et qu'il revenait, cela voulait dire que je n'avais rien fait de mal.

— Vous n'avez rien fait de mal, dit Liam en enroulant le tuyau d'arrosage. Troy n'est pas devenu gay parce que vous ne le satisfaisiez pas Jeanie, c'est simplement qui il est. Je suis désolé qu'il vous ait menti, mais il se mentait également à lui-même et ça le rongeait. Il commence seulement à se défaire de toute la culpabilité et toute la honte qu'il a accumulées pendant toutes ces années.

— Vous l'aimez vraiment, n'est-ce pas ? demanda-t-elle, mais elle leva aussitôt une main pour l'empêcher de répondre. Vous n'avez pas à répondre à cette question. Je le vois dans vos yeux quand vous le regardez. Et dans les siens lorsque vous êtes près de lui. Il est heureux, plus heureux que je ne l'ai jamais vu.

— Et vous Jeanie, vous êtes heureuse ? demanda Liam.

— Pas tout à fait, mais je le serai. En épousant Troy, je croyais que lui et moi, ce serait pour la vie, il va me falloir du temps pour guérir de cette notion.

— Si ça peut vous consoler, je pense qu'il ressentait la même chose. Comprendre qu'il était gay lui a fait autant de mal qu'à vous, peut-être même plus, parce qu'il se haïssait et qu'il a passé des années à cacher cette part de lui pour préserver votre amour.

Jeanie sourit.

— Vous savez, pour quelqu'un d'aussi jeune, vous êtes incroyablement lucide.

Liam haussa les épaules, c'était un compliment comme un autre.

— Liam, appela Wally de la porte arrière. Tu peux préparer les deux nouveaux enclos pour demain après-midi ?

Le jeune homme tourna la tête vers les emplacements libres et acquiesça. Il n'y avait pas beaucoup à faire.

— Le service de contrôle des animaux a appelé. Ils ont trouvé quatre lions dans une maison à Cheyenne. Le type les gardait comme animaux de compagnie. Ils sont encore jeunes, mais le service a dit qu'ils étaient manifestement sous-alimentés et pas dans leur meilleure forme. Ils les amèneront ici demain.

— Pas de problème, dit Liam.

— Merci, dit Wally avant de refermer la porte.

Liam contourna la maison et aperçut Troy qui était en train d'aider Sofia à descendre de Rose. Il regarda la petite fille passer ses bras autour du cou de son père et sentit son cœur se serrer. Il aurait voulu être assez près pour entendre ce qu'ils se disaient, mais à en juger par la joie sur le visage de Troy et la manière dont il étreignit sa fille, tout avait l'air de très bien se passer entre eux. Il attendit que Troy la repose avant de s'approcher.

— Je vais ramener Sofia en ville, dit Jeanie en s'approchant. Nous reviendrons demain avec sa valise, comme ça elle pourra rester avec toi pendant quelques jours avant notre vol de retour.

— Qu'est-ce que tu vas faire pendant ce temps-là ? demanda Troy, inquiet.

Jeanie se mit à rire.

— Probablement passer deux jours entiers au lit à ne rien faire à part lire et me prélasser au bord de la piscine.

Liam ne prêta pas attention au reste de la conversation. Troy était heureux et c'était tout ce qui comptait. Pour la deuxième fois de la journée, il dessella Rose, puis il l'amena dans un paddock vide pour qu'elle puisse brouter un peu. Elle l'avait amplement mérité. Lorsqu'il revint, il était temps de dire au revoir à Jeanie et à Sofia. Après leur départ, et sans rien pour occuper son esprit, l'angoisse de Liam s'abattit sur lui. Son père n'allait plus tarder.

— Rien ne t'oblige à faire quoi que ce soit, dit Troy en s'approchant. Tu peux demander à Wally de s'en charger, si tu veux je peux même m'en occuper moi, mais tu n'es pas obligé d'être présent Liam.

— Si. Je dois lui faire face et lui tenir tête, d'homme à homme. C'est le seul moyen pour moi de tourner complètement la page et de le rayer de ma vie.

— Comme tu voudras. Mais n'oublie pas que nous sommes à tes côtés. Tu n'as pas à l'affronter tout seul.

Liam savait que c'était vrai. Wally et Troy l'avaient sans doute plus soutenu durant ces dernières semaines que son père ne l'avait fait durant toute son enfance.

— Va te préparer, je t'attends ici.

Liam hocha la tête et se dirigea vers la maison. Il essaya de se détendre, mais il savait qu'il ne serait pas tranquille tant que toute cette histoire ne serait pas terminée. Il rassembla des vêtements propres, entra dans la salle de bain et se glissa sous le jet de la douche. Il ferma les yeux et repoussa toutes ses pensées sauf celles de Troy. Il ne le connaissait pas depuis longtemps, mais Troy était devenu aussi essentiel à sa vie que l'air qu'il respirait. Faisant courir ses mains sur sa peau, il laissa son esprit se concentrer sur son amant, et il sentit le stress reculer peu à peu. Il coupa l'eau et sortit pour se sécher en se demandant s'il parviendrait à convaincre

Troy de rester ce soir. Il y avait tant de fantasmes qu'il voulait réaliser, faire l'amour dans la douche était sans conteste dans le top 10. Il enfila ses plus beaux habits, vérifia l'heure, et en constatant qu'il était presque dix-huit heures, il sortit de la maison.

Troy et Wally n'étaient pas là, mais il savait qu'ils n'étaient pas loin. Le pick-up de son père tourna dans l'allée et Liam se tendit.

— Où sont mes papiers, commença son père avant même de sortir de son véhicule.

— Dans le bureau de mon avocat. Et un autre avocat au Texas en a une copie.

Son père s'avança d'un pas menaçant, mais Liam ne cilla pas.

— J'ai besoin de ces papiers signés pour vendre le ranch !

— Tu veux dire *mon* ranch. Et oui papa, je sais tout à propos de la tutelle et de mon héritage. Ne t'inquiète pas, je compte bien vendre le ranch, mais tu n'en tireras aucun bénéfice.

Son père se mit à rire.

— C'est moi le tuteur, et tu ne peux rien faire avant tes vingt-cinq ans, gamin.

— Plus maintenant, répondit Liam. Mon avocat au Texas a obtenu que tu sois démis de ton titre de tuteur pour mauvaise conduite. Quelqu'un de neutre a été nommé à ta place. Le ranch sera vendu et tu seras expulsé. À l'heure où nous parlons, des huissiers sont venus chercher tes affaires. Je ne sais pas ce que mon avocat a prévu d'en faire, un immense feu de joie j'espère. Plus rien ne t'appartient. C'est la dernière fois que tu me fais du mal, espèce de connard sans cœur.

Liam ne vit pas le poing arriver. Il s'écroula sur le sol, un filet de sang s'échappant de sa lèvre fendue.

— Tu n'es qu'une sale petite merde ! Ce ranch est à moi !

— C'est toi qui as ouvert toutes les portes l'autre nuit, pas vrai ?

— Évidemment que c'était moi ! Toi et ta bande de tapettes, je vous ai foutu une bonne trouille, hein ? Regarde-toi, par terre sur le cul, tu ne sais faire que ça ! Maintenant tu vas me suivre et tu vas signer ces putains de papiers !

Son père se dirigea vers lui, mais Liam se redressa d'un bond et le fixa sans reculer.

— C'est hors de question. J'en ai fini avec toi.

— Je crois que vous l'avez entendu, cria une voix depuis la grange. Je vous interdis de relever la main sur ce jeune homme.

156

Le père de Liam pâlit subitement. Liam se retourna vers la grange et vit le shérif avec son arme à la main, pointée sur son père, un de ses adjoints debout à côté de lui, la main sur son arme. Le shérif s'approcha et Liam alla se réfugier dans les bras de Troy qui attendait juste derrière eux.

— Jeune homme, vous nous avez permis de recueillir suffisamment d'aveux pour mettre cette ordure derrière les barreaux.

Le shérif passa les menottes à son père.

— Nous prenons le vol de bétail très au sérieux par ici, ajouta-t-il en serrant sans doute les menottes plus que de raison. Et j'ai aussi reçu un mandat de l'État du Texas. Il semble qu'ils veulent vous parler d'une tentative de fraude sur la tutelle de votre fils.

L'adjoint rangea son arme et traîna le père de Liam jusqu'à la voiture du shérif garée à quelques mètres. Liam ne l'avait même pas remarquée. L'adjoint poussa son père à l'intérieur du véhicule alors qu'il commençait à l'injurier et à se débattre.

— Si vous continuez à lutter, je vais vous coller un coup de taser et vous ne vous réveillerez qu'au milieu de la semaine prochaine !

Son père cessa de se gigoter dans tous le sens, mais le flot d'obscénités se poursuivit jusqu'à ce que la porte se referme. Même à travers la vitre, Liam pouvait voir que son père continuait sa tirade.

— Je vais le mettre au chaud dans une cellule en attendant que la police du Texas décide ce qu'elle veut faire de lui, dit le shérif avant de se retourner vers Liam. Vous allez bien ? Nous pouvons appeler une ambulance si vous en avez besoin.

— Non, répondit-il en agitant sa mâchoire de droite et de gauche. Il a fait bien pire. Je vais bien.

— Nous viendrons tous donner nos dépositions demain au poste, dit Wally au shérif. Je veux être sûr que cette ordure aille en prison.

— Il ira, Wally. Ne vous inquiétez pas à ce sujet.

Le shérif serra toutes les mains avant de remonter dans sa voiture, et ils reprirent la direction de la ville.

— J'ai eu mon lot d'excitation pour les dix prochaines années, soupira Wally en regardant Troy. Et toi, tu restes dîner, ajouta-t-il chaleureusement.

— S'il te plaît, appuya Liam timidement, comme si c'était nécessaire.

— Par contre, c'est à ton tour de préparer le repas, déclara Wally avec un clin d'œil avant de rentrer dans la maison.

— Viens, dit Troy en prenant Liam par la main. Nous allons soigner ta lèvre.

— Je vais bien, insista Liam.

Il allait même plus que bien. Il avait tenu tête à son père et il avait gagné.

— J'ai l'impression d'avoir exorcisé un démon, dit-il en souriant, puis il grimaça aussitôt en portant une main à sa bouche.

— C'est un peu ça, acquiesça Troy en l'emmenant jusque dans la salle de bain.

Il humidifia un gant de toilette et essuya gentiment le sang du visage de Liam.

— Ça va piquer un peu, attention.

— Aïe ! sursauta Liam lorsque le gant toucha sa lèvre enflée. Tu veux toujours rester ? demanda-t-il après un long silence.

Il voulait être sûr, surtout après avoir vu Troy avec sa fille. Ce dernier s'immobilisa et le regarda droit dans les yeux.

— Je veux toujours rester, confirma-t-il. Je me plais ici.

Il finit de désinfecter sa lèvre et rinça le gant.

— Je ne t'en voudrais pas si tu décidais de rentrer avec Sofia, insista Liam en baissant les yeux.

Après quelques secondes, il sentit des doigts relever son menton.

— Sofia viendra ici pour les vacances et *nous* irons lui rendre visite également.

— Nous ? demanda Liam avec espoir.

— Oui, *nous*.

Troy avait l'air si sérieux, Liam sentit tous ces doutes fondre comme neige au soleil.

— Je dois encore arranger les détails, mas je suis sûr que Sofia ne sera pas difficile à convaincre. Nous enverrons Benjamin pour lui proposer, plaisanta Troy en rapprochant son visage de celui de Liam.

Le jeune homme ferma les yeux et sentit Troy déposer de légers petits baisers prudents tout autour de sa bouche meurtrie.

— Je t'aime, dit doucement Troy.

— Je t'aime aussi, répondit-il avant d'embrasser Troy plus fortement, sans se soucier de la douleur.

Un coup sur la porte les fit sursauter.

— Je ne sais pas ce que vous faites là-dedans, mais vous avez intérêt à finir rapidement. Le dîner est prêt, annonça Wally amusé.

Liam soupira et se leva à contre cœur pour ouvrir la porte. Une odeur divine emplissait déjà la maison et ils la suivirent jusqu'à la cuisine.

— Puisque vous étiez occupés, j'ai préparé le dîner, dit Wally sur un ton sarcastique en sortant un plat du four.

— La prochaine fois, c'est nous, promis. Nous retournerons chercher du poisson frais, dit Troy en prenant une chaise. Mais puisque j'ai Sofia à partir de demain, que diriez-vous si je vous emmenais tous au restaurant pour le dîner ?

— Marché conclu, répondit Wally en posant le plat au milieu de la table avant d'aller chercher Jefferson dans le salon.

Ils mangèrent en discutant avec animation et en riant. Liam se sentait plus serein qu'il l'avait jamais été. Plus de violence, plus de haine, c'était enfin terminé. Troy toucha légèrement sa jambe sous la table et il le regarda en souriant.

— Toujours pas de nouvelle du Département de l'Intérieur ? demanda Wally.

— Non, répondit Troy. Mais je ne suis pas inquiet, ces choses-là prennent du temps. Je faxerai les informations transmises par Monsieur Milford après le dîner. Si nous n'avons pas de nouvelles d'ici une semaine, je les recontacterais.

Wally hocha la tête et ils changèrent rapidement de sujet.

À la fin du repas, Troy aida Wally à débarrasser, et Liam sortit s'occuper des félins pour la nuit.

Troy le rejoignit dehors et s'approcha de lui avec dans le regard une lueur prédatrice. Il l'attrapa par ses passants de ceinture et lui donna un baiser à couper le souffle.

— Tu sais, murmura Troy en reculant pour respirer, j'ai toujours eu le fantasme de le faire dans la paille…

Liam éclata de rire.

— Tu te rends compte que dans la vraie vie, le foin ça gratte terriblement et ça se faufile partout ?

Il l'embrassa à son tour.

— En revanche, je te propose le fantasme beaucoup plus réalisable de la douche…

À ces mots, Troy le tira sans attendre vers la maison et le rire de Liam redoubla d'intensité.

Heureusement, ils avaient tout le temps du monde pour réaliser leurs longues listes de fantasmes.

ÉPILOGUE

— Tu vas vraiment emménager là-bas ? demanda Kevin. Tu sais ce que c'est l'hiver dans le Wyoming ? Tu te rends compte que tu vas avoir de la neige jusqu'aux genoux et que tu vas te geler le cul comme jamais ?

Troy se mit à rire.

— Ne m'en parle pas ! Ce matin en ouvrant les volets, j'ai découvert une couche de neige d'une bonne dizaine de centimètres. Et nous ne sommes qu'au mois de novembre. Heureusement, j'ai Liam pour me tenir chaud.

Le jeune homme avait fait bien plus que lui tenir chaud la nuit dernière, mais il ne pouvait décemment pas raconter ça à son frère.

— Épargne-moi les détails, répondit Kevin avec un petit rictus malicieux à l'autre bout du fil.

Puis il ajouta, plus sérieusement :

— Tu as l'air heureux. Il y a longtemps que je ne t'ai pas entendu aussi enjoué. Dis-moi, ce n'est pas que je n'apprécie pas d'échanger des banalités avec mon frère préféré, mais je t'appelais pour une raison bien particulière. Qu'est-ce que tu as décidé pour la cabane de chasse d'oncle Max ?

— Je pense que nous devrions la vendre. Liam et moi allons emménager ensemble. Je lui ai proposé hier et il a été… très enthousiaste.

Il se tortilla sur son siège en remerciant le ciel que son frère ne puisse pas le voir rougir comme un adolescent.

— Mais je ne veux pas la vendre à n'importe qui.

— Je te laisse gérer, je te fais confiance.

Le cœur de Troy se serra. Kevin et lui n'avaient plus eu cette relation de confiance depuis tellement longtemps, il n'avait même pas réalisé à quel point cela lui manquait.

— Appelle-moi quand tu auras du nouveau.

— Promis, répondis Troy, puis ils se dirent au revoir et raccrochèrent.

Troy regarda autour de lui dans la cabane maintenant vide et ramassa le dernier carton contenant ses affaires pour l'emporter jusqu'à son pick-up. Wally lui avait donné un endroit pour stocker ses affaires jusqu'à ce que

Liam et lui trouvent un endroit où habiter. Il lui avait conseillé de vider les lieux avant que la neige ne rende l'accès à la cabane impossible.

Troy ferma et verrouilla la porte puis, après un dernier regard sur la clairière, il grimpa dans le pick-up et retourna au ranch.

— Ça y est ? C'est la dernière ? demanda Liam excité en lui sautant dessus dès sa sortie du pick-up.

— Oui.

— Je crois que je nous ai trouvé la maison parfaite ! ajouta Liam à toute vitesse. Une petite maison pas très loin du ranch, nous pourrons venir voir Wally et Dakota quand nous le voudrons !

Troy sourit avec indulgence, Liam était monté sur ressort. Il savait ce que cela représentait pour le jeune homme d'avoir son propre chez-soi.

— Ça m'a l'air parfait, peut-on aller la visiter demain ? demanda Troy en l'embrassant amoureusement, incapable de résister à son enthousiasme. Où sont les autres ? ajouta-t-il d'un air curieux en regardant autour de lui.

— À la mairie, tu te souviens ? C'est aujourd'hui que le Conseil doit prendre sa décision. Après tous ces mois de combat, je n'arrive pas à croire que nous allons enfin en finir avec toute cette histoire.

— Ne t'emballe pas, les sociétés minières sont tenaces, surtout lorsqu'elles pensent avoir flairé un moyen de se faire de l'argent, le prévint Troy en déchargeant son dernier carton.

Lorsqu'ils rentrèrent dans la maison, le téléphone sonnait. Liam décrocha. Il écouta attentivement l'autre personne au bout du fil, puis répondit :

— Eh bien, c'était du rapide. Alors à tout de suite.

Il raccrocha.

— C'était Wally, ils arrivent. Il n'a pas voulu m'en dire trop, mais il avait l'air très bonne humeur. Il nous racontera tout en rentrant.

Il ne fallut pas longtemps avant que des bruits de pas sur le porche annoncent leur arrivée. Wally entra, suivi de Dakota, Phillip et Haven. Ils arboraient tous un sourire jusqu'aux oreilles.

— Nous avons réussi ! annonça joyeusement Dakota. Ils ont abandonné. Il faut que j'aille le dire à mon père. Wally, ouvre-nous une bouteille de quelque chose, nous allons fêter ça !

Dakota s'engouffra dans le couloir et Wally alla chercher une bouteille de champagne dans la cuisine. Lorsque Dakota revint en poussant le fauteuil roulant de son père, Wally fit sauter le bouchon et servit tout le monde.

— À Troy, dit Dakota en levant son verre, pour avoir mis le Département de l'Intérieur de notre côté.

— Cette nouvelle étude d'impact environnemental les a achevés, acquiesça Troy avec un petit sourire diabolique.

— J'imagine que ça a été la goutte d'eau de trop, ajouta Dakota, fier de son jeu de mot. J'ai parlé à l'un des membres du Conseil ; sans l'implication de Washington, nous aurions eu très peu de chance d'avoir gain de cause. Même si la plupart des habitants étaient contre l'implantation de la mine, le Conseil n'aurait pas pu refuser la création d'emplois que ça entrainait. Mais maintenant, ils n'ont plus le choix.

— Je suis content d'avoir pu aider, sourit Troy.

— Tu as fait plus qu'aider, tu es la clef de toute cette affaire, insista Dakota en s'asseyant dans l'un des fauteuils devant la table basse. Wally m'a dit que tu voulais nous parler de quelque chose ?

Troy hocha la tête et s'assit à côté de Liam en lui prenant la main.

— Mon frère et moi avons décidé de vendre la cabane. Je me demandais si la terre de mon oncle vous intéresserait ? Elle jouxte votre ranch et elle vous permettrait un nouveau point d'accès à la rivière. Je ne vous mets aucune pression, ne vous sentez obligés de rien, mais je tenais à vous en parler, je ne veux pas vendre à n'importe qui. De toute façon, nous ne ferons rien avant l'arrivée du printemps, ça vous laisse le temps d'y réfléchir.

Dakota sourit et regarda Wally et Haven qui hochèrent lentement la tête.

— Je t'avoue que nous nous sommes posé la question de savoir ce que tu allais faire de ce terrain, nous serions bien sûr très intéressés. S'il y a bien une chose que toute cette histoire nous a apprise, c'est que nous n'avons jamais trop d'eau.

Dakota leva son verre et le fit tinter contre celui de Troy.

Le cœur léger, ils discutèrent avec animation pendant une bonne partie de la soirée, jusqu'à ce que Phillip et Haven rentrent chez eux et que Liam glisse à Troy un regard lourd de sens. Il l'entraîna jusqu'à leur chambre, referma la porte derrière eux, mais n'alluma pas la lumière. La lumière nacrée de la lune inondait la pièce, créant des ombres douces qui dansaient sur les murs. Liam tira Troy tout contre lui et glissa ses mains sous sa chemise.

— Je t'aime, dit-il avec un sourire mélancolique.

— Alors pourquoi tu as l'air aussi triste ? demanda Troy.

— J'ai compris aujourd'hui que le ranch allait me manquer. C'est le premier endroit où je me suis senti vraiment accepté.

— Je sais. C'est un endroit très spécial pour moi aussi. C'est là que je t'ai trouvé, ajouta Troy en souriant.

— C'est là que *nous* nous sommes trouvés, le corrigea Liam avant de l'embrasser. Nous essayions tous les deux de fuir notre vie d'avant si vite, nous sommes entrés en collision.

— Un vrai coup de foudre, ajouta Troy malicieusement en le tirant vers le lit.

Histoires de cœur, tome 1

Après une première année en fac de médecine, Dakota Holden est contraint de revenir dans le Wyoming de son enfance pour reprendre le ranch familial et s'occuper de son père, atteint d'une sclérose en plaques. Dévoué à sa famille, il ne s'autorise qu'une semaine de vacances par an. Sept jours, sept petits jours qu'il passe le plus loin possible du ranch, et durant lesquels tous les interdits du reste de l'année tombent enfin. Lors de ses dernières vacances sur une croisière, il fait la connaissance de Phillip Reardon, qui va jouer un rôle important dans sa vie.

Lorsque Phillip décide d'accepter l'invitation de Dakota de venir lui rendre visite dans son ranch, Dakota est heureux de le revoir et de rencontrer son ami vétérinaire, Wally Schumacher. Le problème, c'est que Wally n'a très vite qu'une seule idée en tête, protéger les loups que les hommes de Dakota sont obligés de chasser afin de protéger le bétail. Mais malgré leurs différends, Dakota et lui se trouvent de nombreux points communs et très vite, une forte attirance s'installe entre eux. Il leur faudra alors décider si les terres du Wyoming sont assez grandes pour le troupeau de Dakota, les loups de Wally, et leur amour.

www.dreamspinner-fr.com

CŒUR À
Prendre

ANDREW GREY

Histoires de cœur, tome 2

Le ranch des Holden et le ranch des Jessup sont voisins, mais ils n'entretiennent pas ce qu'on pourrait appeler des relations cordiales ; Jefferson Holden et Kent Jessup se détestent.

En dépit des vieilles rancunes qui brûlent entre leurs pères, le jeune Haven Jessup ne peut se résoudre à cette haine, surtout après que Dakota Holden est venu à son secours lors d'une violente tempête.

Dans la cohue, Haven fait la connaissance de Phillip Reardon, un ami de Dakota. Phillip est un homme tolérant et ouvert d'esprit, et il accepte Haven tel qu'il est, dès le début. Il ne tarde pas à découvrir le secret d'Haven, son attirance pour les hommes, et très vite, ils entament une relation secrète.

Mais leurs sentiments les dépassent, et l'angoisse d'être découverts pèse sur leur couple. Des clôtures sabotées, des animaux blessés, des histoires mystérieuses et les secrets de la famille Jessup vont menacer le bonheur naissant d'Haven qui rêve d'un avenir avec Phillip.

www.dreamspinner-fr.com

ALCHIMIE ORGANIQUE

ANDREW GREY

Brendon Marcus ne vit que pour son travail. C'est un génie qui a sauté des classes jusqu'à devenir professeur à l'université à ses vingt ans et quelques, et qui ne connaît rien d'autre. Les interactions avec d'autres personnes le rendent confus. Alors quand Josh Horton, l'assistant du coach de football, le poursuit de ses assiduités, Brendon n'est pas sûr de la démarche à adopter.

Josh a ses propres problèmes. Ses parents, à qui tout réussi, ne sont pas particulièrement heureux de son choix de carrière, et certains joueurs n'aiment pas avoir un assistant gay. Il commence à avoir des doutes, mais Brendon rend son monde meilleur.

Mais quand le chef du département de Brendon commence à causer des problèmes, Josh et Brendon découvrent que se défendre l'un et l'autre est la première étape pour pouvoir faire face au reste du monde.

www.dreamspinner-fr.com

UNE
JUSTE
CAUSE

ANDREW GREY

Une juste cause, numéro hors série

Jerry Lincoln est bien ennuyé : son entreprise d'expertise en informatique située à Sioux Falls procure plus de travail qu'un seul homme peut en gérer. Heureusement, cela signifie qu'il peut recruter quelqu'un pour l'aider. Il espère seulement qu'au final, son nouvel employé, John Black Raven, sera davantage pour lui une source d'aide que de distraction – sauf que les yeux profonds et les longs cheveux de John l'empêchent de se concentrer.

John est venu en ville pour faire des études et obtenir la chance de sa vie, ce qu'il n'aurait jamais eu à la réserve. Cependant, ce qui compte dorénavant le plus pour lui est de trouver un emploi et de le garder. Sa sœur est décédée six mois plus tôt et ses enfants sont désormais en famille d'accueil. Bien que la loi soit de son côté, John ne peut en obtenir la garde – il ne peut même pas voir son neveu et sa nièce.

Alors que Jerry et John se rapprochent, John comprend qu'il n'est pas obligé de lutter seul. Jerry l'aide à obtenir le droit de visite et lui apporte un soutien indispensable. Pourtant leurs victoires ne sont pas sans déboires. Les services de l'aide pour l'enfance sont impliqués dans des histoires d'argent, de politique et de tracasseries administratives, et les enfants amérindiens sont leur moyen de subsistance. Or, John et Jerry sont bien décidés à se battre pour la bonne cause et à en sortir victorieux – à plus d'un titre.

www.dreamspinner-fr.com

LE BAPTÊME DU FEU

ANDREW GREY

Par le Feu, tome 1

Dirk Krause est un connard de première. Sa vie est un enfer par sa propre faute, et il rend tous ceux qui l'entourent tout aussi malheureux. Quand il se blesse au travail, il se montre odieux envers le personnel de l'hôpital, et bien sûr, aucun membre de son équipe ne daigne lui rendre visite.

Lee Stockton est le petit nouveau de la caserne, et il écope donc d'une mission : amener à Dirk un bouquet de bon rétablissement de la part des autres pompiers de l'équipe. À la surprise de Dirk, Lee lit en lui comme dans un livre ouvert et voit clair dans son jeu. Lee semble déterminé à pousser Dirk à arrêter de se comporter comme un salaud pour repousser ceux qui l'entourent. Leurs chamailleries se transforment alors en étreintes… Une nouvelle relation naîtra-t-elle de ces flammes, ou celles-ci laisseront-elles seulement des cendres ?

www.dreamspinner-fr.com

TOUT FEU,
TOUT FLAMME

ANDREW GREY

Suite de *Le Baptême du Feu*
Par le Feu, tome 2

Lee Stanton et Dirk Krause se fréquentent depuis quelques mois quand ils reçoivent une mauvaise nouvelle : la caserne où ils travaillent sera fermée, à moins qu'ils obtiennent assez d'argent pour l'entretien et les réparations. L'équipe veut se battre. Il n'y a qu'un seul problème : la seule proposition pour récolter de l'argent est celle de Lee… et Dirk la déteste.

Malheureusement, tout le monde pense que le 'dîner épicé' de Lee (où ils ne serviront qu'en portant leurs pantalons, leurs bottes et leurs casques) est une idée géniale et Lee se prépare donc à l'organiser. Mais les bâtons dans les roues du conseil municipal et les faibles ventes de billets menacent de ruiner ses efforts. Si Dirk n'arrive pas à mettre sa fierté de côté pour une soirée, cela pourrait leur coûter à tous deux leur travail… sans parler de leur relation.

www.dreamspinner-fr.com

ANDREW GREY a grandi dans l'ouest du Michigan, élevé par un père qui aimait raconter des histoires et une mère qui adorait les lire. Depuis, il a vécu un peu partout à travers les États-Unis, et a roulé sa bosse aux quatre coins du monde. Il a obtenu un Master en informatique à l'Université de Wisconsin-Milwaukee et travaille désormais pour une très grande entreprise.

Andrew aime collectionner les antiquités, jardiner et laisser traîner sa vaisselle sale n'importe où sauf dans l'évier (surtout quand il écrit). Il pense qu'il a la chance d'avoir une famille tolérante et ouverte d'esprit, des amis incroyables et le compagnon le plus fantastique et le plus aimant du monde. Andrew vit actuellement à Carlisle, en Pennsylvanie.

Son site internet : www.andrewgreybooks.com
Son blog : andrewgreybooks.livejournal.com

Par ANDREW GREY

Alchimie organique
Destinés l'un à l'autre
Une juste cause

AMOUR...
Amour... sans honte
Amour... et courage
Amour... sans limite
Amour... et liberté

LES ARÔMES DE L'AMOUR
La saveur de l'amour
Une portion d'amour

HISTOIRES DE CŒUR
Cœur de loup
Cœur à prendre
À cœur ouvert

PAR LE FEU
Le baptême du feu
Tout feu, tout flamme

Publié par DREAMSPINNER PRESS
www.dreamspinner-fr.com